小命运

A TRICK OF FATE

PLUTO 作品

中国画报出版社

图书在版编目(CIP)数据

小命运/Pluto 著.—北京:中国画报出版社,2008.12
ISBN 978-7-80220-348-8

Ⅰ.上… Ⅱ.P… Ⅲ.短篇小说—中国—当代
Ⅳ.I247.5

中国版本图书馆 CIP 数据核字(2008)第 168617 号

作　　者:Pluto
特约编辑:一　草
封面设计:熊　琼
版式设计:Apple

小命运
出 版 人:田　辉
责任编辑:齐丽华
出版发行:中国画报出版社
(中国北京市海淀区车公庄西路 33 号,邮编:100044)
电　　话:88417359(总编室)、68469781(发行部)
印　　刷:北京嘉业印刷厂
监　　印:敖　晔
经　　销:新华书店
开　　本:787×1092　1/16
印　　张:15.5
版　　次:2008 年 12 月第 1 版第 1 次印刷
书　　号:ISBN 978-7-80220-348-8
定　　价:23.80 元

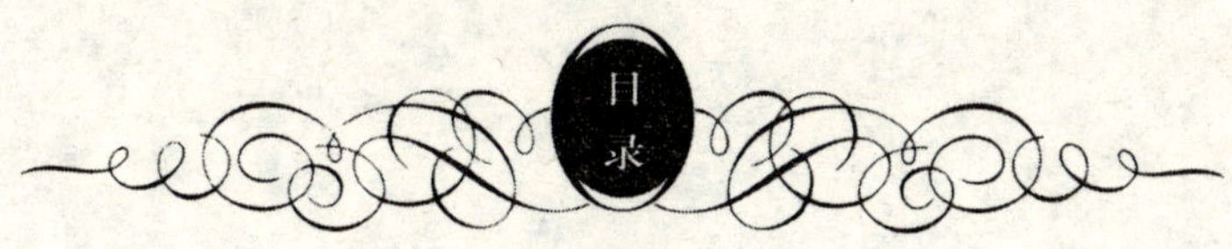

目
录

序幕　致徊年

有时在醒着的时候，但更经常是在睡着的时候，我有片刻的幻觉，一种与做梦非常不同的状态，其实这些意象令自己获得一种类似独立生命的东西，变成一种神秘语言的一部分；这种语言似乎永远会给我带来某种神奇的启示。

——威廉·巴特勒·叶芝

A TRIOK Of FATE

许多年之后，当我重新面对夏城的暗夜，依旧以为自己是那个孤独少年。然而待这黎明前的黑夜沉入窗外远方轮廓模糊的深褐色山冈，阳光普照大地之际，我便要身着黑袍，面容肃穆地站在夏城最大的教堂之中，面对座无虚席的厅堂，双目注视着每周为了这一次聚会不辞辛苦地纷纷赶来的教徒们，进行自己有生以来的第一次布道。

在神学院进修的这些年，时间已被我在不知不觉中用一把看不见的小刀分割得大小不等。我将大块的时间用来学习神学，阅读《圣经》并熟练背诵其中某些篇章，同时试图通过日益频繁的自省使自己的灵魂得以净化，令前尘如烟般从内心消散。我日日迎着清晨的第一缕阳光翻开《圣经》那薄脆的纸张，夜晚坐在窗前，面对倾城的月华，将当日所发生的事情记录在一本陈旧的日记本上——这是我在很早之前就养成的习惯，多年来，一直难以改变。

日子单调得像生了锈的弦，无法弹奏出华彩的乐章，也无法抑制一个即将由少年走向青年的男孩因精神世界的逐渐强大而延伸出的诸多繁杂情绪。只有午夜，当我间或从平静的睡梦中醒来，在清醒与梦寐的交界处，灵魂才会挣脱肉体的枷锁，以梦为马，驰骋于一片广袤无边的草原。我的灵魂飞快地向着永远也看不到尽头的绿色而去，最终消失在清晨，消失在一片清冷寂静的晨光之中。

是谁曾说，在现实中将自己隐藏得越深，在梦里就会将内心暴露得越彻底。我总是一遍遍地在梦里重温我们初时的片段。那是一个连天空都显得疲倦的下午，雨水粗暴地冲刷着地面，当大家都聚在教堂默祷时你突然走进来，全身湿透，就像是我们因无法抗拒宿命而落下的无助泪水，全部滴落在你的身上。

而梦境往往都会以你的离去而匆忙结束——

你坐在床边，头微微仰起，望着窗外逐渐泛白的天空，大半张脸沉湎于黑暗。我把头枕在你的腿上，在黑暗中沉默地望着你，幸福犹如夏日晚风般徐徐而过，心灵深处所有关乎温暖与甜蜜的细胞都开始了一支静默的舞。诚然，这是我的幸福，是你无法体察与知晓的幸福。你呆呆地望着天空，又望着我，说，天亮了，我也该走了。

我则抓住你的右手，嗫嚅而又哽咽着说，徊年，你可否带我一起……

听到这话，你很轻很轻地笑，接着缓缓地摇摇头，在我额上轻轻地一吻，之后推开门，熹微的晨光扑面而来，你的背影起了一层毛茸茸的光晕，我大声唤你的名字，而你的身影却在这片光晕之中渐渐模糊。那仿佛是命运的审判即将到来，你回首深深地望了我一眼，你的面容仍旧是十八岁时的干净模样，仿佛你有神奇的魔力，能让时光之神格外眷顾，让时间在你的身上静默。

你说，浅泽，再见——再见的意思是，再也不会相见。

——这是从未在生活中出现过却又频繁地出现在梦里的场面。

我从睡梦中惊醒，大声地呼喊你的名字，但声音却在夜幕的映衬下显得不胜凄凉。深蓝色的天空中点缀着静默的云朵，星星以及月亮——我将自己的整个身体蜷缩在床边一个小小的角落，思绪却仿佛飘到了海的彼岸。很多时候我以为自己死了——灵魂死去，肉体存活。或许你就是我的太阳，没有你在身边，我的生活便会无可自拔地遁入空虚，陷入死寂。

可你已经不在。

我早该知道，一旦有一天我不得不长久地离开你，我会怎样想念你，我会怎样因想念你而梦见你，而当时光的洪流一遍遍地冲刷我的记忆，我又会怎样因为不敢想念你而梦也梦不见你。

只有这时，我才能够让自己的眼泪汹涌而出，它们似一条条不知疲倦的小河，唱着哀伤的歌谣。

此刻，月亮睡去了，星星睡去了，花朵睡去了，丛林也睡去了——整个夏城都安然地沉浸在睡眠中，我仿佛能够听到它们安然的呼吸，彼此交织，做着绿色的梦。

但我无法睡去。

我知道，此刻的你，也定然蜷缩在白云之上的天国，与我一同失眠。

我尚记得，十年前的那天下午，一个怯懦的少年走入教堂的大厅，来到钢琴旁边，他的脸上充满了悲伤与忧虑，哪怕在司琴的时候也不能够全身心地投入——他总是频繁地想起自己刚刚去世不久的父亲。他不敢看钢琴旁边的布道台，可他又忍不住要看，他的泪水总是无声无息地流过面颊，滴落在琴键上，泪滴随琴键幽怨起舞。

我总是想起自己孤单的童年，我们充满了忧伤与欢乐的少年，以及我们最终惨烈的离别。

或许终有一天，我会与这灰郁的过往挥手作别。

第一章　蓝之祷

We and the labouring world are passing by:
Amid men´s souls, that waver and give place
Like the pale waters in their wintry race,z
Under the passing stars, foam of the sky.
Lives on this lonely face.

——W · B · Yeats《The rose of the world》

1

这是我童年时代夏城的初秋。

天空像一块铺展开的湖蓝色巨大幕布，万里无云，比任何一个季节都要清澈高远。树叶逐渐变黄，在微凉的秋风中将自己的受光与背光面轮番展示。有的甚至从树上一跃而下，在落到地面之前跳一支静默深情的舞。

候鸟成群结队地飞往温暖的南方过冬。

夏城的冬天总是那么寒冷而漫长：春天似乎从未出现，炎热粗暴的夏天就突然来临了。而立秋不久，气温会随时下降。落雪之后的清晨，窗户上会结出一层冰花，只有把手掌贴在上面，才能隐约看到外面的世界。那个时候，家中没有任何取暖设备，纵然我将整个身体蜷缩在厚厚的塞着暖水袋的棉被中，仍旧瑟缩不已。

因此，夏城的初秋，是一年之中最美的季节。

因为美，所以短暂。

抑或因为短暂，所以美。

我居住在夏城，一座位于中国最北方、安静而冷僻的城。这里的植物在夏天生长得并不十分繁盛，而到了冬天却星罗棋布地迅速枯萎。随处可见白桦树的树枝高高地指向苍穹，仿佛要将之切割得支离破碎——我所居住的城市拥有一个与它的气质毫不相干的名字，而我的名字却拥有一颗与它相契合的灵魂。

父亲为我取名为浅泽。

我曾问过他这名字的含义，他轻抚我的前额之后缓缓言道，我希望你的一生都能像一汪清莹的水泽般令人愉悦。之后他缓缓抬起头，望着夏城冬季昏涩的苍穹，双臂交叉放于胸前，兀自言道，愿主赐你正直的内心与纯净的灵魂，阿门。

父亲的职业是牧师——倘若他知道我向别人这样介绍他，一定会对我有所诟病。印象里他曾这样对年轻的牧师们说，倘若我们只是把传道人当作自己用以谋生的职业，那么传道将变得毫无意义——一位优秀的传道人，要将传道当作对主的侍奉，把对主的荣耀和赞美，当作自己毕生的追求——我的父亲是一位牧师，牧者，替上帝牧养众民的传道人。事实上，他也确实很符合人们印象中的牧师形象：他在布道的时候胸前永远佩戴着一枚银质的十字架，身着黑袍，而不是如有些牧师那样身穿便服就站在台上布道。日里，他也只穿颜色素淡的衣服，如黑色衬衣或白色羊毛衫。父亲的钢琴弹得极棒，并亲自教我。他的头发永远梳理得一丝不苟，五官舒展，轮廓锐利，浑厚的声音令他在布道时异常震撼人心。

我曾偷偷跑去教堂，躲在大厅的最后一排聆听父亲布道。那一次，对《圣经》几乎一无所知的我竟然被感动得热泪盈眶。

在我的童年记忆中，詹牧师是唯一一个令我印象深刻的人。他是教会中最受尊敬的牧师，也是父亲在夏城最好的朋友。当提起他时，父亲都会面露无限尊敬的神色。那时的詹牧师已是一位老人，头发灰白，身材高大，面容瘦削，目光锐利，与父亲如出一辙。父亲常在某些夜晚带我去他家，一个栽满了蔷薇花的小小庭院。如火如荼的蔷薇在夏日绽放，将庭院装点得犹如拇指姑娘居住的花朵国度。父亲总是不让我听他们谈话的内容，于是我便在屋外弥漫着蔷薇香气的空气中独自玩耍，采撷蔷薇衔在口中，再非常快乐地冲进屋给父亲看。父亲自然会嗔怪我折断了蔷薇，詹牧师却笑着替我说话。而每每我与父亲离开，他也总将我们送到门口，俯下身微笑着对我说，浅泽，你的父亲是一位好牧师，也是一位好父亲，你要听他的话。我笑着点点头，微笑着与他告别。

詹牧师说的没错，父亲是一位好牧师。他虽然年轻，在教会中却拥有极高的威望。他的银质十字架以及镀金《圣经》就是最好的证明——教会通常只将这些授予杰出的牧师。父亲有着沉默内敛的性格，他将大部分时间用来阅读《圣经》，拷问内心，剖析灵魂，期待更加盛大的蜕变与回归。

而对于某些原本便应该解释清楚的事情，父亲也总是以沉默将之一带而过。

比如。

从记忆的闸门拉开之际，固定出现在我生活中的只有父亲。我没有母亲——我甚至没有见过她的模样，也不知道她去了哪里。

但我渴望有朝一日能够与她相见，哪怕是在梦里。

2

我第一次意识到没有母亲的孩子会被其他人当作异类，是在七岁那年。

记忆中那是小学一年级第一学期结束时，我由于总分全班第一而受到老师表扬。然而，我对这次成绩却并没有表现出任何欣喜。平日里，当所有男孩下课之后都去操场上踢球疯玩的时候，我都会在教室中安静地复习老师刚刚讲过的课程——因此拿到这样的成绩并不能算作意外的礼物。倒是坐在我前面名叫嘉的女孩，因期中考试拿了第一名这次却比我低两分而耿耿于怀，我在认真听老师讲话的时候甚至都能感到她那充满嫉恨的目光时不时地落在我的脸上，可我却丝毫不以为意。

休业典礼结束之后就是家长会，许多学生站在操场上安静地等待自己父母的到来，不时能够听到家长对孩子的轻声叮咛抑或大声斥责。原本并不宽敞的学校因此而变得更加拥挤，像人的海洋。

由于父亲提前告诉我他今天要主持一个聚会，因此我的心中并没有任何期待，只是抬头望了逐渐变暗的天空一眼，背起书包，向校门外走去。出门时遇到了嘉，她裹着厚厚的羽绒服，双手抄在口袋里，像一只粽子。我本想低头而过，她却突然叫住我，浅泽，等一下。

谁来给你开家长会？她说话时大团的白色雾气从口中喷出，我看不清她的脸。

没有人。我如实回答，可是马上又补充道，我爸爸今天下午刚好要主持一个聚会。

那你妈妈为什么不来？

她……出差了。我的声音低得几乎要听不到。

嘉没有再对我说些什么。天空愈发昏暗，像是被污染过的湖泊一样灰蓝灰蓝的。我甚至预感又有一场大雪行将降临，或许雪停之后，天空中便会悄然出现明亮如眼眸般的星辰。然而此刻，一切想象都是虚妄，我所能看到的只有女孩嘉，她的五官几乎都要隐没在暮色中了，只有她那双浅褐色的眼睛，其中带着对我深深的嘲弄与怜悯，仿佛已经把我的心思洞穿。

我妈妈今天来给我开家长会——看，她来了。

那是我第一次也是最后一次见到嘉的母亲。她开着一辆红色宝马来给嘉开家长会。她在这样寒冷的季节也只是穿了一件白色短款风衣，长长的靴子盖过小腿。她的妆容十分精致得体，特别是唇彩，绚丽得几乎要照亮周围的黑暗。她来到嘉的身边，俯下身，在嘉的额头上深情一吻，之后伸手轻轻地拍了拍她的脸颊，说，太冷了，去车里等我，宝贝。

嘉乖乖地点了点头，待母亲的身影消失在校园深处，才在我耳边低声说，有妈妈陪伴真的是一件很幸福的事情，浅泽——或许你一辈子也不会了解。你这个没有妈妈的可怜虫，考了第一又有什么了不起？没有妈妈，你照样会被我甩在后面，我瞧不起你！

雪终于下了。最初是星星点点的小小冰晶，不久之后变成了鹅毛大雪，在凛冽的寒风中舞蹈。那时我已经回到家，家中仍旧是冷，我却没有像以往那样灌一个暖水袋取暖，而是双手抱着膝盖坐在窗台上。家中的窗框还是木头的，似乎从我出生开始就一直是这样，并且经过时间的冲刷即将呈现出腐朽的姿态。邻居家已陆陆续续换上了铝合金门窗，可父亲总也抽不出时间办这些事。不过这样也好，窗框周围的滑石块可以随时被取下来当粉笔用，在地上演算或者涂鸦。我把头微微斜伸向窗外，却全然没有欣赏雪景的心情。脑海中反复出现今天下午嘉对我说的那句话：

你这个没有妈妈的可怜虫，考了第一又有什么了不起？没有妈妈，你照样会被我甩在后面！

没有妈妈，你照样会被我甩在后面！

你照样会被我甩在后面！

……

3

父亲回来时已经是晚上八点，他的黑色长袍和皮鞋上都落满了雪花。我一声不响地从卧室为他取来厚厚的干燥衬衣，双手递上，他接过时不经意地发现了我眼中的委屈的点点泪光，不禁错愕，拿衣服的胳膊像僵住了一般，眉宇之间也透出明显的紧张之色。看得出他想要询问我什么，可终究是克制住了自己。

那一瞬间我几乎要把嘉今天在学校对我说的话全部告诉他，但一张嘴，就不禁哽咽。成长至今，我从不敢像其他孩子一样因为家长不能满足自己的要求而哭闹，因为在我的印象中，父亲一直以一个威严的形象存在，虽然他从未打骂过我，甚至连训斥也未曾有，可我对他却始终怀着敬畏的心情。

爸爸，你为什么不去给我开家长会？

父亲听后松了一口气，迅速换上我递给他的衬衣，解释道，我不是昨天告诉过你今天有一个聚会需要我主持吗？又俯下身拍了拍我的头，老师布置的寒假作业你开始写了吗。

我竟不由自主地用力推开他的手，向后退了几步，没有说话。

浅泽，你今天的情绪很反常。父亲注视着我的眼睛，低声说。接着上前将小小的我轻轻地搂在怀里——印象中，那是他第一次如此拥抱我。我把头靠在他的肩上，他很瘦，所以靠上去并不太舒服，纵然如此，我仍愿意享受这份温暖。他用双臂环住我，轻抚我的后背，对不起，爸爸或许本该向你的老师提前请假的……没事了，爸爸明天就去和老师解释，下次，只要爸爸有时间，就一定会给你去开家长会，好吗？

这爱抚令我不禁联想起嘉的母亲，于是脱口而出，爸爸，我妈妈……到底去哪了？

温存突然消失不见，父亲硬生生地推开我，握住我的肩膀，却又突然松手，起身走进自己的房间。

只留下我愣在原地，委屈像涨潮的海水一样疾速漫过我的心房，眼泪忍不住流下来。我不明白为什么身旁的孩子都有妈妈唯我例外，我同样不明白父亲为什么要敷衍我。

我冲进书房，想问个究竟。

书房里只开了一盏鹅黄色的台灯，书桌上有一本翻开的厚厚的书微微散发着金色，毋庸置疑，是《圣经》。父亲端坐在书桌后面，并未因我的到来而分散注意力。他的头微垂，双目注视着面前的纸张，时不时地翻页，我甚至能够在灯光下看清他修长饱满的手指上面的每一个茧子与每一条纹路，一切都是那么清晰。

或许，是该让一切都清晰起来的时刻了。

进门时怎么不敲门，浅泽。父亲没有抬头。

爸爸，妈妈究竟去哪儿了？！

有些事情你现在不该知道，而有些事情你永远也不该知道。父亲的脸上出现了鲜有的愠色，口气却依旧十分平静。

我不管不顾地继续追问，是不是妈妈不要我了？！

不，浅泽，不是这样，你怎能这样怀疑自己的妈妈？父亲提高了声音。

那我的妈妈到底去哪儿了？为什么这么多年来我一直没见过她？每当别的小朋友和爸爸妈妈一起玩一起笑的时候我只能待在家里守着一堆玩具汽车，玩腻了就躺在地上盯着天花板发呆……连班里的女孩也瞧不起我，只因为她的妈妈来给她开家长会，而我的爸爸主持聚会了，我的妈妈也没有来！你说啊！你告诉我啊！我妈妈究竟去哪儿了？！

我又哭又闹，但自始至终父亲都是背对我，沉默的背影微微颤抖。他只有在极度愤怒或悲伤时，才会如此。

这时我才意识到自己闯了大祸，于是闭起眼睛，等待父亲的斥责。虽然我深知，接近二十年的牧师生涯已让他蜕变为心绪平和之人。然而他多年来对于这个问题的刻意回避，一定有自己讳莫如深的理由。作为儿子，我本不该贸然将之捅破。

她走了。几秒钟的沉默之后，我听到了这样直白的回答。

我缓缓地抬起头，张开双目，父亲淡漠而悲伤的面容清晰地呈现在我的眼前，或许是读出了我脸上的疑惑，于是重复道，她走了——在你三个月时被上帝带走了。

他恢复了平静，我却依旧能够听出他嗓音中的哽咽，以及看到他眼中久久不落的泪水。许久，他继续言道，她是位善良贤惠的知性女子，连上帝都忍不住想要让她陪伴在自己身边……

那么爸爸，您是否有妈妈的照片……我想您一定有的对吗？您能给我看看吗？我流着泪轻声哀求。

父亲把《圣经》合上后起身，来到窗边。双手扶着窗台。月光满城，皎洁如银，星光疏离地落满他的肩膀，翩跹如杨花。我不敢上前，因此也无法看到他的面容，只能一动不动地站在原地，在内心默默祈求他的回答。哪怕只能看母亲的照片一眼，也是好的。一场静默在不知不觉中上演。五分钟之后，父亲用一段类似于独白的言段结束了方才的沉默——

浅泽，我的儿子，我希望你能够明白，很多时候我们怀念某一个人，或许只是怀念他的一个动作、一种精神，以及他与我们在一起时度过的美好时光。将怀念，对你来说或许该称为想念，具象至某一张照片上的某个人是件无意义的事。你只需要知道，你的母亲非常爱你，她爱你胜过一切甚至生命，因此她才甘愿为你奉献自己——我的儿子，也许现在你对这些并不了解，可是当你再长大一些时，回想我刚才对你说的话定然会恍然大悟。实际上我也怀念你的母亲，可是现如今为了更好地抚养你，我却不得不将她遗忘。

你的母亲为你而死，你该怀念她的精神，而不是拿到她的照片之后默然垂泪。

因为爱，所以遗忘——并不是因为不爱。浅泽，我不知你是否明白。

我显然没有明白父亲最后的那句话，他仅仅告诉我，我的母亲在很早之前就因为我而去世。这是一个无比明确的答案，这个答案昭示着我曾经关于母亲的幻想全部破灭。随之破灭的，还有我的渴望。我曾渴望有朝一日能够与母亲相见，能够听她亲口叫出我的名字，那一定是一种与父亲截然不同的语气，充满了温暖、宠溺、甜蜜。

然而这个在普通孩子眼里再简单不过的事情，于我而言却是奢望。以前不可能，现在不可能，以后也永远不可能了。

又一次坐上窗台，推开窗户。夏城冬天的夜晚异常宁静，由于天气太冷，街上几乎没有人和车辆。于是我得以恣意地呼吸夏城此刻的空气，并在这一片黑夜中闭上眼睛，眼泪情不自禁地滑落下来，被如刀的冷风吹干，只在脸上留下两痕冰冷的泪渍。然而我深知这泪水的意义与方才在书房中的大相径庭。其中包含着温暖、感恩，以及一成不变的思念……个中复杂的情绪也只有我自己才能明白。

我想起父亲曾推荐给我的一本名叫《小王子》的童话中，那个忧郁的小主人公说过的话：你们很美，但却很空虚，没有人会愿意为你们而死。没错，一般路过的人，可能会以为我的玫瑰与你们很像，但她只要一朵就胜过你们全部。因为她是我灌溉的那朵玫瑰；她是我放在玻璃罩下面，让我保护不受风吹袭，而且打死毛毛虫（只留两三只变成蝴蝶）的玫瑰；因为她是那朵我愿意倾听她发牢骚、吹嘘，甚至沉默的玫瑰；因为，她是我的玫瑰……

倘若开学之后再次见到那个叫嘉的女孩，我一定要把这段话原封不动地告诉她。

我要告诉她的还有，虽然我的妈妈不在我身旁，但她对我的付出远远胜过你们的妈妈为你们所付出的。直至现在，她也正在用另一种方式爱我——这些，你永远都不会明白。

我抬头仰望满天星光，曾有人说，人在去世之后就会变成星星，缄默地注视着人间，注视着自己深爱的人们——究竟哪一颗星星是我的妈妈。我不知道。

纵然如此，那一夜我的心依旧穿梭在这一片浩渺的星河之中，我想象着自己与所有的星星打招呼、微笑、做游戏，亲吻它们亮晶晶的脸颊。其中会有我的妈妈，我知道。

4

我曾经在一次作文中把自己比喻为一株生长茂盛的绿色植物。发下作文本之后这个句子被老师画上了大大的带着赞扬和鼓励意味的波浪线。从此以后，每当看到一株植物，我都会不由自主地联想起自己，联想起自己的成长、外貌、品德、成绩——我身上的每一处地方都那么令人满意。只是父亲沉默寡言的性格直接影响了我，令我变得早熟，同样让忧郁成为我生命中难以抹杀的底色——或许会伴随我一生，成为支配我言行的主要力量。

原本以为，随着年龄的增长，诸多事物会在我眼前渐渐地清晰起来。然而却不曾料想，在这曲折且漫长的人生旅途中，愈往前走，许多原本清晰的事物却会愈发模糊。这令我时常感到疑惑困顿。

小学六年级的一天傍晚，放学回家，我照旧独自背着松垮垮的帆布书包走在熟悉而尘土飞扬的路上——因为性格太过喜静，我一直是班级男生中的异类，所以纵然是放学回家，也没人愿意与我顺路。这样也好，虽然落单，也省却了许多不必要的谈话。我边走边在夕阳下不断变换着自己的手影，并且因此而欢愉不已。恣情享受着这样的寂静时光。

可是就在这时我突然听到远处传来一个女孩的高声呼救，救命啊——救命——

四周空无一人，白桦树依旧静静地在风中舒展着自己的枝叶，林立的高楼逐渐消失在远处的夕阳中。我循声望去，竟有水花在不远处的湖中迅速扩大并且绽放，女孩挥舞的胳膊在湖中若隐若现，还有她努力仰起的头，也仿佛因体力不支而逐渐下沉。

我冲上前，跳入水中，向她游去。

水中的女孩像是见到了救命稻草般挣扎着抓住我的衣服。她的动作幅度太大，加之秋天冰冷的湖水让我四肢几乎麻痹，头在毫无防备的情况下埋进水中，接连呛了好几口水。湖中的石子划破我的胳膊，一股小小的暖流自此处涌出，眼前的水顿时成为肉感的粉红色。我因为寒冷而感觉不到任何伤口的疼痛，只是努力挣脱女孩的手臂，努力游到她背后，紧紧环住她的腰，向湖边游去。女孩看到了生还的希望，不再挣扎，我费了九牛二虎之力才将她拖上岸，自己几乎耗尽了所有力气，倘若不是抓住岸边的一棵枯树，我大概会溺死在水中。

上岸后我的全身都开始疼痛难当，寒冷袭来，骨头就像被拆掉一样。胳膊上的伤口开始隐隐作痛，猩红色的液体从伤口处缓缓地流淌下来，散发着咸味的腥气。

站在一旁全身湿淋淋的女孩这时才如梦方醒，来到我身边，双膝重重地跪地，颤抖着手从口袋里掏出手帕，轻轻地擦拭我胳膊上的血迹。她在哭泣，眼泪夹杂着从发梢滴落的水珠大颗大颗地掉到我的伤口处，我疼痛难忍，不禁皱起了眉头。她迅速伸出手抹掉了脸上的泪水，把头发拨弄到耳后，俯身在我耳边哽咽着问，你冷吗？你很疼，是不是？

我睁开眼睛看了看她的脸，那是一张略显婴儿肥的脸，大大的眼睛被泪水浸润得清澈透明，嘴唇泛白，全身都因为寒冷而瑟瑟发抖……看着她焦虑的神情，我努力强迫自己露出一丝笑容，这……不算什么……

女孩的眼泪又一次涌出来，语无伦次地连声说，谢……谢……谢谢你……

5

父亲出现在那条尘土飞扬的路上时，悬挂在天空中的火烧云已经被黑夜吞噬得没了踪影。看到父亲熟悉的黑衣和颀长身影的刹那，我突然产生了错觉，仿佛父亲是传说中的夜神，那个在茫茫无边的黑夜中身着黑袍的人，他要把我带走，让我获得拯救。

于是我向着父亲所在的方向张开双臂。父亲朝我的位置快步走来，看到湿淋淋的我，又看了看身旁同样湿淋淋的女孩，面露愠色。女孩见状赶忙解释说，叔叔，他是为了救我才受伤的。父亲听后瞥了女孩一眼，默不作声地点了点头，把我抱在怀里，一言不发，转身离去。

我把头靠近父亲的胸膛，渴望得到温暖。可是他身上所散发出的气息严肃冷漠，令我畏惧。

这时我却突然听到身后的女孩冲我喊，我叫林溪——你很勇敢——谢谢——你是我心中的英雄！

我本想回应，却疲于身体传来的疼痛和寒冷的信号，在父亲的怀中昏然睡去。

空气中只留下木叶干燥的芬芳。

回家之后，父亲用一条干燥的宽大毛巾把我全身都包裹起来，将我放在沙发中。之后接来一盆水，向其中倒入冰块，取来纱布和药水，俯身为我处理伤口。我双目失神地盯着这些伤口，它们在昏暗的灯光下呈现出暗红色，仿佛耻笑我，又或许是对我今天的行为表示赞赏。偶尔看父亲一眼，他面容紧绷，不发一言，眼中的深深忧虑却一览无余。

他把一小块纱布固定在我的胳膊上，忽然抬起头深深地望了我一眼，之后转身进了书房。我伸出手，轻轻地碰了碰裹上纱布的伤口，疼痛阵阵袭来。

父亲很快从书房出来了，手中拿着一本《圣经》，他径直走到我的面前，递给我。

翻到第三页。父亲平静地命令道。

我迟疑地把《圣经》翻到第三页，之后用目光示意他。

从第三章开始念。说完之后，父亲背过身去。我不懂他的用意，但却毫无反抗地执行。

耶和华神所创造的，唯有蛇比田野一切的活物更狡猾。蛇对女人说，神岂是真说不许你吃园中所有树上的果子吗？女人对蛇说，园中树上的果子，我们可以吃；唯有园当中那棵树上的果子，神曾说，你们不可吃，也不可摸，免得你们死。蛇对女人说，你们不一定死，因为神知道，你们吃的日子眼睛就明亮了，你们便如神能知道善恶。于是，女人见那棵树的果子好做食物，也悦人的眼目，且是可喜爱的，能使人有智慧，就摘下果子来吃了；又给她丈夫，她丈夫也吃了。他们二人的眼睛就明亮了，才知道自己是赤身露体，便拿无花果树的叶子，为自己编做裙子……

这段主要讲了什么？说来听听。当我正准备继续往下念的时候，父亲突然打断我。

蛇诱惑夏娃偷吃了禁果，您原来给我讲过的，爸爸。我低声回答。

说下去，还有什么。

……夏娃又把果子摘下来，给了自己的丈夫亚当。停顿了一会儿，我回答。

父亲缓缓转过身，黑夜与灯光相交融，让他的脸更加轮廓分明，像是被一把极品的刻刀雕琢而成。他冷冷说，蛇是撒旦，他为了报复耶和华，所以才诱惑夏娃偷吃了禁果。然而夏娃如果禁得住诱惑，许多事情怕也就不会发生了——撒旦是魔鬼，但女人夏娃也难逃其咎。她的本质与蛇一样，是让人类从伊甸园来到人间赎罪的元凶！

说到最后一句话时，他的声音突然抬高，仿佛无数的怒火行将喷涌而出。

浅泽，永远不要轻易和女人接触，永远不要——这是命令。

他黯然离去。

那一夜我早早熄灯，未减的寒冷让我怀疑自己发起了低烧，却没有告诉父亲，只是从柜子中取出一床棉被压在身上。伤口的疼痛令我辗转难眠，父亲的话反反复复出现在我的脑海之中，像吹过平静湖面的秋风，带来缓缓扩散的涟漪。我约略明白原来父亲对女人竟然充满了憎恶。我凝视着窗外的月色，明亮而冷清，星辰隐没在静静的云朵之后，像一个谜。

6

光阴像飞机滑过天际时留下的白线，而正是这些淡薄如云的线勾勒出我的成长。

我的成长似乎是一件缓慢而冗长的事——因生活过于平淡甚至寂静导致了对现如今的一切都充满了失望，却又对未知的成人世界满怀期待，每天对着镜子长久地打量镜子中的自己，之后不得不沮丧地承认实际上今天的自己与昨天并无差别。

直到某一天，我突然发现曾经那个矮瘦的像小姑娘一样的男孩已经变成了这副模样：瘦高而挺拔的身材，总是穿白色衬衣和黑色裤子以及球鞋，额前留着长长的漆黑刘海，没有风的时候刘海总是会软软地落下来遮住狭长的眼睛。

我终于告别了童年，脚步铿锵地走向少年时代的大门，回首张望，却发现诸多令人错愕不及却又无力挽回的改变。比如，父亲的病。

我忘记了他生病的确切日期，只记得最初的那些日子，间或会在夜晚听到从他屋里传来的时而悠长时而急促的咳嗽声。每每这时，我都会立刻起身到客厅接一杯温水，之后走进他的房间，递给他。那个时候，我愚蠢地认为父亲只是偶染风寒，几日之后自然会好起来。

可是我从未想过他会病到那步田地。

父亲原本就很清瘦，在生病之后短短的半个月就只剩下了一把骨头，脸上没有任何红润，只有惨白与蜡黄交织形成的颓丧面色。与此同时，他咳嗽的次数日益频繁，特别是在夜晚，他如暴风骤雨一般剧烈的咳嗽声甚至能将我从深深的梦境中强行拽出。每次咳出的痰液中都伴随着血丝，到后来逐步发展成大口大口地咳血……他身体虚弱，已经不能外出布道，一天之内的大部分时间待在屋中，不让我打扰。很多次我担心他会出事，透过门缝向内望去，发现他身着黑色长袍，将镀金的《圣经》放于胸前，对着窗户低声祷告。

我曾向他建议，爸爸，我们该去医院，接受治疗。

他毫不犹豫地拒绝了我，声音低沉，面色淡漠地说，神的医治于我已经足够。

父亲虽然是牧师，但他并没有要求我受洗，他认为受洗全凭自愿，强求来的信仰毫无意义。可是那段时间，我几乎每天都会像一个真正的教徒一样默祷，希望上帝能够施恩于我的父亲，让他恢复健康。

然而父亲的病还是愈发沉重了，他在夜里甚至全身疼得睡不着觉。他希望通过诵读《圣经》和日益频繁的祷告消除肉体的疼痛，然而一直徒劳无功。

他告诉我，浅泽，倘若我在一日清晨再也没有醒来，不要悲伤，死亡于我不是痛苦，而是解脱。

我在一天夜里梦到了父亲的死。

他站在路的尽头，身着布道时所穿的黑色长袍，淡蓝色的天光缓缓地不断飘落，不知不觉之中已将他照耀得通体微蓝。这时他的身后突然出现了一条咆哮流淌的河，河水呜咽，犹如无家可归的灵魂在哭泣。父亲的目光深沉得像是靠近赤道的热带雨林，在其中恣意攀爬的热带植物阻断了通往他内心的去路。我眼含热泪，遥遥地望着他，他对着我微微笑起来，笑容清朗得令我错觉他只是个涉世未深的少年。

之后他背过身去，注视着咆哮的河水，轻声道，逝者如斯夫，不舍昼夜。

下一刻他纵身一跃，跳入奔涌的河水之中，他的黑袍瞬间消失，河水把他吞没了，毫不留情。

而在他跳下去的前一刻，他再次对我露出了笑容，我的儿子，再见。

我突然从梦中惊醒，打开灯看了看墙上的挂钟，已是凌晨一点半。窗外乌云密布，看不到月光。

隔壁房间传来父亲的声音，低沉而断断续续，我神经过敏一般跳下床，迅速冲出门去。

推开父亲房门时，我松了口气，原来他正在诵读《圣经》，声音虽然沙哑低沉，却仍旧充满了震撼人心的力量。

看到我眉宇间紧张的神色，父亲没有多言，只是指了指自己的身旁，低声唤我，浅泽，来这儿。

我走到他的床前，双膝跪地，他向我伸出手，我将之握住。时光之书疾速翻页，我想起七岁那年的冬天看到他用手指翻阅《圣经》的情形，那时的他有一双那么漂亮的手，手指修长而饱满，纹路清晰。而如今呈现在我面前的手，像是已经死去的树干，干枯黝黑。我清晰地意识到我生命中唯一的亲人正在逐渐远去，我的太阳沉入了漫长无边的黑暗，我的世界沦陷了、崩塌了。那一刻，难以遏制的悲与恐惧在我的胸腔翻涌，我终于忍不住失声痛哭。

父亲用那像是坠入枯井般的双目注视着我，低声道，我的儿子，你该长大了。

我边哭边用力地点头，将他的手握得更紧。

父亲继续说，今天无缘无故地想起自己几年前看过的一部美国电影，名字叫《Scent of a woman》，其中的男主角 Frank Slade 说了一句话，我的内心因为这话而受到震动。

是吗爸爸，是什么话?

There is no prosthetic for that——灵魂不可能有义肢。

他把干枯的手从我的掌心抽开，轻轻抚摸我的脸，说，我希望你能够成为一个独立且善良的人，保持一颗永远纯净的灵魂，不要让罪孽与欲望占据你的内心。还有，我希望——听着儿子，这只是我的希望，我希望你能够在以后成为一位牧师，用一生的时间净化自己的灵魂，赞美主、侍奉主、荣耀主，因为或许，只有在主的掌心，你才能最大限度地保持善良正直。要尽自己最大的能力帮助一切需要帮助的人——倘若自己日后遇到了困难，可以求助于詹牧师，他会帮你。

我亲吻他的脸，在他耳边低声说，会的爸爸，我会按照您说的来做——我爱您。

父亲与我同属不善言谈之人，纵然在内心深处都将彼此看得重于一切，却不知该如何妥帖而流利地表达内心的感情。而此时此刻，这句迟到的话语的确来自我的内心，来自作为一个儿子多年因不善言谈而与父亲淡漠疏离的亏欠与补偿。

听到这话，父亲没有血色的脸上露出了不多见的笑容，舒展而满足。这笑容拥有着神奇的力量，它仿佛能够驱走天空中密布的乌云，牵动穿行的月亮幻化出如梦般的涟漪。他轻轻地点了点头。

去为我弹奏一首钢琴曲，之后回屋休息，现在已经太晚了，浅泽。

我顺从地点点头，走向钢琴，坐在琴凳上，掀开琴盖。而当我再次转身，希望与父亲的目光对视时，他的头已经无声地垂向了一边——他，离去了，永远地离我而去了。

父亲曾说，人死后，灵魂会从头部慢慢腾起，围绕肉身转一圈，观望这具即将寂灭的肉体，之后飘向远方。

于是，我弹奏了莫扎特的《安魂曲》，致父亲尚未远去的灵魂。

那夜风雪破了我的门，低回着悲鸣。

第二章　Good morning sunshine

由于你未遵守那深沉的誓言 / 别人就成了我的朋友 / 然而每当我与死神面面相对 / 每当我攀到熟睡之巅 / 抑或每当我酒醉到亢奋之时 / 我便会突然面对你的面庞

——威廉 · 巴特勒 · 叶芝《深沉的誓言》

1

几天后，父亲的葬礼在夏城最大的圣保罗教堂举行。参加葬礼的大多是曾经听他布道的信徒，他们从夏城的四面八方纷纷赶来，与这位把自己毕生都奉献给主的牧师作最后的告别。我站在熙熙攘攘的人群中，隐约想起曾经看过的《纳尔逊传》中的记载，当英国帆船时代最为英勇的海军上将霍雷肖·纳尔逊在特拉法加海战中阵亡后，为他送行的人站满沿途。而如今放眼望去为父亲送行的人，何尝不可说父亲与纳尔逊有些相似。

父亲的遗体静静地躺在一副木棺材里，摆放在教堂大厅的正中央。他身着一尘不染的黑色长袍，胸前佩戴着教会授予他的银质十字架，像往常布道时一样。那本象征着在教会中拥有极高地位的镀金《圣经》放在他的左手边。

詹牧师步伐沉重地走上布道台，念了一段祷文：

来自尘土的要归为尘土，愿主的慈爱永远与你相伴，因父及子及神圣之名，阿门。

来自尘土的要归为尘土，求主怜悯你，从今往后，愿主带你到永恒福乐的天国，主啊，求你俯听我们的祈祷，奉主耶稣基督之名，阿门。

……

我低下头，闭上眼睛，安静地聆听这段遥远得仿佛来自天堂的祷文，也不知是不是错觉，詹牧师的声音中仿佛有着因为无法克制情绪而出现的哽咽。我的耳畔又隐约传来了教徒们低声的啜泣声，在这偌大的教堂之中空荡荡地回响。神情在那一刻有短时的恍惚，詹牧师的声音又把我拉回现实。

现在请各位弟兄姊妹与死者作最后的告别，并祝愿他在天堂安宁。

到场的人全部自觉地站成一排，在走到父亲遗体面前时驻足几秒钟，之后向前走去，走出教堂……

原本我不想也不敢看，生怕此刻的父亲将在我的内心深处定格成永恒，以至于逐渐覆盖印象中他曾经鲜活的面容。但当我不由自主地后退企图把头别向一边时，一位站在我身后的阿姨轻轻扶住我的肩膀，低声说，再看一眼吧孩子，再看一眼，珍惜与他在一起的最后时光。

我静静地望着躺在棺材里的父亲。他的面色是那么晦暗，仍旧是瘦，双目紧闭，犹如病中一次普通的沉睡。不同的是，此刻他的神态多了几分安详。他胸前那枚我再熟悉不过的银色十字架像一把钥匙般开启了我的心门，纷纷涌出的悲伤令我再度陷入恍惚。我在哪儿？为什么没有看到父亲的身影？父亲在哪儿？是棺材中躺着的这个人吗？他是我的父亲？我抬起头瞭望天空，似乎有飞鸟在盘旋，阳光很耀眼……

眼前突然一黑，我失去了知觉。

我陷入了一个梦境。夏城的深冬，教堂后面白桦树早已凋尽了最后一片叶子，童年时代的我蹲在雪地中，不厌其烦地将满地的白雪团成大大小小的雪球后投掷出去。父亲的身影突然出现在我的面前，他身着黑袍，俯下身问我，爸爸陪你一起玩雪，好吗？在得到我的肯定回答之后。他团起一个巨大的雪球向远方抛去。片刻之后，雪又簌簌下落。父亲仰望弥天落雪，低声问，浅泽，你冷吗？我摇了摇头。雪落满了我们的肩膀。

浅泽，醒醒，醒醒。

我睁开眼睛环视四周，映入眼帘的是一张张熟悉的面孔。

见到我醒了，常年在教堂服务的张奶奶欣喜不已，连连在胸前比画着十字架感谢主。

我已全然忘记刚才发生的事情，试探着小声问道，我——怎么了？

你刚才晕倒了，我的孩子。詹牧师回答。

回忆慢慢向我聚拢，并将我带回不久之前刚刚结束的那个令人窒息的葬礼上。我点点头，闭上眼睛，胸腔袭来一阵阵巨大的酸楚与疼痛。

詹牧师看出了我的心思，在我身旁缓缓坐下，轻轻搂住我的肩膀，苍老的面庞上有着平静的悲伤，孩子，你要永远记住，你的父亲不仅是一位非常优秀的牧师，还是一位品德高尚的人。人的高尚有时并非完全取决于所做的善事，同样取决于对自己本身所犯的罪孽的认知。人活一世都会犯下过错，你的父亲也一样。可喜的是他用自己的行动赢得了主的原谅，他是主最喜爱的孩子。不要再为他伤心了，他的灵魂会在天堂之中得到安宁。

我没有说话。

同是在教堂服务的李阿姨轻轻抚了抚我额前遮挡住眼睛的刘海儿，喃喃道，孩子，孩子……话未说完眼泪便漫上眼眶，声音哽咽。一阵沉默之后，她轻声问道，愿意到阿姨家住么？

我抬起头看了看她和善而温柔的脸，缓缓地摇了摇头，谢谢阿姨，我想住在自己原来的家中。又看了看欲言又止的詹牧师和张奶奶，我会照顾好自己，不让你们……和我的父亲担心……詹牧师，我的父亲去世之前曾对我说希望我成为一个独立的人，可如今我不知该如何去做，您能帮帮我吗？

詹牧师沉思片刻，向我郑重地点了点头。

2

我被安排在圣保罗教堂司琴。

从父亲去世的那一刻起我就深知，世上再也没有了任何亲人，而作为一个男孩，必须要有所担当，依靠别人的施舍无疑是对自己尊严的践踏，无论是精神上的施舍，还是物质上的。我不愿也不该让天上的父亲见到我不但茕茕孑立形影相吊，并且靠善款的救济，活得没有骨气。

去教堂司琴的前一天晚上，夏城落了一场大雪，家中寒冷如冰窖，我很早就躲进被窝，翻来覆去地翻看明天聚会时会用到的琴谱，直至眼皮沉得睁不开，才将琴谱放在一边，熄灯睡觉。

圣保罗教堂是夏城最大的教堂，除了平日的聚会以外，周日清晨七点有一场主日崇拜，教堂的服务者们在这天会早早地到来，把教堂的大门敞开，点亮大门正上方的橘红色灯盏，之后站在窄窄的走廊中，与前来的教徒温和地打招呼，热心地为个别两手空空的教徒递上《赞美诗》与《圣经》。

在教堂的走廊上，我见到了张奶奶，她慈爱地对我说，去吧孩子，上帝爱你。

当我端坐在钢琴旁边时，唱诗班的成员已经整齐地站好，他们清一色身着白衣，戴白色手套，站在天窗下，沐浴着主的恩泽与光辉。詹牧师健步走上布道台，他宣布主日崇拜开始，教堂中所有的人都低头默祷。

我在默祷的罅隙抬起头，悄悄地注视着口中念念有词的詹牧师，他身材高瘦，一袭黑袍，面容威严，这一切于我何其熟悉。时光倒流，我仿佛看到父亲站在布道台上。不知不觉，我泪水盈湿睫毛。

祷告结束后是唱诗班献诗，《马槽歌》，我慌忙拭去泪水，把琴谱翻到相应的页数。

远远在马槽里，无枕也无床，小小的主耶稣，睡觉很安康，众明星都望着主睡的地方，小小的主耶稣睡在干草上。

众牲畜呜呜叫，圣婴忽惊醒，小小的主耶稣，却无啼哭声，我真爱小耶稣，敬求近我身，靠近我小床守我到天明。

恭敬求主耶稣，靠近我身旁，爱护我接受我，做主的小羊，也保护众孩童，一齐都安康，教我们都能够跟主到天堂。

3

夏城的夏天仿佛在冬天刚刚结束之后便悄然来临，除教堂后面的白桦林尚是一片未被阳光开垦的处女地外，几乎所有的地方都留下了夏日阳光热烈的足迹。

在拿到了全班第一的期末考试成绩的同时，我也迎来了初中的最后一个暑假。在许多人看来，这个假期充斥着忙碌与煎熬，可于我而言，却与以往的无数个假期没有本质差别。依旧是每天用大多数时间复习功课,阅读《圣经》,前去教堂司琴。在教堂中布道的牧师并非固定的，他们辗转在夏城的各个教堂。有的时候，我还是能够通过他们布道时的某句话甚至某个不经意的动作想起父亲，想起他已安睡在白云之上的天国。心中仍有波澜起伏，却不再如以往那般汹涌。有时还会心存温暖地想,此刻的父亲或许正在天堂与母亲重聚，也不知母亲会否询问起我。

而那个因内心受到伤害而哭着质问父亲母亲去了哪里的夜晚，随时光一同埋葬了。

一个人的生活虽然寂寞，却也令我无时无刻不感受到生之静美。我在每个太阳尚未升起的清晨，当人们大多还沉湎于昨夜的梦境时，手持英语书去教堂后面的白桦林晨读。没有人来到这片白桦林，更没有人注意到这个高瘦的男孩在用怎样一种张扬的语调大声地朗诵英语课文。阳光透过桦树的枝叶斑斑驳驳地洒落下来，形成细碎的影……

我以为自己在十九岁高中毕业之前就会一直这么生活下去，身边没有知心的朋友，也没有人能走进我的世界。

然而以为，也终究只是以为而已。

那是七月末的一个下午，教堂聚会。原本艳蓝的天空顷刻间乌云密布，太阳在层层乌云的遮挡之下失去了原本的光芒。几个惊雷之后便哗啦哗啦地下起了雨，雨水落在了教堂外面的白桦树上，继而在地面上绽开了无数花朵。纵然如此，教徒们还是打着花花绿绿的伞陆陆续续地走进来，一股盛夏植物的香气伴随着潮湿弥漫在教堂中，我甚至感到自己身上的白色棉布汗衫湿湿地粘在了皮肤上。

当大家低头默祷的时候，虚掩的大门突然被推开了。

一个男孩冲进这座以雨声为背景的教堂中。在靠近教堂大门处司琴的我只能看到他的背影。他穿着一件白色汗衫，深蓝色的牛仔裤上磨了好几个洞，一个大大的迷彩旅行包背在肩膀上，全身都湿透了。

本以为他会找一处不引人注意的角落安静地避雨，谁知他竟然径直走到布道台的旁边，好奇地打量着正在祷告的牧师，之后又来到一位老者身旁，俯身，侧耳聆听他祷告的内容，却又很快皱起了眉头，摇摇头，走开了。

我注视着他瘦瘦高高的背影，心中吃惊且厌恶。虽然我并未受洗，却也知道在这种场合应该对上帝敬畏而虔诚。而他此刻的举动，无疑是对上帝的冒犯。

就在这时他突然转身，把头转向了我。

那一刻我看到了一张棱角分明的面庞，麦色的皮肤，遮住脖颈和耳朵的微长的头发紧紧地贴着脸，落拓而英俊。

他看着我，右嘴角微微翘起，同时冲我挤了挤右眼，之后走到最后一排，找了个位置惬意地坐了下去。

聚会在一个小时之后结束，是时雨依旧在下，无半分减弱之势。参加聚会的人打着伞三三两两地离开，教堂又恢复了平日里的冷清。我走到窗台，用力推开窗户，迸溅的雨水伴随着清新的空气扑面而来，驱走了教堂的闷热。教徒们撑伞的身影逐渐远去，在我的视线中越来越小，最终不见。我又把窗户关上，雨水顺着窗户紊乱地下落。

我总是喜欢在聚会结束之后独自一人在教堂多待一会儿，这里令我感到安详。

一个人走到我的身旁，把胳膊撑在窗台上。

我知道是刚才那个令人生厌的家伙，所以没有说话。

你们每天都会在这里祷告，难道不会觉得很无聊么？他试图打破沉默，而我却不愿回答这问题。

喂——你见过上帝么？见我沉默，他又重新找了一个话题，但我依旧不愿回答。

原来是个哑巴，真无趣。男孩一边说话一边走向下着雨的屋外。

虽对他满心厌恶，但见此情形我还是叫住他，喂，外面还下雨呢！

他又是一个夸张的转身，呼啊，原来你不是哑巴。下这点儿雨算什么？是男人就得经历点儿风雨！

说罢头也不回向雨中大步走去。

接近黄昏的时候，雨水逐渐变小，最终停下来。铺展在天际的灰色被迸射的阳光切割得支离破碎。蝉的叫声一浪高过一浪。窗外的桦树逐渐挺直了身体，傲慢地抖落了满披着的雨珠，树叶在阳光下闪烁出原本鲜亮的光泽。

去年冬天，聚会结束后我与一位唱诗班的年轻人交谈，他无不忧虑地向我提起教堂潮气太重，况且经历了百年的时光流转，已有多处朽坏。话锋一转又说，其实哪怕身处茅草屋也无妨，只要能够聚在一起聆听上帝的话语，便是庞大的福祉。见我沉默不语，他笑着说，浅泽，去读《圣经》吧——认真读。读懂了，也就明白自己与上帝的关系了。

从此，每当有空的时候我都会阅读一小段《圣经》，虽不能完全明白，却令我感到自己的内心离上帝越来越近。

黄昏细小的光芒从窗棂中逐渐溢出，空气宁谧，街巷安详至极，一如我此刻的心情。可我终究是与这街巷不同的，宁谧不过是热闹喧哗之前的序幕，幸福的焰火会在之后骤然爆破，然而我的安详却是溪流一般的乐章，家中静得甚至能听见它们在我的血液中汩汩流淌。我穿着司琴时的白色衬衣抱膝坐在窗台上，仰起头凝望窗外的云，它们大朵大朵地腾空而起，向我绽放了一片广袤的笑靥。

急促的敲门声在此刻响起，我迟缓地从窗台上下来——父亲去世之后，前来登门的人就愈发减少。

走到客厅，打开门，顿时愣愣地站在原地——门外站着的，竟是那个半路冲进教堂的家伙。他的头发遮住了大半张脸，全身都在滴水，像一只可怜兮兮的落汤鸡。

呼啊，您好，我是徊年，请问我是否可以在您这里借住——不是吧哑巴，竟然是你？

他的脸上出现了一丝不易察觉的尴尬，却依旧嬉皮笑脸地解释，刚才我在教堂附近转了一圈，突然觉得这里的风景与我脑海中最近构思的一幅画很吻合。所以我决定就近找个旅馆住下，可是这里的旅馆实在太少啦，好不容易找到两家，竟然都满客了，于是——

他的目光却突然集中在客厅悬挂十字架的墙壁上，接着双手交叉放于胸前，闭上眼，做出一副异常虔诚的神情，我听说信教的人都非常善良而且乐意在别人陷入困境时施以援手，所以我相信你也一样。好了，可以让我进去了吧？

见我依旧不为所动，他湿漉漉的双手突然抓住我的胳膊，抬起头，主啊，救救我，我快被淋死了！

这家伙的一番话竟让我不禁想起父亲临终前对我的嘱托，要尽自己最大的努力帮助身边需要帮助的人。想到这里，我不置可否地耸耸肩，让他进屋。

你今天上午不是还说男人就得经历点儿风雨么？我嘲弄道。

没错，我是这么说过。但如果我因为淋雨感冒而没法画画，世界绘画史上还不知道得损失多少杰作，呼啊。他边说边微微翘起右嘴角，同时冲我挤了挤右眼。

呼啊！小子，原来你会说话啊！

只有你一个人住在这里么？进屋之后，徊年把肩上的旅行包卸下来扔在地上，打量着整间房子。

我点点头，因他的这个问题而重新想起了父亲的离去，心中压抑的悲伤又开始蠢蠢欲动。

你父母去哪儿了？他继续追问，丝毫没有听出我语气中的异样。

我竟一时不知如何回答，只是冷冷地注视着他。

他像是明白了什么，眉头微微皱起，若有所思，又突然笑眯眯地说，一个人住肯定很无聊，不过如果有个既开朗又善于调节气氛的室友那简直幸福到家了——实不相瞒，我就是这样的室友！不过我想，你是不是该先让我去洗个澡？

我下意识地点点头，他的脸上带着满意的微笑，边进浴室边脱掉湿漉漉的上衣。

你家的条件真不错，一共有几间房？徊年从浴室中走出来，上身赤裸，穿着一条短裤，不停地用干毛巾擦着头发。

两间。我回答他。

这倒不错，咱俩一人一间……他边说边要进父亲的房间，我一个箭步冲上去，挡在他的面前，这间屋子，你不能进去！

为什么？他反问。

没有为什么！我的语气强硬。

他无可奈何地耸耸肩，翻了个白眼表示妥协，那我睡哪里？难不成和你睡在一起？

我睡地下，把床让给你。

这倒是个好主意——对了小子，提前告诉你，我有很多雷打不动的习惯，和我住在一间屋就要适应这些，呼啊。

平日里，晚饭过后我会在自己房间的书桌上温习功课，十点左右，读一小段《圣经》，然后进入梦乡。然而在徊年入住我家的第一天晚上，我的生活就发生了令人错愕的紊乱——在我翻开《圣经》阅读的同时，徊年竟然也把自己的随身听开到公放状态，小小的房间顷刻间弥漫开那种激烈而破碎的摇滚乐，隐约能够从无数的混音之中辨别出激烈的嘶吼。这样一来，不仅《圣经》无法阅读，连我的头都像是要爆炸了一样。而徊年，却满脸沉迷，伴随着音乐摇头晃脑，念念有词。偶尔喊两嗓子，在我眼中却像狼嚎一样凄厉。

我厌恶地瞪着他，满心希望他能够在看到我的眼神之后有所收敛，然而注视了他足足三十秒后才发现他的眼睛大部分时间是闭着的，哪怕偶尔睁开，也不会注意到我。下一刻我感到自己房间里面的玻璃都要被震碎了，天花板上无数柔软的灰尘落下来，无声地落下来。或许过不了多久邻居们就会来敲我家的门。到最后连月亮和星星都会被这噪音震得纷纷坠落。于是我走过去，大声质问这个正在摇头晃脑的家伙，你难道不能消停一会儿吗！？

音乐的声音太大，他根本没有听到我说的话，我冲到他的面前按下了随声听的“STOP”键。

房间立即恢复了安静，灰尘不再下落。

他睁开了眼睛，出什么事了？

劳驾，戴上耳机。

他却振振有词，戴上耳机对耳朵不好，难道你没看到报纸上说用耳机听音乐的人会比普通人提前失聪三十年吗。

但现在已经很晚了，并且——你妨碍了我的阅读。我忍耐着说。

哦，我的天，阅读《圣经》——难道你每天的生活都是一成不变的——去教堂司琴、阅读《圣经》，除此之外再没有其他爱好了？你看起来比我还要小，你的生活为什么要这样——这样墨守成规？精心安排的生活往往缺乏惊喜。拜托，换个气氛有什么不好。少年边说边微微翘起右嘴角，同时冲我挤了挤右眼。转过身，重新按下了“Play”键。那一刻我感觉整个房间都摇摇欲坠。

我仍旧是每天都会去教堂后面的白桦林，在天还蒙蒙亮的清早。那时的天空充满了哀伤的沉沦。我呆呆地望着天空，其中飘浮着同样忧郁的云，偶尔能够看到时常在教堂钟楼上空盘旋的鸽子穿过这片绿色的幽静空间，之后用力地拍打着翅膀，飞向未知的远方。由于长年得不到阳光的曝晒，这里甚至长出了森森的青苔与白色蘑菇。蘑菇并不是一簇簇热烈地生长，它们形单影只地出现在树木的底部，斜斜的，姿态寂寞，像另一个我。童年时每次看到我都想伸手轻轻地抚摸它们小小的保护伞，甚至想把它们移植在自己的窗台上。然而父亲曾告诉过我，这些蘑菇大多是有毒的。

随着年龄的成长，我逐渐对花草失去了兴趣，也不再关注树下的蘑菇是否形单影只。然而这片白桦林依然以宽广的胸怀接纳了我的到来，我没有在这里见过任何人，这里是我的私秘空间。特别是徊年出现在我的生活中之后，我就愈发依赖这片树林。我总觉得它为我而生。它的存在是为了包容我，令我的内心变得纯粹而感恩，同时让我意识到自己在这世上非但不孤独，还时时蒙上帝的眷顾与垂青。

又是一个清晨，徊年尚在沉睡，我拿了许多课本前往那片独属于自己的天地。开学之后就是初三，这一年于我而言至关重要。

我先拿出语文书大声朗读课文，之后寻到一根细小的树枝在地面上默写学过的古诗，仿佛整个人都沉浸在了古诗的绝美意境之中，贪婪而陶醉，久久不愿起身。时而又用花体字默写英语书上要求背诵的文段。那些美丽而整饬的字体在树枝下缓缓流泻，犹如一首歌谣。

身后传来了稀疏的脚步声——这是自我来这片树林的第一天起就从未有过的事情。

我诧异地回头，一张熟悉的面孔映入眼帘。

是徊年。

竟然是徊年。

他穿了一件白色的短袖衬衣，打了一条装饰领带，破旧的深色牛仔裤。一个大大的画箱提在左手，而右手抚着背在肩上的画板。看到我，他先一愣，继而笑了笑，原来有眼光的人不止我一个。见我不做声，他继续说，我前段时间休息得很好,从今天开始画画。说罢麻利地从画袋中取出一个小型折叠椅，将调色盒、水粉笔、钢笔以及刷笔筒放在身旁，支好画架。作画之前他冲我挤了挤右眼，右嘴角微微翘起，好好学习吧，准初三毕业生，千万别因为偷看我画画而耽误学习，呼啊。

他转过身去，取出一支钢笔，对着面前的一棵白桦树作速写练习，三笔两笔就完成了一幅画。十几幅下来，笔尖开始在纸上划出一道道无色的伤口，这时他才把钢笔放在一旁。取出水彩，用干搓和湿画的技法各完成了一幅风景画。

时间在不知不觉中已临近晌午。我正专心致志地背单词的时候，原本一直在画画的徊年突然飞快地冲过来将我一把推开。我猝不及防，摔倒在地。然而当我怀着愤怒起身时，却看到他正在抓着一块石头砸一条蛇的脑袋……一下、两下、三下……我忍不住瞥了一眼，蛇的头已被砸烂，我只觉得胸口一阵阵的恶心向上翻涌，迅速把头别过去。而徊年竟像没事一样把蛇一脚踢到旁边的草丛中，搓搓手，转身注视着脸色煞白的我，冲我挤了挤右眼，同时翘起右嘴角。呼啊，我表妹很害怕死蛇，没想到你却比她还害怕。

我狠狠地瞪了他一眼，虽然嘴上没有说什么，内心却充满了感激与佩服。

复习完功课之后我起身走到正在画画的徊年身边，那时他正用群青色描摹远处只露出一个十字架的圣保罗教堂。画纸散落一地，我俯身将之拾起，放远端详。深深浅浅错错落落的蓊郁绿色布满了整个画面，像一片海洋。

他把最后一笔橄榄绿摆在画纸上后看了看表，迅速转身，发现了站在身旁的我，又露出略带戏谑的笑容，嘿，小子，看傻了吧你。

我笑了笑，没说话。他却仿佛来了情绪，怎么样，我画得好吧？呼啊。见我仍是不说话，他起身一把搂住我的肩膀，怎么着小子，还生我气呢？我推开他，伸手弹了弹肩膀，闪开，别把我的衣服弄脏了。

徊年愣愣地看我，突然又哈哈大笑起来，甚至笑得弯下腰去。我被搞得丈二和尚摸不着头脑，不解地望着他。他起身一边擦拭眼角笑出的泪水一边说，浅泽，你怎么那么像个小姑娘，真的，从我第一次见到你的时候就觉得你像。

4

吃完晚饭，我照例抱着一大摞课本和《圣经》走进书房，徊年从身后一把拽住我的衣领，小子，干什么去?

我转头看了他一眼，讽刺道，怕吵到你听摇滚，所以去书房复习功课。

他不由分说地将我怀里的课本连同《圣经》一起夺下来放在桌上，用力拉住我的胳膊向卧室走去，边走边说，今天别复习啦，给你听首曲子，保证你喜欢!

他把我拽到卧室，神秘兮兮地关上灯。我的眼前霎时一片黑暗。而窗外，悬挂在天空中的月亮和星辰却愈发明亮了。黑暗中我看不清徊年的脸，只能看到一个模糊的轮廓。他摸索着找到随身听，把耳机插上递给我，拍了拍我的肩膀，然后默默地退出了房间。

我几乎不听任何流行音乐，因为父亲曾说它们能使人耳目污浊。然而，我想自己会一辈子都牢牢记住徊年那天给我听的曲子，何勇的《幽灵》——一首根据瑶族乐曲改编的悼亡曲。音乐刚起的时候，清晰可辨雨声、鼓声、悠扬的马嘶，前半部分一气呵成，有行云流水之感，我仿佛身处幻境。苍穹之上，月华如练，随着树影和云朵一同摇曳。一片巨大的靛青色的湖泊呈现在眼前，被月光映成了银色的明镜。阵风吹来，湖面波光粼粼，生长在水塘旁边的芦苇忧郁地倒伏，如泣如诉。一个男人的声音像水一样缓缓地出现在空气之中，他用略带京腔的普通话平静地说道：

朋友们，你们听到的这个是幽灵。这是一首非常著名的民族乐曲。我给它起名叫《幽灵》，将它改编了。感谢原作者。我把它送给，在我生活中出现的许多很重要的人。他们已经不在这个世界了。我很想念他们。这是一个礼物，在我睡着的时候，他们与我共舞。

我不记得自己听了多久，只记得当徊年推门进来打开灯的时候我以一个不变的姿态望着窗外静舞的月光，泪水滴滴答答地落在面前的书桌上。

徊年的眼中闪过一丝惊讶，不过这次他没有笑，而是平静地问，好听么？

我把头深埋进胳膊，用力点了点头。

他轻轻拽着我后脑勺上的头发，温柔地命令，抬起头来，浅泽。我抬起头，他一边抚我额前遮挡住眼睛的刘海一边用食指为我抹去脸上的泪水，低声问，你怎么哭了？

我推开他的手，徊年，这首曲子让我想起父亲——他去世已接近半年……他生前是夏城最优秀的牧师。事实上，我和他之间并没有太多的共同语言，可是……可是我们都是彼此心中最重要的人，我们是彼此在这世上唯一的血亲……我没有母亲，我的母亲在我三个月的时候就去世了，我甚至没有见过她的模样……所以父亲去世之后我长时间地陷入自责，为什么生前我一直要把对他的爱积压在心底直到他生命的最后一刻才表达出来……我真的非常后悔……我非常后悔……

听完我语无伦次的叙述，徊年长久地沉默。突然转身问我，浅泽你知道我为什么喜欢这首《幽灵》吗？

我摇了摇头。

徊年的身影沐浴在月光之中，又沉默了许久，才犹如耳语般低声说，因为我没有父亲。

见我瞠目结舌。他笑了笑，目露忧伤，母亲告诉我，我的父亲在我很小的时候就因救人而牺牲了，是个大英雄——我是被母亲拉扯大的。我的母亲是世界上最好的母亲，她现在自己开了一家广告公司，在别人眼里，她也是很有成就的女强人吧，可是只有我知道她创业时的辛苦与不易。印象很深的是有一年冬天，我和她吃了几百斤的大白菜……春节的时候家中连买肉包饺子的钱都没有……可就算这样，她依旧让我时刻感到生活的幸福与美好……所以我总想，自己将来要成为一个很有成就的人，让她为我而骄傲……

偶然的一个机会我从徊年掉落的钱包里见到了他和母亲的合影，不过那已经是几周之后的事情了。

那天晚上徊年又给母亲打了一个电话，足足有一个小时，通话时徊年犹如一个真正的孩子，事无巨细地将他看到的和经历的事都向他母亲叙述了一遍，我还记得他挂掉电话之后脸上的笑容，十分灿烂。

浅泽，你睡了吗。

还没，在想些事情。

那我先睡了，晚安。

晚安。

徊年转过身，不一会儿便听到了他的鼾声。

5

我从徊年的讲述之中得知，他从小在一座名叫皑城的大都市长大。这个夏天他刚刚完成了高中的学业，母亲让他外出旅行。而夏城是他旅程中所要经过的城市之一。那日他刚刚抵达夏城，天降大雨，而他出行的时候又没带任何雨具，情急之下躲进了教堂，并与我相识。

一直以来我都相信两个人的相识需要很深的缘分，与徊年的相识亦然。他是我寂寞的少年时代中唯一的朋友，而我在他的眼中，或许只是众多朋友中普通的一个——他告诉我，几乎他们学校的所有人都和他是朋友，一同外出喝过酒唱过歌。他最喜欢的诗人是爱尔兰的叶芝。一次他从旅行包中取出一本厚厚的十六开线圈笔记本递给我，浅泽，你翻开看看。

在笔记本的第一页上，有这样一段用飘逸的行楷字写就的话：

一度我也曾英俊像个少年，但那时我生涩的诗脆弱不堪，我的诗神也很苍老，现在我已苍老且患风湿，形体不值一顾，但我的缪斯却年轻起来了。

——叶芝

浅泽，这是叶芝在诺贝尔文学奖颁奖典礼上的获奖感言。这段话我反反复复品味了很多遍。徊年小声说道。下一刻又自顾自地笑起来，一把抢过笔记本，让本世纪最伟大的天才为你朗诵叶芝的诗吧，呼啊。说罢抬了抬眉毛，浅泽，认真听。

你在织什么／如此美丽而明艳／我在织这忧伤的披风／在所有人的眼中

/它多可爱啊/将是这忧伤的披风/在所有人的眼中

你在造什么/用这远航的帆篷/我在造一只承载忧伤的船/白天又黑夜地疾驰在海上/忧伤地漂泊流浪/白天又黑夜

你在织什么/用这样洁白的羊毛/我在织那忧伤的鞋子/将轻快的脚步踩得无声无息/在所有忧伤的耳中/倏然而轻快

徊年的语调充满起伏的感情。那是我第一次听到叶芝的诗歌，充满了浪漫的美丽与忧伤的爱，像一首首古老的爱尔兰歌谣。适合在黄昏候鸟归巢的时候坐在开满蔷薇花的庭院中，煮一杯浓郁的咖啡，独自，抑或与自己心爱的人一起品读。

他又念道：

The hour of the waning of love has beset us,

And weary and worn are our sad souls now,

我们被爱情枯谢的时光围绕着/此刻我们忧伤的灵魂已疲惫不堪。

我去教堂司琴的时候，徊年总会自己到教堂后面的白桦林画画，等到查经聚会快结束的时候，就一手提着大大的画箱一手拿着许多画作到教堂门口等我，在回家的路上给我讲很多笑话，有的很好笑，有的很无聊。而每当我在听完笑话面无表情的时候徊年都会满脸沮丧，我曾嘲笑他那时的表情像“一只卖力表演了却得不到食物的猴子”。

有一次我从教堂走出来的时候看到他正在阳光下变换着自己的手影，笑得一脸落寞。那一瞬间，时光疾速倒流，我想起了曾经那个因为没有同学结伴而只能独自回家的自己，每每感到寂寞就会对着夕阳变换手影，笑得一脸落寞。而岁月在弹指间匆匆而去，我也早已不再愿意触碰那段不堪回首的过往。谁知今天竟因为眼前这个少年的一个动作而向记忆倒戈。

回家的时候我们并排走在路上，徊年一直把手交叉在脑后，抬起头在看天空中滑翔而过的飞鸟。

我突然问，嘿，你寂寞么？

没想到徊年却微微翘起右嘴角，同时抬了抬眉毛，伸手揉我的头发——我的身高只到他的耳朵。我早就告诉你不要想太多，你小子怎么就是不听？我寂寞？别开玩笑了。说罢干笑三声快步向前走去，边走边说，啦啦啦，我的朋友遍天下！

街道两旁的桦树在夏日的晚风中轻颤，它们被夕阳拉长的影子落在我的身上。

一个曾经在夜晚对我说起母亲时喉咙哽咽的男孩；

一个既听激烈的摇滚又听哀伤的纯音乐的男孩；

一个喜欢叶芝的充满了忧伤与爱的诗歌的男孩；

一个放肆地宣称自己是伟大天才的男孩；

一个在夕阳下变幻着自己的手影笑得一脸落寞的男孩。

怎么可能不寂寞。

他所谓的“朋友遍天下”或许只是用来掩饰寂寞的说辞；他热衷于给自己和别人讲笑话，到头来也只不过是填补寂寞的工具。

只是愈填愈寂寞，愈寂寞愈填。

他像白桦林中的一只普通而寂寞的蘑菇。

6

那天下午我们本来说好一起去教堂后面的白桦林，他教我画画。然而在出家门之前电话铃却突然响了，徊年在接起电话之后对我说，浅泽，是我妈妈给我打来的电话，你等我一会儿。

我点点头，那我在门外等你。

徊年从屋里走出来的时候情绪显然不对，我虽然心有忐忑，却不曾多问。谁知并排走在路上时他却突然开口，浅泽，我妈妈……我妈妈刚才在电话里对我说了很多莫名其妙的话……她说倘若有一天她不在了，希望我以后能好好照顾自己……你说她会是出了什么事情了吗……

我知道由于家庭环境的特殊，徊年对母亲的感情超过了一般孩子。我说，徊年，你的妈妈可能正在工作，没时间和你多讲话，你太多虑了。

然而他依旧把手交叉放在脑后，忧心忡忡。

那时候我尚未察觉，自己已逐渐贪恋起与徊年在一起的时光。这充满灵气的少年，他写诗，画画，听音乐；他厌恶一成不变，憎恨循规蹈矩；可他的内心却善良而充满热情。这样的少年往往会被上帝眷顾，将一连串的惊喜馈赠给他用以装点生活。

然而上帝也会有犯错的时候，有一次，他把灾难当作惊喜赠给了徊年。

那是徊年教我画画之后的第二天，正沉浸在睡梦中的他竟从床上摔下，疼得龇牙咧嘴，吃早饭的时候也心不在焉，坐立难安。他突然想起应该再给母亲打个电话。然而她母亲的手机却无人接听。于是他又打母亲办公室的电话。

电话响了很久才被接起来，我从徊年的语气中得知接电话的人并非他的母亲。我站在一旁，却发现徊年的脸色越来越难看，手指紧紧地抓住话筒，指关节微微发白。突然咣当一声，电话掉落，徊年怔怔地站在原地。我冲上去问他，怎么回事？

徊年没有说话，只是久久地注视着我，其中的绝望像是夜色中的潮水，汹涌而无法看到尽头。我急了，用力摇他的肩膀，快说啊你！

他仍旧沉默，走进房间，我尾随其后，只见他将自己的衣服胡乱地抓起，塞入旅行包内，泪水顺着他的脸颊滚滚而下，他却不曾擦拭。收拾完旅行包之后他迅速冲出家门。我在背后叫他的名字，他没有回应。

第三章　像在蓝色的海洋里

I dreamed that one had died in a strange place
Near no accustomed hand,
And they had nailed the boards above her face
The peasants of that land,
Wondering to lay her in that solitude,
And raised above her mound
A cross they had made out of two bits of wood,
And planted cypress round;
And left her to the indifferent stars above
Until I carved these words:
She was more beautiful than thy first love,
But now lies under boards.

——W·B·Yeats《A dream of death》

1

徊年离开后，我的生活恢复到了之前的样子。每天去白桦林晨读，用夸张的语调背诵或朗读英语课文，用树枝在地上默写绝美的古诗，或者用整饬的花体字写漂亮的句子。下午独自伏在窗台旁边复习功课，偶尔抬起头看盘旋在教堂上方落寞而温情的鸽子。夜晚进入梦乡之前读一小段《圣经》，教堂聚会的时候仍旧会去司琴——这样的生活持续了一周，直到有一天我突然感觉日子被编排得像话剧般井然有序，于是我开始怀念起与徊年在一起的时光。抑或从他动身离开夏城的那一天起，这份怀念就一直存在着。

徊年，徊年。

他已经成为了除父亲以外，我最频繁想起的那个人。

而每次想起他的时候，胸腔总是汹涌出难以言明的感情，甜蜜与苦涩一同发酵。

我不知道究竟发生了什么，但我知道一定是一场对徊年而言无法承受的痛苦。然而这个世界上的泪水太多，我们不会懂得。于是我又开始在夜晚祷告，身影沐浴在如雪如霜的月光之中，喃喃低语。就像当年为病重的父亲祷告一样。

徊年，徊年。

他时常出现在我的梦中，像最初认识时一样，神情戏谑而嘲弄，对着阳光变换手影。然而当我想要与他说话的时候，他却变成了一只鸟，低低地望了我一眼，神情痴然而哀伤，继而向着太阳的方向飞去，哪怕被炙烤至死，也在所不惜。

在飞离我之前他所说的最后一句话是，浅泽，再见。

梦醒之后我会拿起放于床头的《圣经》，翻开一页之后读下去。马太福音中说道，不要为明天忧虑，因为明天自有明天的忧虑。一天的难处一天当就够了。

又是一个夜晚。

一个繁星满天的晴朗的夜晚。

在这样一个夜晚，我被敲门声惊醒。

原本以为是梦，然而敲门声持续不断，似一种走投无路的哀求。我下床，揉了揉惺忪的睡眼，打开门。

在晴朗的夜色下，在白桦树的枝叶与月光暧昧的交织中，阔别许久的徊年竟木然地站在门外，完全与先前寄存在我脑海中那个英俊不羁的男孩判若两人。他的脸颊瘦削蜡黄，两腮与眼眶深深下陷，头发脏腻，胡楂儿杂乱地密布在唇边，白色衬衣上满是污垢。见他这副狼狈相，我一时语塞。他嘴唇嚅动，低声说，浅泽……我回来了。

从眼前他失魂落魄的神情中，我已大致读懂了他这几天梦魇般的经历。于是没有多问，只是一手去拎躺在地上的旅行包，一手试图搀住他的胳膊往屋里走。然而他却突然反手紧紧地攥住我的胳膊，我甚至能感到他的全身都在因为悲伤而颤抖，然而他却紧紧地咬着嘴唇，一言不发。

进屋之后他将行李扔下，背对着我，浅泽，我先去洗个澡。

说罢走向浴室。

我坐在客厅，隐约能够从流水声中分辨出他压抑而低沉的哭泣，更觉得分外担心。而当他换上一身干净的衣服趿着拖鞋坐在我对面的时候，我却不知该如何安慰他，于是只能低着头，连呼吸都变得格外小心。坐在一旁的徊年也低着头，两手插于发间，双目空洞地注视着地面。

也不知过了多久，我首先打破沉寂，徊年，太晚了，你肯定累了，进屋休息吧。

他依旧愣愣地坐着。直至我把话重复了一遍，他才如梦方醒般缓缓点头，起身向屋里走去，我尾随其后。

来到房间，他注视着空无一物的地面，迟疑地说，地铺已经被你收起来了……

我刚想说“我会重打地铺”，他就自顾自地低声说，挤挤也能睡开。躺下之后他拿起一个枕头蒙着脸。我看了他一会儿，也躺到床上。两人睡一张单人床确实有些拥挤，我的身体不得不触到他，此时我感到他的每一寸肌肤仿佛都在溢出悲伤。

徊年从脸上拿下枕头，望着天花板，低声说，浅泽，你真的不想知道这两个星期我经历了什么？

我转过头，在这个角度他所呈现给我的只是一个沉浸在黑暗中的侧面剪影。沉默许久，我说，如果我知道会使你伤心，我宁愿一无所知。

徊年听后没有回答，他的目光依旧直直地望着天花板，浅泽，我妈妈已经……已经不在了……她的公司破产了……所以她从公司的顶楼……

他低沉的讲述拉开了夜的序幕，我与他一同坠入了无边无际的黑暗深渊。

在乘车返回皑城的路上我一遍遍地对自己说妈妈没事妈妈一定会没事，刚才那通电话肯定是她跟我开的一个玩笑。就好像是在我小学一年级的时候，有一次她为了考验我是不是真的爱她于是就把头故意撞到墙壁上之后假装晕倒。看我在一旁吃惊得发不出声音时她突然笑着醒过来，响亮地吻我的脸蛋。

下车之后我第一时间冲向病房，却在这时听到一个熟悉的声音在和医生谈话，是妈妈的好朋友，陈阿姨。看到我的出现，她突然搂住我失声痛哭。从她夹杂着哭泣的叙述中我知道妈妈刚刚才被医生推去……太平间。我的心像被利刃重重地戳了几下，不顾一切地跑下楼。我想要再看看妈妈，我想要再看看她。

在太平间门口，我被几个医生护士拦住。其中一个身材高大的医生拽住我的胳膊要我冷静。我用力挣脱他，掀开了盖着母亲的被单——呈现在我面前的是一张惨白而变形的脸，双目半睁，鼻子与嘴巴都有血液不断地往外涌出……或许因为受到了惊吓，或许因为悲不自胜，又或许因为……我眼前一黑，晕厥过去。

再次醒来时我已躺在了自家床上，身旁是陈阿姨，她的眼圈红红的。见我醒了，她迟疑着问，徊年……你想去……想去再看看你的……妈妈吗？

实际上，我在返回皑城的路上想了许多宽慰妈妈的话，我以为总会有一套能够派上用场。可是……我旅行之后与妈妈的第一次也是这一辈子的最后一次相见竟然是在殡仪馆，而且……而且从此以后我再也见不到她……她的面容已经过修补，除却太过苍白以外，与沉睡别无二致。身着黑衣的我一步步地走近她，凝视着她的脸，低声说，妈妈你很美，真的，你还是那么美。

浅泽，我没有目睹妈妈的火化。妈妈火化的那天我把自己锁在屋中，将她生前用过的所有东西一样一样地整理好。可是，我总是不由自主地想象着妈妈在火炉中逐渐成为灰烬的样子，她抱过我的手臂，她亲吻过我的嘴唇……就这样一点一点地化为灰烬……那天我拽住自己的头发在房间里面哭嚎，嚎到嗓子说不出话来。

我在家待了一段时间，陈阿姨说要来和我做伴，被我委婉地拒绝了。我把妈妈生前用过的东西一件一件地找出来，我无法面对由睹物思人所带来的锥心之痛，于是把这些全部烧掉。只留下了她的一本日记。火光冲天的时候我仿佛看到了她的面容，美丽而温柔。可是，可是我以后再也见不到，再也见不到了……

2

我望着窗外墨蓝的天空，又默然注视身旁这极力克制着自己情绪的男孩，心脏的每一个细胞都因为疼痛而颤抖，所有的语言都已经融入清冷的月色，随黑夜渐行渐远。我想抚开他额前微长的头发并告诉他，一切都会好起来。可我又有什么资格？母亲在十五年之前的辞世已经让我体味到生活的残酷与生命的脆弱，而一年之前父亲的离开再度让我的生活陷入泥潭……倘若如今我已从这重重叠叠的阴影下大步走出，那么此刻我便可堂而皇之地对他说，有些事情终究会过去的。可如今，连我自己都不能很好地调整情绪，又有什么理由让徊年信服？

于是我的手停在半空中，颤抖着，迟疑着，最终没有落下。

徊年稍微平复了情绪，继续说道，几天之后我翻开母亲的日记，却没想到翻开第一页的时候有一个厚厚的信封掉了出来。我沿边撕开，里面装的是母亲写给我的一封长信。她在信中写道，妈妈感到抱歉，在你未曾踏入社会之前选择了离你而去，离开这个世界。妈妈本该陪伴你一路走下去，并欣喜地看到你与一个善解人意的姑娘结婚生子，但……你可以想念妈妈，但不要时时以妈妈为念。做一个善良的人，拥有纯净的灵魂——这是你父亲曾经希望的，现在，我把它告诉你……

浅泽，看完信件之后我又读了妈妈的日记，她在日记中用了很大的篇幅描写对“他”的爱与仇恨。她没有提“他”的名字，所以我也不知道“他”到底是谁……

徊年，徊年，这些事情，说出来，就忘掉吧。

浅泽我要睡了，我的头很昏。

我彻夜未眠，心中本该因相聚而产生的欣喜，也被死亡的阴影决绝地覆盖了。

原以为徊年真的会如他所言“倾吐之后忘却”，却不知由于经历了巨大的痛苦，加之旅途的疲劳，他第二天就病倒了，发高烧。我说要带他去医院，他断然拒绝，像个惧怕打针吃药的孩子般固执。无奈之下，我只能跑到医院请教医生，开药带回家，按医嘱喂给他吃。可无论是食物还是药，吃下去后就会被他立刻吐出来。他一天大多数的时间都在睡觉，醒来时情绪低落，双目呆滞地望着天花板，一言不发。

我在床边重新打起了地铺，以便于晚上起床照顾他。徊年白天的时候只是情绪低落，体温正常，可每当夜晚来临，他的体温就会迅速上升，喃喃自语地说着胡话。每每此刻，我便会一边轻声唤他的名字一边拍打他的肩膀，待他安稳睡去，我便借着月色细细端详这哀毁骨立的少年，不由自主地想起一年之前的自己。一度因为父亲的离世而神情恍惚。没有人能够拯救自己，连全能的上帝也不能。唯一能做的，就是自我拯救。

一周之后徊年的烧退了，同时也能吃下少量的清淡食物，可情绪仍旧不稳定。我问詹牧师，让一个人心绪平复，有什么好办法。詹牧师提议，可以为他念《圣经》。

于是我遵循了詹牧师的建议，每晚坐在床边为徊年阅读《圣经》。选一些优美而富有感情的段落念给他听。徊年在聆听时脸上是安宁的神情,仿若孩童。每次念完之后我都会问他，心情好点了吗？他微微点头。而每当这时，我的内心就会充满酸涩的温暖，低声告诉他，徊年，一切都会过去，会过去的。

又似在告诉自己。

周末的时候我照例早早起床去教堂司琴。临走前我对徊年说，我要去教堂了。出乎意料的是他并没有看我，只是木然地说，去吧。

主日崇拜开始之后，原本司琴时心平气和的我那天竟然心神不宁，屡次弹错音。脑海中突然闪出一个令我自己都感到恐惧的念头：莫非徊年出事了？想到这里，我向正在布道的詹牧师示意后，立即转身飞奔出门。

徊年，徊年。

我以最快的速度跑回家，推开屋门，眼前的一幕印证了我可怕的预感：徊年正倚在床边，左手掌向上。右手中有一枚闪闪发光的银色刀片。他尚未恢复红润的脸上有着与重返夏城那个夜晚如出一辙的木然神情，双目死死地盯着那道银色的光，似乎在犹豫是否该下手。

我冲上去，一掌打掉了他手中的刀片，嘶声吼道，你要做什么?！你凭什么想死就去死?！难道这就是你说的男人要经受风雨吗?！

徊年的神情依旧木然，他看了我一眼，垂下头，低声问，难道我连想去死的权力都没有了吗?

对！没有！你就是没有权利去死！我双手抓住他的肩膀，猛烈地摇晃，难道你忘记了你妈妈留给你的那封信了吗？她要你好好地活着，做一个坚强的男人，难道你都忘记了?！你这副德性怎么对得起你妈妈——

我的最后一句话还未说完，徊年突然用力甩开我的手，你别跟我提我妈妈！你有什么资格提我妈妈？你有妈妈吗？没有！所以你永远也无法体会到失去妈妈的痛苦，永远都无法体会！没有了妈妈，我活着还有什么意义?！他的双目因绝望而闭起，泪水蜿蜒过他棱角分明的面庞。

好！我不提你妈妈，就算我没有资格提你的妈妈，那么你能不能为了我而活下去？你能不能？你已经是我在这世上最亲近的人了，你知道不知道……我的喉咙像是被什么东西堵住了一样，一时间发不出任何声音。只有灼热的泪水从眼眶滚落而出。

徊年睁开泪眼，望着眼前同样满脸是泪的我，眼里有无限惊愕。或许他从未想过向来不善言谈的我体内竟蕴涵着如此细腻的情感。他垂下头，用手指梳理自己因为失态而凌乱的头发，沉默不语。

我知道你的苦，徊年。我继续说，虽然我从小没有母亲，可我毕竟有父亲……对于失去亲人的痛苦，我比你更铭心刻骨。可……可我从未想过要轻生……因为我知道倘若自己做出了这样的傻事，父亲在天之灵是不会原谅我的……同样，我也会因此被人瞧不起。自杀，是最愚蠢的逃避问题的方式——

徊年，每个人在这个世界上都会遇到很多无法释怀的事情，可是我们都还是要好好地活下去，勇敢地去面对，是不是？

徊年冷静下来，点了点头，缓慢而持久。浅泽，我会好好地活下去。

那一刻我的心灵像是泊入港湾的船般有了安宁之感。遥望远处的海，无论波涛汹涌抑或风平浪静，自此都与我无关了。我的眼泪再次漫出眼眶，凝视着身旁这重新沐浴在阳光之下的男孩，心说，徊年，徊年，我想要与你更近一些。

3

是谁曾经说过，我愿意，抛弃我的所有，如果能，时光倒流。

而自此之后的半个月，时光仿佛真的倒流了。

我与徊年重获了一段平静岁月。在天空蒙蒙亮的时候起床，他整理画具，用调色刀刮去颜料盒中混色的颜料，冲干净刷笔筒后灌入新的水，最后把画笔泡入其中。我则在收拾好要用的课本之后倚在门框上等他。在心中不由自主地勾画着他的模样，棱角分明的脸，锐利的线条，麦色的皮肤。有时我会独自笑起来，他回头瞥我一眼，笑什么？我一时不知如何回答，随口说道，没什么，只是觉得和你在一起很开心。于是他也笑了。

徊年收拾完颜料之后我们就会出门，去白桦林。唯一不同的是他不会再像原来那样给我讲许多好笑或者无聊的笑话，相反，他大多数时间都在沉默、沉默，像一棵与我并肩而行的白桦树。而我，也只会偶尔说一句“徊年你看今天的天空颜色很特别”或者“徊年你刚才听到鸟叫了吗”。

他画画的时候我在一旁复习功课，把复习的内容全部消化掉之后就站在一旁看他画画。有一天他叫我，浅泽，我们一起画幅画怎么样。

我们共同完成的第一幅画名叫《白桦林的清晨》。那是一幅点彩画，笔触斑驳落拓，有许多留白。

在我去教堂司琴的时候，他仍旧会在教堂门口等我，或者坐在大厅的最后一排，等聚会结束，我们一同回家。

晚饭过后，我与徊年外出散步。那是一个月光皎洁的夜晚。我们顺着圣保罗教堂一直向前走，直至走到了街心公园才停止。夏天有许多老人会在这里乘凉。偶尔还能看到一对对年轻的情侣坐在石头凳上，拥抱抑或接吻。

我与徊年找了一处没有人的地方坐下，他垂着头，仿佛在呆呆地想些事情。而我在不经意间发现漫天星光已落满了我们的肩膀。我突然想起了父亲。于是小声地说，听说人在去世之后就会变成星星，在天空中静静地观望着我们呢。

徊年听后也抬起头看了看天空，不知道哪颗星星是我妈妈？

或许是最亮的那一颗，我回答。

那哪颗星星是你爸爸呢？徊年又问。

我仰起头，望着头顶这片壮丽的星河，想要寻找，却一无所获。我也不知道。我回答。

也不晓得我妈妈认不认识你爸爸。徊年边说边用手抱着后脑勺，躺在我的腿上。那一刻我的心跳莫名加速，脸颊灼热。这时徊年又说，说不定你爸爸现在正在天堂给我妈妈布道。

我一直想问你，你怎么总说呼啊，跟谁学的？

Al Pacino 啊，喂，你不会连这么有名的演员都不知道吧？

我还真不知道。

演《Scent of a woman》的那个——这真是部好电影。浅泽，你有时间一定要看看。其中有句话给我留下了很深的印象，There is no prosthetic for that——灵魂不可能有义肢。

我没有接徊年的话。时光在那一刻哗啦啦地向后倒退。我仿佛重新回到了一年之前的那个冬季，父亲病重，我曾建议他去医院，他却断然拒绝，因为在他的印象中，神的医治已经足够。于是，在生病的漫长岁月中，他自始至终都在祷告，内心愈发虔诚，身体却每况愈下。很多个时候我透过门缝看过去，只见他跪在床前，空荡荡的黑袍令他看上去更加虚弱。很多次他剧烈咳嗽，双手撑住地面，整个身体都随之颤抖，然而我却不敢进去扶他，因为他说过没有他的允许，任何人不得进屋。他去世的那个夜晚下了一场很大的雪，我跪在他的床前，握住他枯瘦如柴的手。他对我说，他没有来由地想起一部名叫《Scent of a woman》的电影中男主角 Frank Slade 说的话："There is no prosthetic for that"——"灵魂不可能有义肢。"

而如今，躺在我腿上的男孩也对我说起同样的一句话。或许这昭示着某种隐喻？我不知道。

浅泽，"呼啊"所表示的，可以是一种欣喜，可以是一种骄傲，也可以是一种悲凉。

呼啊。我从唇间轻轻吐出这两个音节，同时在心中悄悄地问自己，不知是否可以表示爱。

4

十五岁，青涩的年龄，按理也该对异性充满向往和好感了。班级中许多男孩已开始为博得自己心仪的女孩的欢心而日日临帖练习钢笔字；死记硬背许多中外的浪漫爱情诗歌；把自己的头发梳理成女孩欣赏的发型，用以取悦她们；并且用吃午饭省下的钱买漂亮的玫瑰花送给女孩。

然而我却因为童年时代受父亲的影响而从心底对异性产生了抗拒。面对全班乃至全校众多的女孩，内心没有原本应该属于一个十五岁少年的那份，哪怕是丁点儿的悸动。

只有想到徊年，我的内心才会收获一种与年龄匹配的欲动。

徊年也会写漂亮的钢笔字，会充满感情地为我朗诵诗歌，并且他的发型一直令我舒心。我想。

晚上，徊年依旧睡在我的床上，我打地铺。如今，我的目光竟在不知不觉中为他赤裸的上身而停留。他的整个身体都沉浸在黑夜与月光之中，月光勾勒出他健壮的体魄，我能够看清他的每一寸肌肉，年轻而饱满。而每当那时我心里都会有种异样的感觉。

他换完衣服，转过身，我赶紧把目光从他的身体上移开。他发现后，满面疑惑地打量自己，你在看什么？我有什么地方不对吗？

我慌忙摇头，迅速躺下并别过脸去。

浅泽，睡了吗？

没有。

我一直想跟你说一件事情。

嗯。

我记得原来跟你说过，我的朋友有很多。

是的，你说过。

通过这段时间经历的事情，我好像突然明白……真正的好朋友并不是每天可以一起出去喝酒唱歌的。而是……而是在危难之中能帮你一把，在举目无亲的时候能照顾你……为你赴汤蹈火却甘之如饴……

我沉默不语。

他继续说，在我原来的印象中，你是个需要人保护的孩子，而且你把自己的内心包裹得太紧，让别人无法接近。可直到现在我才明白……原来我的浅泽也是个内心充满了热情的男孩。

我的心因为“我的浅泽”这个称呼而怦怦直跳——难道是他觉察到了什么而故意试探我么。可倘若果真是试探，他的语气之中却毫无迟疑与虚假，仿佛一切都是出自于内心的情愿。那一刻，我的心底突然萌生了一个更加贪婪的念头，倘若我能够与徊年日日相伴，该是多么令人垂泪的幸福。纵然永远待在这个偏僻的北方小城，失去了演绎轰轰烈烈繁华人生的机会，又有何妨？

世间的美好总是如此短暂，又或许是因为短暂而美好——漫长的岁月容易磨掉人内心对某种事物最初的完美印象和延伸出的幻想。而在现实面前，幻想又是如此脆弱而不堪一击。正如曾经听到的一句话，理想主义只是年轻人的奢侈品。我甘愿沉迷于其中，可物质生活的贫乏已向我们步步逼近：为徊年买药用去了我部分积蓄。而在他身体逐渐恢复的那段日子里，我每天都要尽最大的努力为他准备丰盛的饭食，同时不得不悄悄询问詹牧师是否还有教堂缺少琴师……然而这一切我从未向他提起。直至饭桌上终于无法避免地出现了一盘清炒萝卜叶与两个馒头的时候，徊年才猛然意识到了些什么。我深知纸终究包不住火，于是坦白，家里，家里已经……没钱了……

他从旅行包里取出一叠钞票递给我，目光深深，浅泽，等我以后赚了钱，一定加倍地偿还你。

这样平静的岁月又持续了一段时间。一天晚饭的时候徊年突然说，浅泽，我要回皑城打工——火车票，也已经买好了。

我的手突然一抖，手中的勺子掉入眼前的汤碗，汤水溅了一脸一身。我顾不上擦拭，急切地问，徊年，我每个月在教堂的收入支撑不了我们两个人的花销吗？

如果我们每天平平安安，粗茶淡饭，而且不添置衣服，这钱自然够我们两个人用。可问题是我们总有生病的时候。最主要的是，我们该过更好的生活对不对？我们的物质水平凭什么比别人差——只因为我们是无父无母的孤儿？更何况……我们以后……还要……还要恋爱，花销还会增加……

徊年的这番话深深刺痛了我的心，原来他想要和女孩恋爱。如此说来我一直活在自己可笑的一相情愿之中。想到这里，我突然一把抓住他的双手，低声哀求道，不恋爱行吗，只有我们两个人在一起，一辈子！

徊年一怔，把手抽出，揉乱了我的头发，又在说傻话了不是？

我用力摇了摇头，不，徊年，真的，我不会谈恋爱，绝不会。你也不要——答应我。

然而徊年却没有应声，起身回到屋里，独自收拾着行李。

我尾随他进屋，把他所有的衣服一件件叠好，压平，装入旅行包内。趁他去洗手间，便把叠好的衣服深深地搂在胸前，贴在脸上，用力地闻着其中熟悉的味道，那独属于徊年的味道。我的眼泪汹涌而出，急忙伸手擦拭，可旧泪未干，新泪又落。徊年进屋，看到我的眼泪之后问，浅泽，你哭了？我背对着他，拼命克制自己的哽咽，装作若无其事地说，没什么，行李都收拾好了。我极力地回避着他的眼神，以为这样说会让他不再关注我的情绪，却不曾料想他双手轻搂着我的肩膀，浅泽，你转过身来。

于是我胡乱地擦了擦脸，转过身。可他还是看到了我的眼泪，我也看到了他的心疼。纵然如此，他依然佯装轻松地冲我挤了挤右眼，微微翘起右嘴角，用调皮的语气对我说，小子，过不了多久我就会回来看你的。

说罢他走向床边，把旅行包的拉链拉起。这时我再也克制不住自己的内心的情感，从身后紧紧环住他的腰，把脸贴在他的后背上，温暖而踏实。

徊年以一个不变的姿势沉默了许久，继而把我的手从腰间慢慢移开，在我的额前轻轻一吻。

他用手指整理着我额前的刘海，低声说，浅泽，你应该知道，自母亲去世之后，你是我在这世上最挂念的人。

我会想念你。我哽咽着说。

徊年用力点点头，将旅行包背在肩上，穿过客厅，头也没回地走了。

我倚着门框，心中的悲伤犹如黄昏般逐渐蔓延。抬眼望去，徊年的身影逐渐消失在冰凉的夜色之中。而他印在我额头上的那个吻，却依旧带着他的体温，并在我每每寂寞的时候，令我感到温存，也让我的内心不由自主地躁动。

爱是恒久的忍耐，又有恩慈；爱是不嫉妒，爱是不自夸，不张狂，不作害羞的事，不求自己的益处，不轻易发怒，不计算别人的恶，不喜欢不义，只喜欢真理；凡事包容，凡事相信，凡事盼望，凡事忍耐。

第四章　你睡在我眼睛的沙漠里

我了解那静谧的国度 / 天鹅在那里环绕飞翔 / 被金色的锁链束缚在一起 / 时飞时歌 / 国王与王后徘徊在那里 / 那些歌声令他们愉悦而绝望 / 时聋时盲 / 伴着智慧 / 徘徊直至时光全部消失 / 我了解 / 而那埃赫蒂的田凫和麻鹬也都了解 / 树枝没有一根因为冬日的寒风而凋谢 / 树枝凋谢是因为我给它们讲述了我的梦

——威廉·巴特勒·叶芝《树枝的枯萎》

A TRIOK Of FATE

1

这是在夏城开往皑城的列车上。硬卧车厢。已是清晨六点十五分，天空即将破晓，大多数旅客依旧酣然沉睡，洗手间偶尔传来冲水声、牙缸与牙刷的相碰声以及偶尔凌乱的脚步声。我坐在窗边，眺望熹微晨光中逐渐清晰的风景，灰蓝色的天空中零零星星地分布着几朵蘑菇云，显得分外冷清；麦田从眼前闪过，麦穗在风中轻柔地倒伏；远处是连绵不绝的山峦，呈现出浅淡的黛色。

我整夜未眠，或许只有这个夜晚，才能让我拥有更充裕的时间回忆刚刚发生的事与刚刚告别的人。我整夜都在写日记，打着手电筒，困倦的时候就打开一听易拉罐咖啡，就这样一夜都没有睡意。此刻空易拉罐已堆满了大半张桌子。

我的回忆驻足于离开夏城的那夜。月色皎洁，星光灿烂。我在那个泪水满面的少年前额上轻轻一吻，拿着行李走出门，却不敢回头。哪怕只是一个简单的挥手作别，于我也是禁忌。我太怕浅泽的目光，那哀怨痴然、令人难以抗拒的目光。我生怕自己会因为这目光而永久地停留在夏城。

可谁看到我在出门之时紧锁的眉头。

谁又能理解我因不堪承受离别而匆匆离去的脚步。

我在日记里写道，浅泽，思之欲狂。

思之欲狂。

清晨七点三十九分，火车进站。我在下车前喝光了最后一罐咖啡，从行李架上取下自己那只大大的旅行包，背在肩上。

走出火车站，望着熙熙攘攘的人群，不远处高楼林立，空气污浊，天空也是灰蒙蒙的。人们在这座城市中如鱼般穿梭，追寻自己的未来，自己的梦——虽然最终可能会落得一无所获。

而这就是皑城，十九年来与我息息相关的城。一座城市所赋予人的气质是特殊的，它终将如四海归帆般地流淌入我的血液，渗进我的骨骼，以岁月为证，时光为鉴。

我在这里出生，在这里第一次睁开眼睛看到了这个世界，在这里拿到了有生以来的第一张“三好”学生的证书，在这里有了与女生的第一次约会，在这里完成了自己的高中学业，在这里与母亲共度了十八年富足而幸福的生活。

同样，也是在这里，我的母亲永远地离开了我，我亲眼见到了她的遗体并作最后的告别，她被火化的那天我像 只受伤的野兽，在家中拽住自己的头发，声嘶力竭地哭号。

想到这里，胸腔袭来的巨大疼痛让我几乎支撑不住，抬起头看了看苍白失态的天空，把漫上眼眶的泪水硬生生地逼了下去。我深知，无论是母亲的死亡，还是在夏城获得的平静生活，如今都已成为回忆。人不该终日沉湎于回忆的温床，那很容易令人失去生活目标，一事无成。

可，回忆真的会被自己如此轻易地弃之不顾吗？

我不知道。

母亲生前以我的名义在银行中存了十万元钱，这是她在生命的最后全部、也是唯一能为我做的事情了。或许她料定在自己离开人世后，她那不识愁滋味的儿子会一度因为没有收入来源而陷入窘迫，这些存款可以在他没有找到工作之前帮他渡过难关，可是她错了——我根本没有从存折中取出哪怕一分钱，只因这是我的母亲在这世上所留给我的最后的念想，倘若钱用尽，念想也势必随之消失，接踵而至的是将母亲遗忘——这是为我所不齿的事。我把存折放于胸口，似乎依稀可辨母亲的体温。从银行走出时一阵风吹来，轻易穿透了我的身体。我从不知道夏天的风也可以这样冷，抑或只是凄凉。生生死死，朝生暮死。天地之大，难道没有我的容身之处？

我重新回到曾经住过的家，一幢白色公寓的六楼，一切仿佛都未曾改变。只是家具上落满了一层细腻柔软的灰尘。我从洗手间接来一盆水，浸入一块抹布，擦拭家中的桌子、书柜、床头、厨房、地板……眼前的一切令我不可自拔地陷入了回忆，面前出现了母亲温柔而令人舒心的笑容，耳畔仿佛响起了她慈爱的呼唤。声音那么近，清晰得仿佛就在身后。我下意识地转过身去，一个空无一物的陶罐孤独地注视着我。那一刻，我终于忍不住蹲在地上，双手插入头发中，失声痛哭起来。

原来从回忆中抽离，实在是件太过艰难的事情。

把家打扫干净后我躺在床上，旅途的漫长通常令人困倦，可我却辗转难眠。顺手拿起身边的钱包，映入眼帘的却是自己和母亲的照片。那一刻我像是触到了一个烫手的山芋一样把钱包迅速放回原处。平躺在床上，双手枕在脑后，规划着未来。

2

作为一座季节性旅游城市，夏天到皑城度假的游客络绎不绝。于是在回到皑城后的第二天，稍做调整，我便背起画板带着炭铅笔起早前往旅游景点为游客们画头像素描留念。起初不摸行情，一天赚不到一分钱是常有的事，可我依旧活得坦然而满足。因为我知道自己并非一文不名的穷光蛋，相反我很富足——我的衬衣口袋里永远揣着母亲留下的十万元存折，只是我不愿轻易动用它。后来我便开始辗转于几个景点之间，一天下来也会有百十块的收入。由于生性开朗健谈，加之绘画功底颇为扎实，我与几个住在旅游景点附近别墅区的女孩很快混熟了。她们大多家境殷实，在认识我之后，每隔几天便会前来让我为她们画不同角度的肖像，并支付我双倍的价钱。就这样，我在不久之后攒足了人生中的第一个一千元钱。想起浅泽曾经因为我几乎花光所有的积蓄，心有感念，于是毫不犹豫地去邮局把这笔钱寄给了远在夏城的浅泽。

生活不再如往昔般豪奢，一掷千金的日子一去不返。白衬衣洗了又穿，穿了再洗，牛仔裤磨得泛白，球鞋也已经穿得起了毛边儿……在外人眼中，这兴许颇为寒酸，然而我却并不将这些放在心上。在那些富家女孩眼中，我只是个清贫而用功的少年，在没有人前来画肖像的时候便取出颜料盒，沉默而耐心地描摹着一幅幅寂寞的风景画。不料想这些戏笔之作同样吸引了众多游客的目光，他们纷纷前来询问，于是这也逐渐成为了我收入的一部分。女孩们时常三三两两地前来看我作画，其中的一个女孩令我的印象尤为深刻。她坚持不告诉我自己的名字而让我叫她 Monica。她看上去只有十六七岁，她几乎每个清晨都会出现在我的面前，有时要我为她画一张肖像画，有时只是静静地守在我身旁。中午还会为我买回可口的午餐与冰镇酸梅汤……日落时分，暮鸟归巢，行人归家，她才会与我依依不舍地告别。

一次我为她画半身像，她浅灰色的眸子凝视着一处未知的景物，突然幽幽地说，徊年，很快就要开学了。

我用纸巾揮了揮画面，随口说，很好啊，要记得努力学习哦。

Monica 沉默半晌，询问道，到时候你也该上学了吧。

我笑着摇摇头，低头边画边说，我不上学，我只是想赶快把学调酒的钱赚出来。

Monica 咬了咬嘴唇，开口道，徊年，虽然你一直很乐观，可直觉告诉我你急需用钱，而方才的谈话更加印证了我的想法……她边说边从手袋里取出一个粉红色的信封递给我，我迟疑地接过，打开，其中竟是数十颗用百元面额的纸币叠起的心！见我面露吃惊之色，她继续说，希望你不要拒绝我的心意……如果你愿意，可以把这笔钱当成我暂时借给你的，等你以后有了固定的经济来源再还我也不迟……

我从衬衣口袋中取出母亲留给我的存折，打开递给 Monica，笑了笑，你的心意我收下，但请把钱带走，我不缺钱。

女孩将存折上的数字仔仔细细地看了几遍，抬起头，面露吃惊与不解之色，徊年，既然如此，你为什么……

很不明白，是吗？我轻松地笑了笑，男人只有在经历了暴风骤雨的洗礼之后，才能成为在天空中翱翔的苍龙。

Monica 起身来到我的面前，深深地注视着我的眼睛，徊年，你真是个令人欢喜的男孩，我几乎要爱上你了。

我冲她耸了耸肩，右嘴角习惯性地翘起，心中竟不由自主地想起了浅泽。事实上，回到皑城的这段时间，我无时无刻不在挂念着他。一有空闲，就会给他打电话。大多数时间是浅泽在讲话。按理他已经升入初三，课业繁忙，我本不该占用他太多的时间，可内心不能自持的牵挂却使我无法左右自己并不强大的理性。每次挂电话的时候浅泽都会在那边哀求，徊年，我已经把功课全部复习完了，能再陪我说一会儿话吗？

我不忍拒绝。

而我也会抽空在皑城的各个音像店挑选各种各样的音乐磁带、CD抑或别的小礼物，再小心翼翼地包装好，到距家不远的邮局寄给我那远在夏城的少年。而每次接到浅泽打来的电话听到电话那边的他开心地笑着说已经收到我寄的礼物的时候，自己都会不由自主地笑起来。然后觉得自己在这座城市所付出的一切辛苦都是值得的。而压抑在心头沉沉的乌云，也逐渐散去。

一次，电话结束的时候浅泽问，徊年，我什么时候才能去找你？

那时我只是嫌他孩子气，揶揄道，呼啊，臭小子，这么快就想我啦？我才刚来皑城几天啊，连工作还没有找到呢。不过浅泽，说实话，我也很想你，想起每天清晨一起去白桦林画画，晚上一起散步一起听音乐……每当我觉得很累的时候都会想起这些，简直太美了！

也不知道以后还会不会有这么美好的日子了。浅泽在电话那边迟疑地说道。

会的，等我工作稳定下来之后就回夏城找你。

真的？

当然，我什么时候骗过你——到时候就算我们每天二十四小时待在白桦林画画都没人管，呼啊。

我真期待这一天的到来。

别只顾着期待，千万别忘了你已经初三啦，要好好学习考上一所好的高中才行。

我成绩向来很好，这不用你操心。浅泽顶了我一句。

得，算我白说了。

回到皑城这么多天，你想过我吗。浅泽的语气中竟有着少女般的感伤。

我心中有片刻的慌乱，立刻打哈哈道，那当然，不早了，睡吧。

挂掉电话，去厨房打开冰箱门取来一听易拉罐咖啡，那是我在超市商品打折的时候买的。我来到书桌前，打开台灯，把记事本翻到空白的一页。黑色中性笔在空白纸张上抒发感情，竟有着飞翔一般的快感。对浅泽，我一直心怀一种难以言喻的奇特感情，用“两肋插刀的患难之交”定义显然是简单化了。很多时候我闭上眼睛便会想起浅泽的模样，皮肤苍白，神情淡漠，额前长长的刘海落下来遮住眉毛，乍一看如女孩般俊秀。实际上，那个从小生活在夏城的敏感少年根本不适合普通男生间的打打闹闹。他是细腻的，单纯的，就像童话中的小王子，忧郁地生活在自己的星球上。而我则像是那个由于飞机出了故障不得不降落在撒哈拉沙漠中的宇航员，因守护着我的小人儿而感到无限幸福。

当月亮对群鸟低吟时我叫道／让田凫与麻鹬鸣唱在它们乐意的地方／我渴望你欢乐／温和／仁慈的话语／因为路途无限／没有存放我心的一席之地／淡然如蜜的月亮低垂在沉睡的山头／在万川交汇的埃赫蒂山上我孤寂入眠／树枝没有一根因冬日的寒风而凋谢／树枝凋谢是因为我给它们讲述了我的梦

3

我的第一份工作是在春节期间找到的。

春节之前我就已经获得中级调酒师资格证，这本令人开心，然而我却突然发现，自己把拼命画画赚来的钱几乎全部用完，搜遍全身上下，不过寥寥数十元。冬天的皑城比其他的城市更加荒芜，放眼望去是一片光秃秃的灰色，工业烟囱不断冒出的黑烟像最深的梦魇一般直冲苍穹，整座城市陷入了混沌。而皑城的旅游景点如今同样是一片萧索凄凉，观光者寥寥，更没人有闲情雅致冒着严寒花二十块钱让别人为自己画一幅头像写生。

就在那时候起我便清晰地意识到自己该找一份像样的工作了。然而皑城几乎大大小小所有的店铺都开始休业忙着准备过年。纵然偶尔找到了几家尚在营业的，也被以“不缺人手”为由拒之门外。走在街上，凛冽的寒风像小刀一样切割着我的皮肤。路过银行时我下意识地摸了摸上衣口袋，母亲留下的存折依旧被我随身携带。虽说回到皑城已有几个月，银行中的存款我却一分未动。然而此刻，我却不由自主地在银行门口驻足，一边把手抄在口袋里面一边低着头默默地想：家里的电话由于缴不起费用已经多次被提醒，估计再过几天就该停机了；暖气供热因为没钱缴费而被迫中断；只有煤气没有被停，还好煤气没有被停……一种前所未有的欲望令我几乎推开银行的门，然而最终还是以这样一个理由说服自己离开——天将降大任于斯人也，必先苦其心志，劳其筋骨，饿其体肤，空乏其身。而男人，只有在经历了暴风骤雨的洗礼之后，才能成为在天空中翱翔的苍龙。眼前就是一家菜市场，我捏了捏口袋里为数不多的钞票，缩着脖子走进去。用极其低廉的价格买了十几棵大白菜，没戴手套，用手拎着走了很远的路，干冷干冷的风让我的手裂开了深深的口子，钻心地疼。

回家之后原本想洗白菜，然而水管子却结冻了，拧不开。无奈之下只好直接用刀切。把茶缸里的饮用水倒进锅中，打开煤气灶，开锅后把未洗的白菜扔进去。白菜在锅中欢快地沸腾着，热气直扑我的双目。雾气蒙然之时想起了母亲创业初期，家境困难，春节时甚至连买肉包饺子的钱都没有。于是那个冬天，我和母亲吃了几百斤的大白菜。然而那时，我年龄小，加之身旁有母亲，所以并不十分懂得生活的艰辛。如今母亲已魂归七重天，千斤重担，压在我一人肩上。白菜熟了，我洒上少许的盐，捞出，用勺子舀了几勺热汤，狼吞虎咽地吃了起来，与此同时想象自己正住在暖气开得很足的房间里，身着鲜衣华服，山珍海味摆满了餐桌，佣人忙碌地忙前顾后……

摆脱困窘后我曾多次回首当时的自己，只觉得像欧 · 亨利笔下一个惹人发笑却又令人止不住心酸的小人物。或许正是心底未曾枯竭的幻想与骄傲，助我度过了那段寒荒的岁月。

浅泽打电话给我，问我情况如何，春节能否回来。我不忍告知浅泽自己的真实情况，只有撒谎说生活还算充裕，原本想回夏城过春节，然而工作太忙，春节还要加班，于是作罢。

沉默许久，浅泽在电话那边说，徊年，这个春节对我来说是个寂寞的节日。

我一时语塞，竟久久不知如何回答。

除夕，皑城天降大雪，我却一整天都缩在被窝中，没有吃饭，也没有外出。夜晚时分窗户上结了一层厚厚的冰花，以至于无法看清外面的世界，只能听到此起彼伏的鞭炮声，以及偶尔蹿上天空的焰火，把玻璃照耀得五光十色。

这时我情不自禁地想起了浅泽，也不知那个少年此刻是身着黑衣孤寂地站在夏城的冰天雪地之中，还是像个孩子般缩在屋里睁大眼睛像自己一样透过结满冰花的玻璃观看外面的焰火，漆黑的瞳仁中有欣喜一闪而过。

我拿起手边的听筒，想给浅泽打电话。然而拨了号码之后却悲哀地发现，自己的电话早已停机。

放下听筒，我想，也不知浅泽会不会因为给我打不进电话而忧心。

重新拿起笔记本在上面写，浅泽，今天是春节，我的电话停机，我知道你在担心我，因为此刻我也在担心着你。

下半夜狂风大作，纵然全身都缩在棉被之中，也依旧是冷。

我知道，自己该去找一份工作了——或许明天就该去。

大年初一的清晨，昨夜肮脏的积雪以及爆竹的残屑尚未被清洁工扫起，我就已经走出家门。扑面而来的风让我忍不住打了个寒噤，抬起头看了看天空，漫天浮云尚在沉睡。我沿着街道一直向前走，突然发现了一家门口贴着“招聘调酒师”字样的酒吧，一家我在此之前从未见过的酒吧。我眼前一亮，这酒吧仿佛突然出现在这个世界上，像专门为我而存在。

酒吧的名字是“FR”。

FR 的主色调为幽蓝色，琥珀色的灯光散发着静谧的光芒，高脚玻璃杯倒挂在吧台顶部，吧台后面摆放满了琳琅满目的酒瓶。一台老式唱机摆放在吧台旁边，《拉赫曼尼诺夫第三钢琴协奏曲》从中缓缓倾泻而出。

酒吧的老板 Jack 王是位四十岁左右、身着黑衣、体态微微发福的中年男人，而他的女友却十分年轻漂亮，乖顺地伏在他的身旁，像一只慵懒的波斯猫。我们坐在吧台旁的高脚凳上交谈，Jack 王告诉我酒吧原先的调酒师因家中有事，于两天前辞职。而调酒师往往是酒吧的灵魂，不可或缺。我边交谈边为Jack王调出了地道时尚的“红粉佳人”“玛格利特”“马蒂尼”“B52轰炸机”，他边饮边连连点头。我又为他的女友调了一杯独创的“月光奏鸣曲”。她喝完后眯起眼睛，嘴角有浅淡的微笑，说这真是我喝过的最好的鸡尾酒。

临走时Jack王拍了拍我的肩膀，前两个月工资一千五百元，两个月之后按业绩提升。你是个有灵气的小伙子，好好干，我不会亏待你。

我点点头，王老板，不知您可否预先支付我半个月的工资——我家离这里只隔了两条街。

他的眼神在我的脸上停留了几秒钟，然后爽快地答应了。

4

我拿到了八百元的预付工资，第一时间缴了电话费与供暖费。做完这一切，立即给浅泽打电话。语调中有着难以抑制的兴奋，浅泽，我有了一份新工作，月薪有一千五百块钱！很久没和你联系，怎么样，最近你好吗？

然而电话那边自始至终都是沉默，我急了，浅泽，你在听我说话吗？喂，浅泽？

许久，我才听到电话那边的哽咽声，徊年，你前几个月一直过得很潦倒，是不是？

你——你胡说什么，我只是因为工作太忙忘记缴电话费而已。别瞎想。

徊年，有的时候我不说，并不代表我不知道。

我只是不想让你担心。我低声道。

难道我在你心中只是一个能同甘不能共苦的人么？我们之间的相遇是上

帝的恩赐，因此我有权利分享你的快乐与痛苦，答应我。

那你也要答应我不能耽误功课。

期末成绩已经出来了，我的成绩依然是年级第一。我想念你，徊年。

我也是，浅泽。

……

曾经听到过这样一种说法，有四种能力是调酒师必备的。第一是激情，好的调酒师既要会调出酒单里常见的品种，又要会根据客人的口味有所创新；第二是记忆力，会调越多的酒就要牢记越多的调酒配方；第三是色觉，要基于常客习惯和口味对颜色进行合理的搭配；第四是性格，作为调酒师要性格开朗，善于与大家沟通，营造饮酒时的轻松氛围。

因此除了每天为客人调酒之外，我还努力地考虑着与多种客人搭讪的话题；不上班的时候我在家一遍遍练习花式调酒的动作，肩膀因此时常肿胀不已；我还时常去书店查阅关于调酒的书，并将重要的内容摘抄下来，回家悉心钻研；我把自已对色彩的理解倾注于调酒之中，凡·高的《向日葵》与莫奈的《睡莲》以及《日出·印象》都曾赐予我灵感……随着我调酒技术的日臻成熟，FR 酒吧的客人络绎不绝，打烊的时间不得不从凌晨两点推迟至两点半，而 Jack 王每次远远地看到我就会笑容满面地同我打招呼……

为女孩调酒的时候我通常使出拿手技法，握住调酒壶上下摇晃的同时突然用力向后一抛，胳膊迅速移到身后，稳稳地接住。当调酒壶表面起了一层薄薄的霜雾时立即打开壶盖，用食指托住滤网，倒入冰冷的酒杯中，再在杯口放上一片薄薄的柠檬或者什么别的装饰物，笑容满面地递到女孩面前，Beauty，请慢用。

在FR，我将自己的大部分时间都交付于调酒，其余的根本无暇顾及。然而那天，像是受到命运之神的指引，我突然看到一个额前蓄着长长刘海，身着银色上衣，手持木吉他，身材颀长的男孩站到了舞台中央，微微欠身，嘴唇对准麦克，手指轻轻拨弄吉他的时候，手臂上分布的血管都清晰可见，犹如一条条流经沃斯托克的湖。

我在黑暗中默默地注视着他。虽然从我的角度看过去，只能看到一个逆光的侧脸剪影，然而那一刻，时光的画卷竟在我的眼前铺展开，其中零星散落着有关于浅泽的回忆。夏城的夜晚，青天洁月，教堂后面茂密的白桦林像是层层叠叠地包裹着一个秘密，我和我的少年并肩而行，仰望满天星光。我动身返回皑城的那夜，浅泽泪眼婆娑地为我收拾行李，我不知如何安慰他，于是在他的额上深深一吻……回忆至此，我下意识地摇了摇头，起身为自己倒了一杯冰水，坐在一个幽暗的角落里，听他唱那些像水一样的歌曲。

斜的雨斜落在玻璃窗／黄的叶枯黄在窗台上／背着雨伞的少年郎／他穿过一帘雨投来目光

路过的人都向他张望／他却将一只口琴吹响／再见吧那旋律依稀在唱／再见时已不是旧模样

以后春花开了秋月清／冬阳落了夏虫鸣／谁来唱歌谁来听／谁喊了青春谁来应

窗外的风吹窗里的铃／窗里的人是窗外风景／原谅我年少的诗与风情／原谅我语无伦次的叮咛

红颜老了少年心／琴弦断了旧知音／谁来唱歌谁来听／谁喊了青春谁来应

台下只是一些稀稀疏疏的掌声，他却俨然已陶醉其中，他依旧用手拨弄着琴弦，又唱了一首歌。

我只能一再地让你相信我/那曾经爱过你的人/就是我/在远远地离开你/离开喧嚣的人群/我请你做一个流浪歌手的情人

我只能一再地让你相信我/总是有人牵着我的手/让我跟你走/在你身后/人们传说中/那苍凉的远方/你和你的爱情在四季传唱

我恨我不能交给爱人的生命/我恨我不能带来幸福的旋律/我只能给你一间小小的阁楼/一扇朝北的窗/让你望见星斗

唱完两首歌，他径直走向吧台，双臂伏在大理石台面上，对我说，一杯Bellini。

这款在1948年起源于意大利贝利尼一家知名餐厅酒吧的女式调酒，是为了纪念在当地举行的文艺复兴初期画家贝利尼的画展而发明的。据说除了最初发明这款调酒的酒吧以外，世界各地调酒师所调出的Bellini味道各不相同。需要的原料是发泡性葡萄酒、桃子酒和石榴糖浆。制作方法也并不复杂，先把冷冻的桃子酒和石榴糖浆倒入杯中搅拌，之后再倒入冰冻的葡萄酒搅匀即可。色泽呈橘红色，贴在杯壁上的葡萄酒气泡清晰可辨。

我把酒调好后递给他，他默不作声地接过，小口小口地啜着。在灯光照射之下，他的一头黑发显得漆黑闪亮，五官像是被极品的雕刻刀细致地雕琢而成。左耳打了三个耳洞，其中有一个打在耳骨上。右手手腕佩戴着各式各样的手链，神态与浅泽有着莫名的相似。也许待浅泽再成长些，也会蜕变出这样一副英俊的模样。想到这里，我对他竟莫名生出一股亲切感。

嘿，我叫徊年，该怎么称呼您？

他扫了我一眼，我叫洛许，酒吧里面的人都叫我 Lucifer。

呼啊，Lucifer，路西法？撒旦？我揶揄道。我还记得原来在夏城的时候浅泽曾经提起过这个名字。

没错，这个名字是 Samuel 给我起的。Samuel 好像是《圣经》中一位伟大的以色列先知的名字。男孩自顾自地说。

Lucifer，你的歌唱得很好听。

呵，倘若不是为了生计而唱，或许会更好听。

也就是从那个时候起，我开始留意这个被别人称为 Lucifer 的男孩，他每天晚上都来唱歌，唱的大多数是校园民谣和一些新歌。声音略微沙哑，听上去却别有一番味道。结束之后他也总是会点一杯 Bellini，有时候与我简短地聊上几句，有时候则一言不发。听酒吧里的一个服务生说，Lucifer 曾经是音乐学院的高材生，后来不知因为什么原因退学，做起了流浪歌手，再后来就固定在 FR 酒吧驻唱。

Lucifer，你为何总喝 Bellini，你该知道这是一款女式调酒。一次，把酒递给 Lucifer 后，我忍不住好奇地问道。

我当然知道，而正是出于这个原因，我才对它情有独钟。Lucifer 举起杯子晃了晃，眼神与 Bellini 一样迷离。

具体说说，怎么样？我试图继续追问。

然而 Lucifer 只是笑着摇了摇头，无言。喝完酒，他又燃起一根 520 香烟，缭绕的烟雾顿时模糊了他的整张脸，看清他吸烟时的姿势，竟然有女孩的媚态与阴柔。然而就是这个姿态，深深地印入了我的记忆之中，挥之不去。

那天回家之后我想要给浅泽打电话，但看了看表已是凌晨三点，于是作罢。从床头拿起叶芝的诗集，随便翻开其中的一页，看到了一句诗：

我们同这匆忙的世界一起/万众灵魂消失于动摇与让步/如苍凉的冬日里奔腾的流水/明灭的星空一如泡沫/仅存着孤独的面容

我起身映着月光在日记本上一笔一画地摘抄下这令自己动容的诗句，之后另起了一行在下面写道，浅泽，我在FR遇到了一个男孩，他与你很像。思忖再三，又用寥寥几笔画出了一个眉宇间有着无法抹杀忧郁的清癯少年。合上本子，重新躺回床上，无法克制地回想起那些早已经回想过千百遍的事情，母亲的死，浅泽对自己无微不至的照料和关怀，以及告别时那一个淡淡的吻……

5

几天之后发了工资，我像以前一样上街为浅泽挑选礼物。最终挑了一盘许巍的CD，以及两串纯黑色水晶手链。我把其中一串手链连同许巍的CD一同快递给了浅泽，并在附言中写道，浅泽，我也有一条相同的手链。

谁知在情人节的下午我竟意外地收到了快递公司的包裹，那时我刚刚起床，正在洗手间刮胡子。打开门，在包裹单的相应位置签下自己的名字时发现“备注”一栏写着一行字：请务必避开上午，于情人节下午五点之前送达。

电话铃突然响起，接起，正是浅泽。

徊年，收到礼物了吗？

嗯。

喜欢吗？

刚收到，还没拆开，呼啊。

我今天也收到你快递来的节日礼物了……

什么？

就是许巍的CD和黑色水晶手链，我很喜欢。

我这才明白，这份意外在情人节这天到达的礼物使浅泽产生了误会，然而他欣喜的语气竟令我不忍告诉他真相，于是将错就错地回答道，喜欢就好，这可是我挑了很久的礼物——小子，我要上班去啦。

节日快乐，徊年。

挂掉电话之后我呆呆地站在原地，看着手中的包裹，内心腾起一种解释不清的感觉。

FR酒吧刚刚开门的时候就有男孩和女孩陆陆续续地进来，年轻的脸上洋溢着快乐的笑容。这种情绪直接影响了我，我甚至在调酒的时候手指都轻便灵巧了不少，哼着小曲，手指在酒瓶上一下下地打着节奏。

Lucifer是晚上八点左右与一个男子一同进来的，男子看上去十分魁梧，比Lucifer高了近一个头，但却满脸颓废。我看了看他，又看了看Lucifer，笑着问，你带来的这位是谁？Lucifer没有回答，脸上露出了莫名所以的神情，倒是身旁的男子，一把搂住Lucifer，大大咧咧地说，我是他哥们儿啊，最好的哥们儿。说着冲Lucifer做了个鬼脸。

Lucifer整了整衣服，徊年，这就是我曾经和你提过的Samuel——OK，你们聊，我唱歌去了。

他大概唱多久？Lucifer 走后，Samuel 问我。

有时候唱一个小时，有时候只唱几首歌。

那先来一杯天蝎宫，等他唱完再调 Bellini。

OK。不过天蝎宫是款很烈的调酒，等到发现不对的时候，已经醉了。你确信要喝吗？

当然，我之前醉过无数次。

白兰地、无色朗姆酒、柠檬汁、柳橙汁、莱姆汁、柠檬片、莱姆片、红樱桃、调酒壶、高脚玻璃杯、吸管，将冰块和材料依序倒入调酒壶内摇匀。倒入装满细碎冰的杯中，用柠檬、莱姆、红樱桃做装饰，附上一根吸管。底部是绿色，上面是琨黄色的奇特液体。

Samuel 接过酒，没用吸管就喝了一大口，之后用袖子揩了揩嘴，小子，你是高级调酒师吧？

我看了他一眼，如实回答，不，我春节前刚刚拿到中级调酒师资格。

那可以算得上是调酒高手了，味道真不赖——估计你为此付出了不少努力。Samuel 笑，毫不吝啬自己的夸赞。

当然，为自己心爱的职业付出努力，每个人都会甘之如饴。

Samuel 沉默了一会儿，压低嗓音，洛许原来对我说，倘若不是为了生计，或许他会唱得更好。我知道那并不是抱怨，他只是在陈述一个事实——他的确是一个才华横溢，傲气十足的男孩，然而却为了我而退学，自毁前程，来到皑城……知名音乐学院的高材生，如今却沦落到在酒吧卖唱的地步，每每想起我都会觉得对不起他……Samuel 的喉咙中突然出现了无法抑制的哽咽，他满脸通红，看得出天蝎宫已经在他的血液之中蔓延。突然他的眼泪大颗大颗地落下来，落在大理石台面上。前几天我刚刚被老板炒了鱿鱼，没有公司愿意要我，洛许安慰我说，他还可以继续唱歌赚钱……可你知道，他本该是个艺术家的……这时的他竟毫不顾及旁人纷纷的议论，泣不成声。

Lucifer 唱完歌，来到吧台旁边，看着哭醉得一塌糊涂的 Samuel，没有吃惊，也没有厌恶，只是冲我微微点了点头，架起他向酒吧外面走去。我站在原地看着他们逐渐消失在夜色中的身影，一言不发地收拾起了他的酒杯，蜷缩在角落里，为自己接了一杯白水，在其中加入了很多冰块，把冰块含在嘴里，咬碎，发出嘎嘣嘎嘣的声响。

下班的时候已经是凌晨三点，出门时遇到 Jack 王。他笑着搓了搓手，我认准的人，从不会错，多年来一直如此。

话音刚落，我们便同时听到了一声又一声低低的呻吟从身后传来，转过身，却看到在黑暗的角落有两个人抱作一团，正激烈地亲吻。Jack 王不以为意，揶揄道，这是两个没有骨头的人，相互支撑着。我没有言语，一辆汽车开过，车灯在不经意之间驱走了角落的黑暗。就在那时我看清了那两个像水草般相互缠绕着彼此的人——竟然是 Lucifer 和 Samuel！

当这一幕清晰地映入眼帘时，在我的内心，对 Lucifer，竟产生了前所未有的认同感。

我了解女巫们走过的那些落叶遍地的小路／她们戴着珠冠与羊毛纺锤／带着神秘的笑容／从湖底深处走来／我了解晦涩的月儿在何方漂泊／妲娜她们的脚步在何处缠绕与分解／翩翩起舞在苍白的浪花间／当月光在海岛的草地上冷却之时／树枝没有一根因为冬日的寒风而凋谢／树枝凋谢是因为我给它们讲述了我的梦

6

再次见到Lucifer是几日后的傍晚。他静静地躺在FR酒吧的门口，头微微侧向一边，苍白如纸的脸上写满了平静与安详。在他的身下，一摊鲜血犹如朝阳般缓缓升起。夕阳将他的全身镀上了一层暖融融的光，甚至连地上的鲜血也散发出了闪耀的金红色光芒。身后是即将被暮色吞噬的皑城。倘若不是因为Lucifer的周围环绕着太多尖叫和议论的人，我几乎要以为这其实是一出有着精致宏大布景的舞台剧,而Lucifer是为爱情自刎的王子,死在舞台中央。

我无声地站在原地，看着这具灵魂寂灭的肉身，心中并无太多痛感，只是惋惜。

议论声接连不断，像涨潮的海水一样迅速淹没我的耳朵。

听说这男孩原来是FR酒吧的驻唱歌手咧。

是啊，好端端的为什么要从楼顶跳下来呢？

刚才听酒吧里的服务生说，这个男孩背着家人搞同性恋，刚刚他家人来酒吧逼他回去，还要他和那个人分手……他迫于压力，所以……

真是想不明白，女孩子多的是，男孩子为啥子要喜欢男孩子哟。

议论的声音虽然不大，却如海潮般撞击着我的心灵。那 瞬间只觉得自己的全身都被抽空了，一股从未有过的恐惧从脚底腾起，直逼心脏，最终顺着血液扩散到全身，后背不知不觉已湿了一大片。我深知，大多数人面对这样的恋情，通常会忽略其爱的专注与用心程度，而只会牢牢地盯住那烙有禁忌的表象。于是，被发现者往往身败名裂，走投无路。无法承受者唯有自行了断，一如躺在地上的Lucifer。真不知他究竟听到了怎样的话才会绝望到连生命与爱人都可弃之不顾的地步。我闭上双眼，耳边隐约想起 Samuel 那天夜里哽咽着说出的话。几年之前的 Lucifer，为了与 Samuel 的爱情而毅然退学，背井离乡，来到皑城。多年来他所默默承受的压力，也只有他自己最清楚。

Lucifer。路西法。光之使者。光耀晨星。

宁在地狱为王，不在天堂为臣。

救护车迅速赶到，将 Lucifer 的遗体抬走，围观的人纷纷走散，只有我站在原地，久久没有离去。街道又恢复了往日黄昏的宁静，一排排林立的高楼浸泡在徜徉的余晖中，只有地上逐渐干涸的血液仿佛在进行着最后寂寞的申诉。

Jack 王不知何时出现在我的身后，轻轻拍了拍我的肩膀，徊年，这样的生命不值得留恋。我如梦方醒，低垂着头，不敢与他的眼睛对视，生怕他看出自己内心深藏的秘密。

徊年，或许刚才你已经听到了人们的议论。我想知道你对 Lucifer 的死有什么看法?

这于他而言或许……是解脱。

是吗，具体说说。

在这个世上一定有许多和 Lucifer 一样的人，他们吃尽苦头，可却没有 Lucifer 这样结束生命的勇气……我本想继续说下去，但突然意识到自己说得太多，于是闭上了嘴，暗暗希求 Jack 王不要听出弦外之音。

这样的男孩活得缺乏骨气和血性，世人难容，像你这样优秀的男孩实在太少了，徊年，我很愿意你在这里长期工作。过段时间，我要进行新一轮的招聘。你需要帮手吗?

我一个人能忙得过来，谢谢。

OK，该上班了，去工作吧。

我深知，自己生于凡尘，终究不能免俗，同时也终究无法躲避世俗的目光。大千世界，芸芸众生，倘若想要活下去，便必须遵守规则。而如今的我，像个玩火的孩子，生命岌岌可危。既然不是凤凰，就无法在涅槃之后得以浴火重生。

回家之后，我拆开了浅泽送给自己的情人节礼物。是一个小而精致的木头相框，其中嵌着一幅素描，自己的头像素描。素描下面是一行小字：徊年，我画了许多遍。

我凝视着这幅画，忽然想起了Lucifer，竟失态地一拳捣去，相框顷刻间粉碎。而其中镶嵌的那张头像，也因此而变得模糊不清，犹如那段在记忆中逐日昏黄的岁月。

爱情的话题让我们静默／看夕阳燃尽最后一缕光影／看天空颤抖着的蓝绿之光中／如贝的残月高高悬挂／在岁月的潮水中起起落落／在星辰的明灭中消损流逝

我有一个想法只能说给你听／你夺目的容颜令我深爱／用那古代恋人的高贵方式／曾经那般幸福／然而我们疲惫的心正如此刻消损的残月

第五章　与爱情错身

Where the wave of moonlight glosses
The dim gray sands with light,
Far off by furthest roses
We foot it all the night,
Weaving olden dances
Mingling hands and mingling glances
Till the moon has taken flight;
To and fro we leap
And chase the frothy bubbles,
While the world is full of troubles
And is anxious in its sleep.
Come away, human child!
To the waters and the wild!
With a fairy, hand in hand
For the world's more full of weeping than you can understand

——W · B · Yeats《The stolen child》

1

Lucifer 死后的很长一段时间，我都无法从恐惧与矛盾之中抽身。在我的眼里，他的死是一个隐喻，抑或可以将之称为谶语，昭示着我不久之后与之殊途同归的命运。我强迫自己不再抽空给浅泽打电话（有时情不自禁地拨了号码，再迅速挂掉），也强迫自己不再在看到某样东西时想到浅泽，我甚至无数次练习当浅泽打来电话时应该如何拒绝……然而当真正接到浅泽的电话时，我却又无论如何都狠不下心，脑海中不由自主地勾勒着他的模样：皮肤苍白，额前长长的刘海落下来，眼睛像高原上的湖泊一样纯净……

终于有一次，我对他说，浅泽，我最近很忙，夙兴夜寐的生活令我疲惫不堪，如果有事，可以写信给我。

电话那边少年的语气显然有些失望，却没有多说什么，应了一声便默默地挂掉电话。

此后每周我都会从邮递员手中接到一封厚厚的来信。信件的内容大多是讲述自己的生活、对叶芝诗歌的理解，并在末尾询问何时才能与我相见。有时我会给他写简短的回信，但是在大多数情况下，只是看完之后叠好，放于枕下。我深知自己如今的一系列举动，也只不过是无奈之下的逃避，到头来说不定适得其反。然而我只是欲求生存，欲求有尊严地生存。

在许许多多个不眠之夜我都会坐在窗前，映着如练的月华，用黑色中性笔在记事本上一笔一画地写下自己深刻而艰苦的想念——这是我如今唯一得以恣情放纵的方式，也只有如此，才能直视自己颤抖的内心与被泪水浸渍的灵魂。对这种特殊又难以言喻的情感的犹豫不决是我的原罪，无法回避。

我也总是情不自禁地画浅泽各个角度的肖像，然后再失态地揉成一团，丢进废纸篓。就连睡觉也不得安生，有时刚刚睡下，就有梦魇袭来，惊醒后久久无法再次入眠，只能睁着眼睛呆呆地注视着天花板，就像自己在夏城生病时一样……在过去的十八年，我一直认为自己是个正常人，将来也势必会找一个普通的女孩恋爱、结婚、生子，终其一生。而走到今天这步，我始料未及。可是如今盘踞在我脑海中的只有浅泽，那个忧郁而清秀的少年，举手投足间带着与生俱来的贵族气。在我们分别的日子里，我甚至在看到一个与浅泽有几分相似的男孩时就不由自主地陷入回忆……

难道我只能像现在这样日复一日地消磨着自己的情感，最终被别人发现，失去自我？像Lucifer一样除了自杀之外再也无路可走？

不，不能这样。我们本不该这样。

已是四月，樱花绚烂地盛开。冬日带给皑城的记忆已经随梧桐所长出的毛茸茸的新叶逐渐褪去，整座城市一改冬日阴沉灰郁的萧条，呈现出温暖与生机。公园中随处可见笑容满面手拿棉花糖的孩子，湛蓝明媚的天空之中，云朵与风筝相互缠绕，交织出了一个又一个美好的童话。阳光也是美好的，顺着玻璃窗斜斜地洒进来，在地板上形成温柔流淌的河。阳光充足的时候我会平躺在地板上，可被不安包裹成茧的内心却感受不到丝毫温暖。

也就是在这时，FR酒吧又新招聘来了一位驻唱歌手。

徊年，来认识一下，这是唐卡，酒吧的新驻唱歌手，在皑城的酒吧颇有名气。一天下午，酒吧刚刚开门，王先生便带着一个女孩走了进来，向正在吧台后面整理调酒工具的我介绍。继而又转身对女孩说，这是调酒师徊年，以后你会有机会品尝到他调的酒。

我漫不经心地抬头看了女孩一眼，她的身材瘦而高挑，随意地穿了一件灰格子外套。从成长岁月的最初至今，虽说接触的异性并不算少，然而就在我们四目相对的瞬间，我还是惊呆了：她的面庞瘦削而苍白，薄薄的嘴唇抿得紧紧的，狭长的双目犹如被冻结的湖水，几片枯叶毫无生气地躺在上面，激不起一丝涟漪。倘若说Lucifer与浅泽只是神似，那么眼前的唐卡无论神态还是面容都与浅泽有着惊人的相似，她此刻的眼神甚至令我想起了初识时的浅泽，想起如白驹过隙一般从我指尖流去的时光。我的目光不禁为她深深地驻足，情不自禁地喃喃道，太像了……简直太像了……

你说什么？唐卡问了一句，她的声音与她的目光一样，也是冷冰冰的。

我回过神，冲她挤了挤右眼，翘起右嘴角，说，唐小姐您长得真漂亮，呼啊。

本以为所有女孩面会对诸如此类的奉承都会照单全收，却没想唐卡在听完之后脸依旧像是冰雕一般，她注视着我，冷冷地回绝道，不要叫我唐小姐，我叫唐卡。

我笑了笑，“唐卡”是在彩缎装裱后悬挂供奉的宗教卷轴画，这未免也太高不可攀了——难道你觉得被万人仰视的感觉很开心？——呼啊，肯定没人敢追你。

唐卡黑色湖水般的双目之中闪过一丝怅惘，又在瞬间恢复冰冷，没有说话。

你原来和王先生认识？见她不说话，我又迅速转移话题。

不。唐卡简单地回给我一个字。你认识之前的那个驻唱歌手吗？她又突兀地问了一句。我的手突然一抖，玻璃杯差点掉到地上，半晌才低声说，是的，他已经走了。

听王老板说是坠楼身亡——但你知道他为什么要从楼顶跳下来吗？

或许是个意外，或许还有别的原因，我不知道……我的声音略有些低沉，而唐卡却突然笑了，看你紧张的样子，难道你很惧怕死亡？

死亡的结果不足以令人恐惧，令人恐惧的是过程。我回答。

唐卡漫不经心地笑了笑，从高脚凳上跳下，一言不发地向着更衣室的方向走去。

2

那天，我照例为客人们调酒，并在调酒时与他们聊天，开无伤大雅的玩笑。聊天的罅隙，我无意间发现一个身着黑色衣裤朋克打扮的女孩拿着电吉他从更衣室走出。她径直走向吧台，在离我最近的地方停下。这时我才认出她竟是唐卡。我注视着唐卡那张被浓妆覆盖到已经无法辨别本来模样的面孔和夸张的发型，笑言道，唐卡，现在的你更漂亮了。

她却连正眼都不瞧我一眼，只是不置可否地耸了耸肩，抱着电吉他跑向舞台。手指用力地拨，吉他立即爆发出玻璃碎裂般刺耳的声音，台下的欢呼犹如在涨潮时拍打暗礁的浪花。此时的唐卡已经完全进入了演出状态。我环顾四周，听歌的大多是生面孔，显然是为唐卡而来。突然置身于如此嘈杂的环境，我一时难以接受，下意识地捂起耳朵，却猛然想起寄宿在浅泽家的第一天晚上，自己也给了那个安静少年一个震耳欲聋的夜晚。我摇了摇头，叹息声刚刚从唇边开启，却被激烈的摇滚和欢呼声淹没得没了踪影。

唐卡在众人的欢呼喝彩声中面无表情地走下台，走向更衣室。周围的一张张面孔像浓墨重彩的脸谱，久久保持着同一种神情。

我专心致志地调着手中的鸡尾酒，耳畔却突然传来了更加震耳欲聋的欢呼。我下意识地抬起头，只见唐卡一身白色蕾丝纱裙，银色眼影，手握着一枝洁白的百合，赤裸双足走向舞台正中央。酒吧瞬间暗下来，一束银色的细碎光芒从天花板照射下来，缓缓飘落的人造雪落满她的头发，她的纱裙，她单薄的肩膀。空气中的喧哗逐渐消失，我甚至能够想象出酒吧所有人脸上满是沉醉的神色。因为就在那一刻，连我都不禁为之驻足，为之流连。

钢琴的伴奏响起，伴随着一同飘入耳中的，还有唐卡如梦的歌声：

天空上/挂满了蓝色/透明的/没了/海面上/漂流着梦境/我坐在里面/渴了

花儿开了/虫儿醒了/树叶轻轻/动了

太阳里/雪花在幻想/软软的/化了/月光里/琴师在乘凉/音符顺着指尖/飞了

花儿谢了/虫儿睡了/树叶轻轻/掉了

白天是白的/黑天是黑的/空气是空的/世界是黑白的

白天是白的/黑天是黑的/空气是空的/世界是黑白的

故事讲完了/结尾又变了/你们也困了/我早就乱了

当最后一个音符消失在空气中的时候，两行泪水竟顺着唐卡的脸颊缓缓而下。灯光亮起的刹那全场一片寂静，片刻之后爆发出热烈的掌声。唐卡的眼泪随之消失，逐渐恢复冷漠，像一片起了大雾的湖。她对众人的喝彩漠然视之，赤脚径直走下舞台，然后坐在高脚凳上神情漠然地对我说，一杯Alexander，多加鲜奶油。

我为她调酒，并按照她的要求多加了半勺奶油，说实话，你的歌声唤起我许多记忆。

唐卡对我的话语没有表现出丝毫兴趣，或许是因为在我之前已经有太多人对她说过同样的话。我把 Alexander 递给她，停顿片刻说道，我曾经也喜欢摇滚。

这么说来，你现在已经不喜欢了？唐卡接过酒，漫不经心地问道。

没错。我回答。

为什么？

那时喜欢摇滚也许只是因为寂寞，而重金属摇滚恰好可以让我的灵魂得以宣泄。而直至现在才明白，当初的寂寞不过是无病呻吟的矫情。

老式唱机中缓缓流淌出的《Por Una Cabeza》仿佛要把人带回那个高贵的西班牙古典音乐时代。吧台上方的玻璃杯折射出不同颜色的光，在唐卡的瞳仁中摇曳，令她看上去不再如先前一样冷漠。这又令我不禁想起在夏城的时候，浅泽曾经在一个光线昏弱的下午问我，徊年，你寂寞吗？那个在夏城长大的男孩由于从小受到良好的家教，在某些方面一直显现出一种与年龄毫不相称的单纯，令人心生怜爱。而面前的唐卡因为与浅泽惊人的相似，也令我对她平添好感。我甚至想，倘若能够与这女孩恋爱，也未尝不是一件好事。

3

日子一天天地过去，起初唐卡每每看到我，眼中就满是敌意，仿佛与我有不共戴天之仇，时间久了，或许是认为我对她并无恶意，她眼中的敌意逐渐减弱，可依旧是心存戒备。我对这个无论神态还是外貌都与浅泽惊人相似的女孩有些好奇，包括她对事物的漠然，她的沉默寡言，她多变的着装和演唱风格……于是我总会不失时机地搞些无伤大雅的恶作剧，诸如当她背对着我时，我便拿巧克力冲她掷去，在她一脸茫然地回身时装模作样地低下头调酒，重复了几次之后她依旧不明就里，引得周围哄堂大笑。

我也会使出拿手技法，握住调酒壶上下摇晃的同时突然向后一抛，胳膊迅速移到身后，稳稳地接住。当调酒壶表面起了一层薄薄的霜雾时立即打开壶盖，用食指托住滤网，将酒倒入事先准备好的冰冷酒杯中，再在杯口放上一片薄薄的柠檬，递到唐卡面前，笑容满面地说，Beauty，here you are。

唐卡来到 FR 酒吧驻唱的同时也为酒吧增加了这样一批客人：他们每天晚上都会雷打不动地出现在酒吧，有的会在点一杯酒之后坐在高脚凳上远远地注视着唐卡，瞳孔中落满橙色的灯光；而更多的则是围坐在距舞台很近的地方以便于能够看清唐卡。而唐卡每天晚上必在人们的欢呼声中以两种不同的造型出现，演唱两首风格大相径庭的歌曲，引来近乎疯狂的喝彩。演唱结束时她总是收到各式各样的男士送来的花束，可她看也不看，直接扔进垃圾桶，令人好不尴尬。也有当面向她表白的，最终却无一例外地遭了她的冷眼拒绝。更有甚者竟为她大打出手，然而面对这类突发事件，唐卡通常只是坐在高脚凳上，专心致志地小口啜 Alexander，表现出的冷静与漠然时常令我暗暗吃惊。

仿佛一切都与她无关。

她的话语很少，多数时候是我在滔滔不绝地说着，她则一言不发地听，偶尔回应。不知是不是我的错觉，有时我能从她的双目中捕捉到些许的欣赏与温柔，但也是稍纵即逝的。

我们之间也会有一些不涉及本质的话题，例如音乐和电影。有一天我们竟聊起《汉密尔顿夫人》，一部年代久远的影片，关于英国、战争和浴血奋斗，也关于爱情、幻想与道德。唐卡对这部电影十分熟悉，因此话也多了起来。

徊年，这部电影一直深深地印在我的脑海中，多年来挥之不去。影片拍得细腻而美，感情戏不矫揉造作。埃玛对纳尔逊的爱在大的战争背景下也不免沾染了太平洋的色泽，略带悲凉。爱得辛苦，深沉又无奈。他们都跻身于上层社会，受人尊敬，理应不越雷池一步，身体力行地成为整个英国百姓心目中的表率。然而，他们却无法背叛自己心中熊熊燃烧的爱欲。那个独臂但英挺的男人 Horatio Nelson 于埃玛而言，便是全部。电影中令人记忆犹新的片段是一八零零年第一天的凌晨，新年的钟声敲响了，他们站于夜幕笼罩的阳台，阳台之下是平静的海面。此时，纳尔逊的战舰即将起航。他环住埃玛的腰，埃玛是美丽的，精致的眼眸中落满翩跹的星光。“听，钟声响了。今天是一八零零年的第一天。”“一八零零年，多么奇怪。”他的唇印在了她的唇上，“我的埃玛，我吻了你两个世纪呵。”

徊年，我曾经十分羡慕电影中的埃玛与纳尔逊将军，更加羡慕费雯·丽与她英俊的丈夫劳伦斯·奥利弗——一位是好莱坞的绝代佳人，美若天仙，而另一位则是莎士比亚戏剧大师、导演、唯一获贵族称号的英国演员。他们相爱多年，但奥利弗却在费雯丽中年罹患狂郁症后将之抛弃。纵然随后的数十年他曾多次公开表示对费雯丽的无限怀恋，纵然他们之间的分离有着太多的不得已，可对此我依然感到十分愤怒，以及不解。

唐卡眼眸中令人难以理解的仇恨之色竟使我平白无故地想起她拒绝向她示爱者的情形，于是忍不住说，我不明白你为什么总是拒绝他们，你要知道他们当中不乏优秀之人。

谁知她竟一字一句地回答，男人都是不可信的，他们……话音未落又自顾自地冷笑，和你说这些又有什么用，你不会懂得。

许多追求唐卡的人在遭到拒绝之后依旧不肯死心，为她大打出手之事屡见不鲜，Jack 王有时不得不叫来保安将他们赶走。而唐卡自始至终都是漠然相视，犹如看客。那天她照旧悠然冷静地坐在高脚凳上，边饮 Alexander 边看两个人为自己打得不可开交，突然开口道，徊年，这些事虽然因我而起，错却不在我，因此我没有义务为他们承担任何责任。更何况我不会去恋爱，因此他们为我打架毫无意义。

她的声音虽然不大，却传入了打架者的耳中，于是两人停止了对对方的攻击，同时将矛头指向唐卡，其中一个酒气熏天的高个子气急败坏地问道，唐卡，你告诉我，究竟怎样才能成为我的女朋友？！

酒吧中有些被唐卡拒绝了一次之后便再也没有勇气表白的人也随声附和。而从唐卡打着薄薄粉底的脸上看不出丝毫的慌乱，她的嘴角依旧保持着冷漠而嘲弄的笑容，顺手从吧台上抓起一个酒瓶，跳下高脚凳，环视四周，你们，谁敢用酒瓶砸自己的头，我就做他的女朋友。

闻听此言，那些原本伸长了脖子吵得面红耳赤大打出手的人竟不由自主地将头慢慢缩回，像怕被砍了似的。

见周围的人不做声，唐卡嘴角的嘲弄更加猖狂，叹了一口气，她轻声说，没想到现在的男人都是一群只会吹牛的孬种。

我突然感到血一热，情不自禁地脱口而出，谁说的？

她闻声转身，注视着我，脸上露出丝丝吃惊，可戏谑与嘲弄依旧占据了上风，徊年，你有异议？

我微微翘起右嘴角，同时冲她挤了挤右眼，接过她手中的酒瓶，拍了拍自己的头，对她说，唐卡，你看好了。

然后我抡起酒瓶，向着自己的额头狠狠砸去——

酒瓶碎了。

一股温热的液体从我的额头倏忽而下，流过眼睛、鼻子以及嘴唇。唐卡目光中的吃惊之色更甚，然而却不发一言。

伤口是撕裂一样的疼痛，头晕目眩，耳朵嗡嗡作响，可我依旧对唐卡露出笑容，唐卡，做我的女朋友吧。

见唐卡依旧没有反应，我再次从吧台上拿起一个酒瓶，向着同一个位置砸去。

晕眩感愈发严重，视线也开始模糊，四周像潮水一般纷纷涌起的议论与欷歔声于我而言却遥远得像是来自另外一个星球。而除了眼中逐渐闪烁的泪光，唐卡依旧没有任何反应。于是我又下意识地拿起第三个酒瓶……

只因唐卡的容貌太像浅泽。

既然我不能与浅泽日日相伴，身旁能够有一个与他相像的人，也是好的。

就在第三只酒瓶将要砸到我的头上时，一言不发的唐卡突然冲上前用力抓住我的手腕，夺下酒瓶，带着哭腔大喊，徊年，你这笨蛋，快住手！快住手啊！

……

4

我醒来时发现自己已躺在医院的病床上，明显地感到头上缠着厚厚的绷带，四周是单调寂寞的白色，而视线所能及的一切都是模糊的重影，片刻之后才逐渐恢复正常，唐卡的面容清晰地出现在眼前。她就像与我初次见面时那样素面朝天，头发柔软地披散在肩上，只穿了一件格子外套，双目微闭，十指交叉，呈祷告的姿势，阳光勾勒出她身体的轮廓。那一瞬我几乎以为时光重新倒流至我住在夏城的日子，而身旁为我祷告的正是那夏城的少年浅泽……随着意识逐渐清晰，我回想起之前所发生的一切，心情十分复杂，但却又不愿破坏这美好的氛围，只是静静地注视着唐卡，假装浅泽在我身旁。然而伤口的疼痛却在这时向我袭来，我忍不住倒抽了一口凉气。

唐卡睁开双目，面露惊喜，徊年，你终于醒了，太好了——你很疼，是不是？说罢她迅速按下病床旁边的呼叫器，叫来医生。

医生给我服下止疼片，疼痛感才略有减轻。唐卡的目光一动不动地注视着我，好些了吗？

我点了点头，她话锋一转嗔怪道，你这傻瓜，干吗要用自己的头敲碎三个酒瓶！

我看着她浓得化不开的黑眼圈，忽感心疼，于是冲她翘起一个嘴角，挤了挤右眼，呼啊，我会铁头功，怎么样，你不知道吧——谁让你先前对我爱答不理的。说罢我还想挣扎着起身，然而又是一阵疼痛袭来，只得龇牙咧嘴地重新躺下。

谁知唐卡没有笑，也没有责备我，我甚至怀疑她根本没有听到我的话。她轻握我的五指，你知道吗，我初三毕业之后就再也没进过学校的门，十六岁开始在酒吧驻唱，之后认识了一位调酒师，他比我大八岁，非常英俊，而且对我处处照顾。我迷恋他调酒时的动作与神态，每当那个时候我就觉得他可以把世界上许多复杂的事情简单化，而且总是能够让一切都变得充满了艺术气息……当我确信自己爱上了他并要向他告白的时候，他却先我之前告诉了我，他爱我。那时我简直高兴极了……为了这份感情，我倾其所有，甚至为他多次堕胎……然而两年半之后，我们还是分手了，原因仅仅是因为他喜欢上了一个“比我更合适他”的女孩。后来很长一段时间我都没有再谈过恋爱，不是因为没有优秀的男孩，而是因为我已经从心底对恋爱不由自主地抗拒……而且也就是从那时起，我就对调酒师厌恶不已……

她的面色在叙述的时候变得更加苍白，多次咬住嘴唇才没有让眼泪落下。

我的内心腾起怜惜之情，仿佛是被一股强大的力量支配，我不顾伤口的疼痛，起身将唐卡揽在怀中，亲吻她的面颊。她突然紧紧地搂住我，眼泪终于像断了线的珠子一样滚落下来，无比认真地说，徊年，我对爱情的信心终于被你唤醒了，你不能让我再次绝望。

唐卡，我会对你很好，相信我。

这算承诺吗?

嗯。我认真点点头。

在我住院的这段日子，唐卡向酒吧请了假。由于她的到来为酒吧增加了不少收益，而我又是FR最好的调酒师，Jack王爽快地答应了她，并在几天之后同他年轻漂亮的女朋友一起出现在我的病房，把一个厚厚的信封塞到我的手里。我本想回绝，他却拍了拍我的肩膀，笑容中有无限深意。

唐卡每天二十四小时守在我的身旁，无微不至地照顾我的生活。起初她也会从自己家中拿画报和杂志给我，然而其中充斥着的庸俗言情小说与桃色新闻却令我兴趣索然。时间久了，这些画报和杂志竟从我的病房中不知不觉地消失了，取而代之的是一个 Discman 与一大摞 CD。我能感到唐卡的用心，也深知一个十六岁就开始闯荡社会的女孩势必不会有很高的素养，可却依旧不由自主地把她与浅泽相比，也不禁怀念起浅泽为我阅读的《圣经》中那些优美而富有哲理的段落，以及与浅泽共读叶芝诗歌的那些美好时光。

出院之后的第二天我就返回酒吧上班，而唐卡也在那天退掉了在外租的房子，搬到我家来住。

凌晨下班时我去更衣室帮她拿行李。在回家的路上，我低着头，看着被午夜憔悴灯光染成橘黄色的地面，以及在夜空下的道路两旁呈现出茸茸质感的新草，不知不觉中已与唐卡拉开了一段不长的距离。这时我突然听到身后传来一声委屈的抱怨，徊年，你为什么不等我？

我回过头，唐卡的身影沉浸在黑暗之中，灯光在她的身后逐渐滑落，看上去像是一场庞大而静默的舞台剧。我忽然心有不忍，冲她伸出手，来。她快步走来，我顺势将她拥入怀中，用下巴蹭她的头发，一言不发。

回到家，摸黑打开灯，我径直走进一间空房，把唐卡的行李放进去，又转身对站在门口的唐卡说，这是你的房间，我的房间在对面。

唐卡点点头，指着另一个房间疑惑地问道，徊年，这个房间是谁的？

这是我母亲的房间。

她在家吗？我想见见她。唐卡的表情犹如一个不谙世事的小女孩。

不……她不在。我的声音很低沉。

唐卡依旧穷追不舍，她去哪儿了？

我不言，只是拉起唐卡的手，打开那我几乎每隔一段时间便会清扫的房间。皎洁的月光透过纱帘轻柔地洒进来，映着这一尘不染的房间。拿起摆在桌子上的一张母亲的照片，递到唐卡面前，这就是我的母亲，她已经不在了……我的眼前又不禁出现了与母亲的遗体作别时的情形，虽然距今已有半年之久，可心中的凄然依旧不由自主地向上翻涌。于是停顿了片刻，我轻声道，我们出去吧，好吗？

月光勾勒出唐卡的侧面，她的神情充满了不安与内疚，徊年，对不起，我不知道……

我没有说话，把门轻轻关上，径直走进自己的房间。

徊年，你生气了吗？唐卡在我的身后问道。

没有。我缓缓地回过头，强迫自己冲唐卡露出了得体的笑容。

我将自己反锁在屋内，倒在床上，在一阵天旋地转之后，仿佛重新置身于夏城——自己整个夏天都居住在那里的安静城市。每天在熹微的晨光中醒来，整理画具，与浅泽一同去圣保罗教堂后面的白桦林，他复习功课，我画画，如此度过一个个上午……那时的一切都简单得不容人多想。继而我又想起了母亲临终前留给我的信件，她所希冀的，是我能够过上快乐安稳的生活，可如今我竟……房间寂静，我只感到心中压抑得难受，连呼吸都异常困难。

起身走到废纸篓前，俯下身，把里面的纸团一张张地取出，展开，铺平。一副同样的面孔反反复复呈现在我眼前。我默默地数，从第一张到最后一张，一共是二十八张人物速写，描摹的都是同一个人，只是角度不同。然而，当我伸出手想要抚摸那一张张俊秀而熟悉的面庞时，眼前却突然出现了 Lucifer

死时的情形，身下的血迹像朝阳一般，在皑城冰冷而坚硬的水泥地上缓缓升起。

我的手掌突然重重地按向这些画，用力地攥，手背上的青筋条条突起。

然后展开。

我怀着混乱的心情赤脚走进唐卡已经熄灯的房间，如银的月光温柔地洒进来，房间中充满了安宁，仿佛有琴师在月亮里乘凉，音符顺着指尖飞了。我站在门口凝视着月光中不施粉黛的唐卡，她白皙的肌肤犹如光洁的绸缎，令我的内心突然萌发了异样的冲动。于是我俯下身，情不自禁地亲吻她的脖颈，在她的耳畔轻声唤她，唐卡，唐卡。

她睁开眼睛，吃惊而欣喜地用双臂环住我，像个小女孩一样委屈地抱怨，你刚才关门的时候声音太大，以后不要这样了，我怕。

我不语，只是捧起她的脸颊，在她的唇上落下我深深的吻。她的眼泪滴落在我的手指上，令我的手指潮湿而温润。她的全身都在颤抖，胸口起伏犹如月光下的大海。我知道这意味着什么，于是迅速起身，从她的房间中默默退出。

月色西沉。

5

回房之后，我昏昏沉沉地睡去，头痛欲裂。不知过了多久，缥缈如梦的音乐不绝如缕地低低传入耳朵，我在昏暗而混浊的光线之中忍不住辨别，其中有鼓、风笛、竖琴、钢琴，荒芜寂静的风，山谷中鸟儿婉转啼叫，伴随着静静流淌的溪流，或许偶尔还有几片花瓣飘落在水面上。

或许正是因为这一尘不染的音乐令我的内心获得了安宁，那天我第一次在上午十点之前起床而不感到困倦。伴随着音乐趿着拖鞋走到客厅，身着睡衣的女孩唐卡把自己的整个身体都蜷缩在沙发中，素面朝天，头发高高地挽成一个髻，皮肤苍白如纸，头靠着沙发背，双目微闭，令我不禁想起昨夜在月光下轻柔的亲吻。她身旁的Discman正开在外放状态，音乐潺潺而出。听到脚步声，她睁开双眼看着我，嘴角泛起浅淡的微笑，徊年，早上好。

我微一点头，早上好唐卡，音乐很好听。

我猜你或许会喜欢这类纯音乐，所以特地挑选这盘专辑放来听，没想到你真的喜欢。

Discman旁边摆放着一个蓝色的CD封套，光滑的木质CD盒随意地敞开着，露出余下的两盘专辑。我将之随手拿起，封面上是一片海天相接的天蓝色，旁边高耸的粉绿色山崖像两只正在对视的天鹅，远处飘浮的白色云朵也被染上了浅淡的蓝色，而被云朵围绕的林立雪山，仿佛正在讲述着一段段殊途同归的圣洁爱情。《BANDARI · 海市蜃楼》，于我而言，这是个陌生的名字。

你为什么不问我一个唱摇滚的人怎么喜欢这样的音乐？唐卡问。

这并不是件奇怪的事，我原来也和你一样，欣赏的音乐风格很多，好听是最重要的。我回答。

徊年……昨天晚上我很幸福，我期待着每天都能得到这样，抑或更多的幸福。女孩的话语显然带着很强的暗示，可我并未回应，只是说，倘若每天都能够在如此舒缓的音乐之中醒来，我会感到幸福。

唐卡伏在我的肩上，徊年，我愿意让你每天都感到幸福——你现在饿吗？

我握住她的手，摇了摇头。

于是她温柔地笑了笑，亲吻我的脸颊，那我先做家务，待会儿再给你做早餐。

唐卡先是将我所有该洗的衣服统统抱进卫生间，丢入盆中，坐在板凳上，背对着我，隐约能听见双手搓衣服时的细微声响。我靠着门，无声地注视着她，只觉得心中凄然，无限内疚。我本该像普通恋爱中的男孩那样，为自己心爱的姑娘倾其所有。而如今我却心怀一个巨大的秘密接受她全部的感情赠与，甚至连最初追求她的真实目的也不敢告之于人，对唐卡而言，这本不公平。

她很快洗完了衣服，哼着小曲将衣服一件件晾到户外。她的睫毛很长，深深地盖住眼睛，只在下眼睑处落下一小片浅灰色的影。阳光的碎片犹如一曲优美舒缓的旋律，而她的肌肤在这静默的旋律之中就像是透明的，头微微歪着，嘴角扬起小小的弧度，亮晶晶的眼睛是纯色的，犹如一个不谙世事的小女孩，满脸天真。她将家里的每一个角落擦拭得一尘不染，窗户、玻璃、门，还有陈列在黑暗角落中的瓶瓶罐罐……当她正在专心致志地擦拭一个白色花瓶时，突然抬起头对我说，徊年，你看这个花瓶多漂亮，可惜颜色太素，如果能在上面插一捧颜色艳丽的花束就好了……楼下的蔷薇开了，你要和我一起去摘吗？还有，家里太空了，我们有时间一起去买点儿装饰品好不好？

那一瞬间我分明看到浅泽站在我的面前，额前长长的刘海遮住眼睛，面色淡漠，白色的衣裤，看上去犹如只存在于童话中的王子。他深深地注视着我，露出了略显羞涩和拘谨的笑容，轻声道，徊年，家里太空了，我们有时间一起去买点装饰品好不好？

我突然把唐卡紧紧地搂在怀中，把脸埋到她的肩膀上，眼泪大颗地落下来，浅泽，我好想你。我呜咽着说。

唐卡抚我的背，轻声问，徊年，你说什么？

见我不言语，她把我推开，我眼眶里的泪水在她的眼前一览无余。

徊年，告诉我，你究竟怎么了？她疑惑而关切地问道。

我恢复了平静，若无其事地回答道，没什么。

突然有人敲门，我打开门，邮递员将一封信递到我的手中。依旧是白色的朴素信封，上面用黑色水笔写着我的名字。将这封信攥在手中，我如芒在背。于是我走到唐卡的面前，敷衍地吻了下她的脸，我饿了，你现在就去做早饭好吗？

唐卡的目光落在我手中的信上，又以一种陌生的眼神注视着我，紧接着慢慢地走进了厨房，一言不发。

我走进房间，拆开信封，取出那封几乎每周都会如期而至的信。少年的字体整饬而锐利，然而我却能够从中嗅到熟悉的感伤气息。

徊年：

展信佳。

现在是英语自习课，所有的同学都在做题，可我却心神不宁。初三的教室在六楼，透过窗户能够看到错落的建筑群以及恢弘的圣保罗教堂，令我不禁想起去年夏天自己司琴结束之后走出教堂，总能看到你的身影。而如今我孤单一人走在回家的路上。偶尔抬起头，还能够看到成群的鸽子在教堂顶端飞翔，落寞而温情。已是五月，夏城繁花盛开，草木蓊郁，一如我们的青春时光。而每每面对青春，我总不由自主地派生出诸多情绪。生怕它消失不见，却又难以承受因性情敏感给自己内心带来的痛苦。

你离开夏城也有三个月了，我时常在梦里见到你。近来你对我说要我写信给你，只因你现在忙得没了讲电话的时间。这一切我理解，毕竟如今你所处的环境已与我截然不同。近日与詹牧师聊天，他说我的生活犹如真空，平淡安逸，无太多伤害。而你却在千里之外的皑城因生机而奔波忙碌。我恨不能替你分担辛劳。

第一次模拟考试已经结束了，我的成绩依旧是年级第一。这么多年来，保持这个成绩已经成为了一种惯性。我在每天夜里强迫自己做许多题目，试图以此麻痹自己。然而在笔停下的那一刻……

究竟何时，你才能重返夏城，与我一同去白桦林画画，一同在夜晚听各式各样的音乐，一同抄写叶芝的诗歌。

我期待着这一天的到来。

祝你安好，想念你。

浅泽

五月七日凌晨

透过白色的纸张，我的眼前仿佛出现了浅泽在凌晨时分结束了一天的功课之后映着昏弱的灯光一笔一画给我写信的情形：他额前的刘海垂下遮住眼睛，鼻子与嘴唇却在灯光之下犹如刀刻般清晰。窗外树影婆娑，高大的落叶乔木在书桌前投下深深的影，而窗外静舞的星光落满他瘦削的肩膀。

我反复地阅读这封信，并久久地凝视着信纸上的每一个字，突然将信纸连同信封紧紧贴在胸口，双目微闭，继而将之放到与下巴齐平的高度，嘴唇在上面轻轻地落下一个吻。

离开夏城时的情形迅速出现在我的眼前，可我已无力再回忆分毫。

门外传来了唐卡的声音，徊年，早餐做好了。

我迅速来到床边，掀开枕头。

枕头底下已安安静静地摞了十几个一模一样的白色信封，就像是在深海游动的鱼。

我和唐卡会在黄昏迫近的时候手拉手去酒吧上班，她永远只化淡妆，穿格子衬衣和牛仔裤。有时我站在门口等她，时不时地仰起头望着即将沉落的夕阳，心神恍惚地想起在夏城的时候，自己也曾经在教堂门口这样等待过浅泽。与唐卡并肩走在路上，她的表情温和而幸福，而每每见此，我都心怀内疚。只是我不知道，曾经那个天不怕地不怕的狂妄少年，何时变成了如今这副风声鹤唳的怯懦模样。

与我在一起时的唐卡如孩子般不断地提出各种要求。例如走在路上时我们必须十指相扣，掌心相对；例如当她受了委屈时我必须给她一个大大的拥抱与温暖的安抚；再例如入睡之前我必须要在她的脸颊落下一个深深的吻……面对这些要求，我全部接受，甚至想要为她付出更多，以减少我内心的负罪感。可是随着时间的推移，当她的容貌所带给我的惊喜已经逐渐褪去时，我突然真切地感受到一道跨也跨不过的鸿沟横在了我们中间。我们性格不同，除了音乐之外，几乎没有共同语言。不上班的时候，我喜欢去一家固定的音像店淘电影，因为那里即使五块钱一张的盗版碟的播放效果也非常清晰。那家音像店的老板是个染了金发的年轻小伙子，与他熟悉之后他总会兴致勃勃地给我推荐各式各样的影片，大多是文艺片。可唐卡总是热衷于言情小说和不厌其烦地尝试各种化妆品，因此她很难有兴致与我一同欣赏《辛德勒的名单》，抑或是《霸王别姬》，也很难与我一同阅读叶芝美如歌谣的诗篇。而每当这时我就会深深思念着浅泽。

唐卡毕竟只是唐卡，无论她与浅泽的容貌多么相似，也终究不是浅泽。

6

夜晚的时候突然毫无征兆地下起了雨，我和唐卡都没有带伞，所以只得在下班的凌晨冒雨在被路灯染成橘黄色的街上拼命地奔跑，回家后已如落汤鸡一样狼狈。雨水往往令人生倦，我困顿难耐，用干毛巾简单地擦了擦头发之后就倒在床上。昏昏欲睡之际突然听到窗外雷声大作，异常骇人，我掩起耳朵，门口却突然出现了唐卡的身影。她身着吊带睡衣，露出窄窄的肩膀，怀中抱着被子，瑟瑟发抖地小声询问，徊年，今天我能和你睡在一起吗？我害怕打雷。

她将自己的身体裹在被子中，脸颊紧紧靠着我的脖颈。我用沉默接纳了她。由于是单人床，所以即使消瘦的唐卡占不了太大位置，却依旧令我感到拥挤。或许是她突如其来的要求唤醒了我沉睡的细胞，令原本昏昏欲睡的我睡意全无。唐卡把手放进我的被窝，将我的四指攥在掌心，欲言又止。雷声暂时遁入黑暗，只能听到屋外粗暴冲刷着地面的雨声。

惊雷突然伴随着闪电在天空中响彻，将这漆黑的小屋照亮的一瞬间，躺在我身旁的唐卡突然尖叫了一声，紧紧环住我的脖子。我猝不及防，下意识地搂住她。她全身冰凉且颤抖，令我心生怜惜，于是情不自禁地拍打她的后背。平静下来的唐卡从我的怀中缓缓退出，枕着我的胳膊，竟伸手抚我的睡衣并试图将扣子解开。那一瞬间我顿生一股莫名的厌恶，情不自禁地抓起她的手，甩向一边。唐卡，不要这样。我重新整理了一下睡衣。

为什么，难道你不爱我？唐卡委屈而愤怒，提高嗓音质问。压抑着内心的忐忑，我敷衍地吻她的额头，想要说几句话来安慰她，但却语塞。空气中只剩下突兀而可笑的沉默，仿佛印证了她内心的疑虑。黑暗中我突然感到有液体流到手指上，异常冰凉。唐卡默默起身，把被子重新抱在怀里，下床，穿上拖鞋。

我起身唤她，唐卡，过会儿或许还要打雷。

她停下，声音中有掩饰不住的哽咽，你会关心我是否害怕打雷吗，徊年？说罢从我的房间走出，身影被黑夜氤氲得模糊不清。

望着她离去的身影，仿佛能够从中读出屈辱与倔犟。一种巨大的失落瞬间吞没了我，我颓然地倒在床上，背部朝上，把头埋进枕头，一拳拳地击打着墙壁，泪水顺着脸颊滚滚而下。在面对唐卡已经来临的情欲时，我终究无法强迫自己像以往接受她的亲吻、拥抱一样坦然——我依旧不由自主地把她当成浅泽，我那远在夏城的少年，他的眼睛像高原上的湖泊一样纯净，夜晚坐于台灯下为我写信时，星光会落满他瘦削的肩膀。

我在梦里回到了唐卡初来我家的那个夜晚，下班后我帮她提着行李快步走出酒吧，并将那一段温和而安全的距离一直保持到打开家门的那一刻。而唐卡，自始至终都跟在我的身后，不发一言。

徊年，我想我爱上了你。回家之后，唐卡站在门口，犹豫而坚定地说出了这句深藏在她内心许久的话。她缓缓地闭上双目，期待我能突然转身将她拥入怀中，在唇间落下深深的吻。然而我却淡漠直白地回绝道，唐卡，我们不合适。

说罢我径直走进自己的屋，站在窗台旁边，望着窗外梦魇一样黑暗深邃的天空。女孩迟疑地走进来，艰难地解释，徊年，我知道自己在你心中无足轻重，可我无法欺骗自己的内心……你与我之前认识的所有男孩都不一样，你的身上有一种让人难以征服的霸气……徊年……徊年……

话音刚落，我就感到一双柔软的手陡然从身后搂住了我的腰，这令我又无可自拔地想起了离开夏城的那个夜晚，浅泽以同样的方式与我告别，并带给了我长久无法遏止的想念。下意识地甩开女孩的手，我低声说，对不起，唐卡。我从来没有爱上过你。

而梦境的最后是唐卡伤心绝望的脸。

……

这是清晨六点，我回想起刚才的梦，辗转反侧，深埋的心事总是容易在梦中流露。闭上眼睛，我又再度昏昏沉沉地睡去。几个小时之后，我依旧是在班德瑞的纯净音乐之中醒来，趿着拖鞋来到客厅，唐卡把头靠着沙发，双目微闭，听到脚步声，睁开眼睛，不施粉黛的脸上立即挤出讨好的笑容，极力装出没有发生过任何不快的事情的样子，徊年，早上好。

我点点头，看着她茫然孤单的眼神，竟不敢与之对视。于是不动声色地走进卫生间，却又看到洗漱台上已摆好了满满一杯刷牙水，我的牙刷横放在上面，白色的牙膏也体贴地挤好了。然而这细致入微的关心再度勾起了我内心的负罪感，我顺手端起盛满凉水的牙缸用力向脸泼去，冰凉的水沿着我的脸的弧度滴滴答答地落下来。我用力地甩了甩脸上的水，久久地注视着镜子中的自己，头发湿漉漉地落下来遮住眉毛，无神的双目像坠入了枯井，一副枯槁颓废的神情。我抬起手，用力抽了自己两个嘴巴。

从卫生间走出时，我注意到了唐卡脸上欲言又止的神情，于是故作轻松状说，走，中午我们出去吃饭。

六月在不知不觉中到来，天气逐渐炎热，随处可见高大的树木投下的深深暗影，小区物业栽种的栀子和蔷薇也在这时开出了芬芳的花朵。

我们去了一家无国界料理店。唐卡点了鹅肝寿司，三文鱼拼盘，我则点了章鱼盖饭。服务生将一壶加冰的大麦茶放到我们面前之后便离开。在我起身为唐卡倒茶的时候她突然伸手抓住我的胳膊，手指关节微微发白。

徊年，我有话要对你说。

我愣了片刻之后说，好的，先喝茶。

唐卡喝了一口大麦茶，依旧迷茫地注视着我，试探着说，徊年，昨天晚上，是我的错……我一直都觉得你是个与众不同的男孩，所以我总想要……而你内心深处隐匿的神秘又让我不解、心疼，让我忍不住想要给你更多的……徊年，我希望你能理解我……我所做的一切完全源于内心对你的情感……只是你对我的飘忽不定……让我难以捉摸……

章鱼盖饭和鹅肝寿司端上来了。吃饭吧，唐卡。我试图岔开话题。但她依旧倔犟地坚持问道，告诉我徊年，你到底爱不爱我？

你见过一个男孩追求自己不爱的女孩么？

她摇了摇头，但很快补充道，直觉告诉我，你与众不同。你的心里或许隐藏着一个巨大的秘密，是这样吗，徊年？

我惊诧于唐卡对我内心的洞悉，未等我开口，她便把我的手缓缓放到她的脸上，痴痴地望着我。于是我苦笑道，唐卡，不要多想，我们在一起的时间还太短，彼此都需要一个过程来适应对方，不是吗？

矛盾的内心，让我搪塞的语言竟显得如此单薄。

复杂的眼神，让我不敢注视唐卡痴痴的目光。

第六章　初夏的预言

爱人啊 / 但愿我们是那一双浪尖翱翔的白鸟 / 在流星未消隐以前 / 便厌倦了它的光焰 / 暮色中那颗蓝星的幽光 / 低低地悬挂在天边 / 爱人啊 / 唤醒了我们心中那缕永恒的忧伤

一袭倦意随那露湿的梦者飘来 / 百合与玫瑰 / 爱人啊 / 别去梦想那流星消殒的光辉 / 或者那留恋在露水中蓝星的光芒 / 因为 / 我只愿我们化作浪尖的白鸟 / 我和你

我着迷那无数的岛屿和许多妲娜的海滨 / 在那里时间将我们遗忘 / 悲伤永不再来 / 很快我们将远离百合玫瑰和光的烦恼 / 爱人啊 / 只要我们是那双浪尖翱翔的白鸟

——威廉·巴特勒·叶芝《白鸟》

1

徊年回了皑城，而我总是以为他还住在我的家里。

每天起床我都会习惯地说一句“徊年，早上好”，把书本收拾好去白桦林晨读时也总会习惯性地在门口等上一会儿，从教堂出来后总会下意识地望望四周，吃完晚饭自己在屋里读《圣经》或者做功课时总也盼望能够有个声音对我说“我这里有一首很好听的曲子，赶快过来听听看”。

或者我独自一人走在回家路上的时候会突然问一句，“徊年你还有什么笑话么？”

笑话？当真是笑话。如今我的身旁，空无一人。

总会遇到熟人问我，你最好的那个哥们儿去哪儿了？

我只能陪笑着回答，他家里有点事儿，回去了。

我听惯的那声可以代表各种含义的“呼啊”，也已很久没有听到了。

九月，天已微凉，又到了夏城一年之中最美的季节。而我已经坐在了初三的教室里。老师不知突然从哪里变出了许许多多的题目，装订之后发给我们。我总是顺手地一道接一道飞快地做下去，犹如惯性，直到手指酸涩得无法握笔，才停下来。而在那一刻，昏涨的大脑立刻就会被徊年填满。那密密麻麻的思念在我的脑海中恣肆地膨胀，令我无处逃脱，只能用日记本记录下这特别的爱恋。

喜欢男孩的男孩。

在外人眼里，这仿佛多么不可思议。

而我依然不定期地从邮递员手中接到徊年从皑城为我寄来的各式各样的磁带，有时是轻音乐，有时是校园民谣。寄来的磁带中虽然从未有他的附言，可我却依旧能感到那份深深的情谊。除此之外我还能时常接到他打来的电话，后来每当电话响起我就会跳起来迅速冲过去接听。徊年的声音传入我的耳中，令我深感温暖。他有时会给我讲各式各样的笑话，不等我笑便自顾自地在那边笑起来，而更多时候是安静地说话。我们之间的情谊并没有因为空间的跨度而淡漠，相反愈发惺惺相惜了。我会在结束了一天的功课之后把磁带放进录音机，浸泡在如水般的平静旋律之中，深深地想念着他。

每当在教堂里司琴时我便会想，在这个世界上，当我自认陷于痛苦与束缚之中时，或许在某个角落正在上演杀戮，而我却从未经历，这便是上帝施恩于我；穷途末路之人有之，道貌岸然之人有之，冷淡尖刻之人也有之，却从未与我相识，这便是上帝偏爱于我。

《圣经·新约·马太福音》中说，你们要进窄门，因为引到灭亡，那门是宽的，路是大的，进去的人也多；引到永生，那门是窄的，路是小的，找着的人也少。

这个世界上永远不乏这样一种人：大多数的时候，他们沉默无言，在外人眼中犹如事不关己的看客，而事实上他们已把平日里谈天说话的时间用以观察，因此他们洞悉世事的能力往往高得足以令人仰视，例如詹牧师。虽说父亲去世前曾要我在遇到困难和疑惑时求助于他，然而我却极少如此，只因有些事不知如何开口。詹牧师虽然年事已高，却神采奕奕，充满慈爱的双目之中时常闪烁着智慧的光芒。

一天，聚会结束，我刚欲转身走出教堂，站在布道台上的他突然叫住我，孩子，等一等。

你最近一反常态，我的孩子，如果是遇到什么困难，或许我可以帮助你。他的语气充满关怀。

或许是刚刚开学，还不适应强度变大的学习氛围。我低声回答。

原来如此。詹牧师舒了一口气，继而说，孩子，有些话，我不知是否当讲？

请您说出来，牧师。

孩子，在你童年时代，你的父亲一定给你讲过亚当与夏娃的故事。上帝造了亚当，又用他的肋骨造了女人，亚当说夏娃是他骨中的肉，肉中的骨。在这个世界上，许多事是上帝安排的，人类根本无法改变。更何况你也知晓，我与你的父亲知交多年，是彼此最信任的朋友。你也就像是我的孩子一样，看着你从最初那个在我家院子中采撷蔷薇的孩子成长至如今英俊好学的少年，我深感欣喜，也自然愿意看到你的人生之路是一片坦途。或许有些事情，是无论怎样付出也没有结果的，抑或会在半途夭折。你的父亲生前曾多次向我说起希望你在成年之后受洗，考入神学院，将来成为一名优秀的牧师。

是的，他临终前曾对我说起过。

那么，我的孩子，我希望你能从现在起按照一个优秀牧师的标准来要求自己。我知道这很难，但至少不要破禁忌，否则你会令自己和他人都生活得痛苦不堪。记住这些，我的孩子。愿主保佑你，阿门。

徊年收到了我寄的包裹。我一直没有告诉他，那幅画，我反反复复画了几十次，每画完一张就贴到墙上，仔细端详，挑出瑕疵，直到我认为相对完美，才去商店买了相框，给他寄去。由于深知他夙兴夜寐，我特地在包裹单上的备注栏写下，请务必避开上午，于情人节下午五点之前送达。快递公司的师傅看了看包裹单，随口问了一句，给女朋友寄情人节礼物啊？我下意识地点了点头，又迅速摇头。快递师傅干笑了几声说，给爱人寄情人节礼物有什么好害羞的。

我一直以为徊年会把情人节忽略，然而就在情人节的当天，我却惊喜地从快递人员手中接到了徊年赠送于我的节日礼物。拆开之后，掉出来一盘许巍的CD与一条黑色手链。那一刻，我的内心被突如其来的幸福充盈得再也容不下丝毫的情绪。

父亲生前曾多次告诉我，上帝对每个人都是公平的，假如对某个人在某些方面有所亏欠，那么一定会在另一个方面加倍补偿。父亲去世后，我一度陷入悲痛与迷惘，直至遇到徊年，与各种各样的小快乐不期而遇，才开始逐渐学会感恩于自己的命运。如《圣经》中所言，凡事皆有定期，天下万物都有定时。生有时，死有时；栽种有时，拔出所栽种的也有时；哭有时，笑有时；哀恸有时，跳舞有时。

逐渐地，我明白苦难也是幸福。越深的苦难，便能衬托出越巨大的幸福。

2

寒假很短，春节刚过，就开学了。我怀着异常平和的心情，面对我初中生涯的最后一个学期。

学校建在山脚下，甬道两旁是奇形怪状的灰色岩石，上面生长着各式各样的绿色植物，将头顶的那片苍穹切割得只剩下窄窄的长方形，云朵无声无息地穿过，犹如一艘艘船，遨游于天空之城。很多次走到这里我都会抬起头，驻足观望。不知道除了生活在这颗水蓝色孤寂星球上的人类之外，这茫茫的浩瀚宇宙是否还会有其他高级生命存在，而他们，是否也像人类一样时时体会着离合悲欢。

视野在穿过甬道之后豁然开朗，教学楼孤独地伫立在我的面前，像曲高和寡的吟游诗人。

教学楼两侧的橱窗里展示着各式各样的色彩风景写生。我一张张地看着，情不自禁地想起徊年，想起曾经的他也在白桦林中画风景写生，背景落单而寂寞。

开学典礼结束之后我们刚刚返回教室，班主任就带着一个女孩走了进来，对我们说，这是我们班的新同学林溪，她将会和大家一起度过初三的最后一个学期。林溪，你向大家做个自我介绍吧。

那是我四年之后第一次见到林溪，只是当时并未认出她。她已不再是圆圆的娃娃脸，面部线条起伏有致，一头乌发如瀑布般披散在肩上，浅褐色的瞳仁中清晰可辨摇曳的阳光的倒影。由于是转学生，她没有校服，白色的风衣紧贴在身上，勾勒出高挑修长的身形。因为学校里从未有过如此美丽的女孩，班里的男生们见到她，顿感惊为天人，哗然一片。而我却觉得她长得像极了家中插图版《圣经故事》里的夏娃。

我叫林溪，希望大家多多关照。女孩微微欠身，脸颊泛起红润。她的声音听上去非常温和柔软，我的心因她的名字而不自禁地颤了一下。自我介绍后，她走下讲台，从我的身旁经过。我抬起头，想要从她的脸上寻找到哪怕一丝丝熟悉的记忆，却终究一无所获。女孩的目光突然与我不期而遇，在我们四目相对的瞬间，我竟从她的脸上清晰地捕捉到了细小的惊愕之色。

虽然已经立春，可白天依旧短暂，晚自习从六点半到十点，我用三个半小时的时间集中注意力做手头的一切题目。晚自习结束之后我总是第一个背起书包冲出教室，飞快地跑下楼，想要赶在所有人前面享受这段短暂的寂静时光。洁月把自己的光芒洒向地面，星星像抛光后的宝石，散发出夺目的神采。我通常低垂着头走在路上，间或抬起头仰望天空，想念千里之外皑城的徊年。

对徊年的爱恋并没有让我成绩下降，颓废庸堕，我依旧是老师眼里的好学生，课间的时候拿着题目虚心地请教。班里许多人因早恋而成绩下滑，而我或许是遗传了父亲的严谨，对学习没有一丝怠慢。我甚至在那段特殊的岁月中强迫自己每天只能用凌晨两点半以后的时间想念他，我的男孩。然而不知怎的，情人节过后的一段日子里，我一反常态地没有接到徊年的电话。最初我以为是他忙得没时间，于是只能被动地等待，然而随着时间的推移，有关他的一切都如石沉大海。我终于忍不住打电话给他，几次之后他告诉我他工作很忙，夙兴夜寐的生活令他应接不暇，倘若有事，可以写信给他。

实际上，虽然心中失落，我却依旧能理解徊年的辛苦，毕竟我深知现在他已经步入了一个与我完全不同的世界，一个充满了欲望与竞争的繁杂世界，这也许是如今的我所不能理解的。然而，我的内心每时每刻都会涌出崭新的想念，我迫不及待地想要把这一切倾诉给他听。于是我买来信纸，在每个结束了复习的凌晨给他写信，用最漂亮的字体写下自己最艰苦卓绝的想念。有时会不由自主地流下眼泪，泪水落在信纸上，氤氲开一小片字迹。

而我也总是会在写完信的第二天利用中午吃饭的时间跑到不远处的邮局，

把信小心翼翼地投进去。在接下来的日子里，我每天都去传达室看看是否有徊年的来信。纵然无一例外都是满怀期望地前去，沮丧失落地归来，可依旧会写。我总是幻想着他在疲惫了一天之后坐在台灯下读我来信时的模样，眉头时而皱起时而舒展，时而笑着摇摇头，时而泪盈睫毛。

3

转眼已是四月，夏城变得越来越热，我坐在靠窗的位置，一转脸就能看到窗外枝繁叶茂的高大树木，在地面上投下深深的倒影，溽热的风时而吹来，树木与倒影一同摇晃，仿佛要摇碎斑斑驳驳的梦境。在经历了一个个空落白天后的黑夜和不眠之夜后的白天，我终于在传达室见到了徊年姗姗来迟的回信，那一刻眼泪突然漫上眼眶。心怀饱满的兴奋将之拆开，里面却轻飘飘地落下一张纸条，我俯下身把它捡起，上面只有几个字：小子，认真学习，别来。

我一声不响地把信收起，失魂落魄，穿过甬道，回到班级，却与准备出门的一个痞子撞了个满怀。我本想在道歉之后低头而过，他却迅速把一条胳膊横在门上挡住我的去路，用力推了我一把，你学习好了不起啊，走路都不长眼!

他边说边用手捏住我的脸，强迫我抬起头。我试图把脸别开，却徒劳无功，眼里方才积蓄的泪水暴露无遗。见此，他突然阴阴地笑起来，哎哟，你怎么哭啦？啧啧，真不像男人，滚吧你。走出门后他用肩膀狠狠地撞了我一下，我一个趔趄差点摔倒。

性格使然，我没有反抗，只是一声不吭地回到自己的座位上，从书包中取出一本数学习题，翻开空白的一页，心神不宁地做起来。

一个身影出现在我的课桌旁边，定定地站着，我抬起头，竟是林溪。

浅泽，刚才怎么了？她低声问。

那是她开学之后第一次与我说话，我因她的直白而略感尴尬，只得重新低下头，随口答道，没什么。

这种学生在我原来的学校是会受到处分的——你刚才应该还手。林溪继续说道。

放下笔，我瞥了她一眼，自嘲地摇摇头，我是个胆小鬼，我……

话音未落，便被林溪打断。

她紧紧地盯着我的眼睛，一字一顿地大声说，不，你不是胆小鬼，你，是，我，心中的——英雄。

见我流露出不解的神色，她的脸颊飞上两朵红晕，羞涩地笑了笑，还记得四年前的那个深秋你跳进水里救下的那个女孩么？就是我。这么多年过去，或许你已把这件事淡忘，可我始终无法忘却。从那天以后，你就是我心中的英雄。我一直将你视为我最好的朋友。

不等我回答，她冲我坚毅地点头，回到自己的座位上，再度深深地望了我一眼之后才坐下。

我继续深埋下头去做我那永远也做不完的题目。

最初我只把她那天的一番话当作每个尚未成熟的女孩都会有的英雄情结，然而她竟然不知怎的找到了我家，在每个清晨都站在我家门口，清秀而安静的脸庞在茫茫的晨雾之中模糊不清。放学的路上，她会对我说起许多自己的事情：十岁那年，由于父母工作的原因，她离开了夏城，在异乡就读，成绩一直非常优异，而初三下学期，父母重返夏城工作，她也一并回来。中午我去食堂打饭，她总要和我一起，有时我做题做得忘记了吃饭饥肠辘辘的时候，却发现饭盒里面已经打好了香喷喷的饭菜。晚自习结束,她也会等我一起放学,映着满天星光走在僻静的街道上,分手时与我平静地告别,身影消失在黑夜中。

可是我对她的态度依旧是漠然。父亲在我十二岁的某个夜晚说的那番话多年来就像一棵坚固的树木般扎根在我记忆的土壤中。有一次我终于对她说,林溪,如果你是因几年之前的那件事报答我,那么大可不必,因为任何一个人在那种情况下都会挺身而出,明白吗?

谁知她摇了摇头,满脸单纯地说,浅泽,我希望你明白,我对你好,并不是为了报答,也不需要回报。这是我自己的事情。

我的内心竟因为她的这句话而动容。想来自己对徊年又何尝不是如此,虽然他已忙得几乎没了音讯,我却依旧每天甘愿地想念他。是谁曾说,两个人若不是以同样的真情处在恋爱之中,那么其中一人必定会对对方的痴狂产生鄙夷和不屑。而林溪与我,又是否可以称得上是另外一种意义的殊途同归。

以后的日子里,我开始有意无意地关注林溪。虽然转来的时间不长,可她很快就适应了这里的学习环境,林溪成绩优异,深得老师喜爱。下课后她不与班里其他那些聒噪女生一起三五成群地谈论明星八卦,只是安安静静地坐在自己的位子上做题或者读书。有一次她的一本书不小心掉在地上,我顺手捡起,发现竟是叶芝的《苇间风》。注视着封面上那曾从徊年口中听过的千百遍的诗人的名字,我的思绪不由自主地飘远,仿佛又回到了一年之前,少年、音乐、诗歌、梦想……看到愣神的我,林溪拿起书在我眼前晃了晃,笑着问,浅泽,你在想什么?

我如梦方醒,林溪,你也喜欢叶芝吗?

女孩点点头,他是我最喜欢的诗人。边说边指着封底上面的一段话,浅泽,我就是因为这段话才喜欢上叶芝的。

那段话竟是我曾经在徊年的笔记本上见过的，爱尔兰诗人叶芝在诺贝尔文学奖颁奖典礼上的获奖感言：

一度我也曾英俊像个少年，但那时我生涩的诗脆弱不堪，我的诗神也很苍老，现在我已苍老且患风湿，形体不值一顾，但我的缪斯却年轻起来了。

这么久的时间过去了，我一直以为徊年是这个世界上独一无二的存在，他所痴迷的，不会与任何人雷同，然而站在我眼前的女孩与徊年在不经意间竟有了小面积的重叠，这令我格外兴奋。

我在一个凌晨给徊年写了或许是中考之前的最后一封信，在信中我写道，徊年，我恳求能够在中考之后见到你，否则我一个夏天都将沉浸在孤独之中。

信写完后我疲倦地躺在床上睡了，做了一个漫长的梦。我梦见徊年说他永远也不回来了，还有林溪，她用那双像被天池的水冲刷过的纯净的眼睛注视着我，注视着我孤独的灵魂……

4

在与林溪成为朋友的同时我也知道了她的祖母是俄罗斯人，因此她拥有着四分之一的俄罗斯血统。中考临近，她的数学成绩相对薄弱，于是我从每天的下午大课间抽出半个小时为她补习，从自己的习题册上找许多典型例题让她做。她做题的时候漆黑的长发总是从肩头垂下来，将她的皮肤衬得愈发白皙，身后是夏城暮色中错落有致的建筑群。放学之后我们依旧一同回家。我时常仰望苍茫的天空，紫色的霞光从稀薄的云朵中逐渐溢出，飞鸟一群群地飞向未知的远方。很多次我都觉察到林溪的眼睛正注视着我，以一种令我陌生的神态。

那日放学，我照旧去传达室看信，却意外地发现一个用熟悉的笔体写着我名字的信封赫然出现在架子上。我几乎是颤抖着手将信取下来，捏在手中，涔涔的汗水打湿了信。我的心狂乱地跳，鼓起莫大的勇气将信拆开，上面又是只有六个字：中考之后来吧。

短短的六个字将我心中所有的失落与委屈一并扫光，内心像是被燃放的烟火照耀得异常明亮。我转过身，在即将消亡的黄昏中凝视着林溪的脸，抑制不住的兴奋让我突然捧起她的双手，在上面轻轻一吻，露出了徊年离开之后的第一个灿烂笑容，林溪，你知道吗，我很幸福。

林溪不知所措地站在原地，愣愣地看着我，脸一点点地红起来。她下意识地点点头，眼里浮现出隐约的泪水。然而被突如其来的幸福包围着的我对这一切却浑然不觉。我只是知道，熬过这个六月，我就要与徊年再度重逢了。

自此之后，林溪对我的态度逐渐发生着变化，她每个中午都替我打饭，为我买矿泉水，午休的时候也要和我的同桌换位以便于在我身旁。很多个夜晚，我坐在书桌前做题，电话响起，她在电话那端给我讲述自己的心事，口气却总让我感到不自在。有一次她询问我的生日，这时我才突然意识到自己的十六岁生日即将到来。徊年的生日是十月份，去年他过十九岁生日，我在凌晨零点零分给他打电话唱生日快乐歌，他在电话那边由于激动而哽咽得说不出一个谢字……也不知道我今年的生日，他还能否记得。

十六岁生日那天恰好是周日，我像以往一样去教堂司琴，随后静静聆听牧师布道。主日崇拜结束之后我竟然看到了林溪，她从大厅座位的最后一排走向坐在琴边的我。她穿了一条齐膝的白色短袖连衣裙，黑色皮鞋，披肩长发高高挽起，露出白皙的脖颈。我心中吃惊，不禁问道，林溪，你怎么来了？女孩神秘地笑了笑，把一直拿在手中的长方形木盒递给我，语气平淡而不乏欣喜地对我说，生日快乐，浅泽。

我看着女孩脸上熟悉的微笑，突然觉得这其中多了几分莫名的暧昧。迟疑地接过木盒，缓缓打开——一本做工异常精巧的浅褐色笔记本赫然出现在眼前，木质的表面画着一男一女两个笑眯眯的套娃。

我注视着这本含义已极为明显的笔记本，又抬起头看了看林溪，她不谙世事的脸上依旧带着我所熟悉的天真笑容，只是多了几分羞涩，浅泽，套娃是俄罗斯极有代表性的工艺品，也是我最喜欢收集的……这是我托远在俄罗斯的叔叔买回来的，共有两本……

我一时语塞，沉默良久才艰难地问道，林溪，你的意思是……这是一对情侣笔记本？

当然了。女孩骄傲地回答，发现了我脸上异样的神色，又小心翼翼地问道，怎么了？

我们……不是好朋友吗，我的意思是……我们不是很有共同语言的朋友吗？

林溪的神色逐渐尴尬起来，浅泽，你那天……是什么意思？

这时候我才明白，林溪之所以会送我画有俄罗斯套娃的笔记本，完全是对我那天兴奋之下做出的动作产生了误解。于是我缓缓走近她，轻轻搂住她的肩膀，林溪，我本不该……

林溪声音中难以掩饰的委屈与善解人意让我心疼。没有什么该与不该，浅泽，我早就说过，对你好是我的事情，与任何人无关。你一定不知道，那天，当你的父亲把你领走之后，我就在心中默默地告诉自己，倘若日后有缘再见，我一定要成为你的……而如今，我只是请求你能允许我在你身旁照顾你，关心你，好吗？

她哽咽得说不下去。我不知是否每个内心有爱的女孩都会卑微得令人心生怜悯，但我却清清楚楚地知道就在那一刻，我感念上帝，能够让我有幸遇到林溪。我将她揽在怀里，低声说，林溪，我并不是不喜欢你，而是在我的心中，一直镌刻着另一个名字，我忘不掉。

林溪环住我的腰，点点头，能够让你念念不忘的女孩，一定十分优秀出众。

我仰起头看了看教堂上方巨大的吊灯，低声说，不，他不是女孩，他是男孩——和我一样的，男孩。我等待着林溪的反应，然而她依旧把脸深埋在我的怀中，一言不发。而她的心跳，在狂乱了一瞬之后，也逐渐恢复了平稳。

教堂后面的白桦林在经过时光的洗濯后仿佛变得更加挺拔而茂密，由于树冠的遮挡，阳光落在地面上的时候已经成为了一个个小小光斑。我将林溪带到这里，这个曾经独属于我和徊年的私密空间。在一棵白桦树下我席地而坐，林溪倚着树干，云朵在树丛上空缓缓穿行。

我给林溪讲述自己与徊年之间全部的过往。直到这时我才意识到那段岁月虽然已经过去了接近一年，回忆却没有丝毫的遗忘，几乎每一个细节我都记得清清楚楚。我时而大段大段地叙述，时而哽咽得说不出话来。而林溪，自始至终脸上都带着如吹皱碧水的春风一般和煦的神情，一言不发。全部讲完后我躺在地上，心中释然。被白桦树枝叶切割得支离破碎的天空，大片的云朵在其中悠然地漫步，清脆婉转的鸟鸣在耳畔响起。我竟恍然以为自己置身于伊甸园，林溪的容貌与臆想中的夏娃逐渐契合。

浅泽，徊年一定也非常喜欢你。

凝视着她一尘不染的面容，我在心中默默地想，也不知谁能成为这善美女孩的亚当。

5

六月中旬，中考结束。

无数个挑灯夜读终于有了回报。中考题目的百分之六十以上都是之前练习过的，所以做起来得心应手。由于想给徊年一个惊喜，考试结束之后我不曾与他联系。无论如何，望穿秋水，漫长的离别，艰苦卓绝的思念如今终于看到了曙光，我的眼泪多次在梦里濡湿枕头。

我对徊年的思念在经历了中考不得已的压抑之后终于如开闸的泉水般汹涌而出，几乎要将我淹没得不留痕迹。但是作为夏城普通的初三毕业生之一，我必须要在公布成绩填报志愿之后才能让自己离开。虽然焦灼不安，却也在心中将之当作上帝砥砺自己心性的一种方式。

窗外郁郁葱葱的白桦林把天空切割成了规则的方形，洁白的云朵犹如天堂的画卷，又如一条条宽广的白色绸缎铺展在湛蓝的苍穹。这如诗如梦的景色令我不禁想起曾经的自己，浮云般安宁的少年，每天阅读《圣经》，用功学习，心中没有任何牵挂，可那样的生活已经一去不复返。

中考成绩出来了，不出所料，我的总分是全校第一。老师们纷纷议论，全市前十名中有四名是我校学生。几天之后，我与其他三位学生在外人眼中格外风光地站在主席台上并在全校师生面前接过烫金的奖状，面无表情地接受全校师生的议论与掌声。而最终，除了我报考的是夏城一所美术高中，其余的三名学生无一例外地报考了夏城的重点高中。此事在第一时间传开，我开始频繁地接受学校各级领导的轮番“轰炸”。他们对我动之以情，晓之以理，试图让我更改志愿，我不为所动。与美术为伴，便是与徊年为伴，他们怎会明白？

我以文化课总分第一的成绩被该校录取，去初中学校拿录取通知书的时候我见到了林溪，中考成绩只比我低五分的她竟与我报考了同一所高中。看到我，她天真地说，浅泽，我们高中也可以继续在一起了。对这个结果，我没有感到任何吃惊，只是看着皮肤被阳光晒得有些黝黑的她，淡淡地笑了笑。

接下来的几天，我一直在为自己与徊年的重逢做着各种各样的准备。去商店买了一件肩膀处绣有几朵栀子花的白色衬衣，咖啡色长裤，白色棒球鞋。除此之外，还去理发店让理发师把我的刘海修剪得从右向左斜斜地垂下去。修剪完之后，我久久地凝视着镜子里的自己，这十六岁的少年，身材颀长，双颊瘦削，面部被时光雕刻出锐利的轮廓，可下巴却依旧是尖尖的。

去火车站买了一张前往皑城的车票。回家之后边收拾行李边哼着《月光倾城》，那是徊年给我邮寄的一盒磁带中的歌，我非常喜爱它的旋律与唱词。初三的很多个夜晚，身心疲惫的时候，我就是在这首歌曲的陪伴之下一遍遍重温徊年的笑容，并在信纸上用最漂亮的字迹写下漫长的想念。

月光下的城/城下的灯/灯下的人在等/人群里的风/风里的歌/歌里的岁月声

谁不知不觉叹息/谈那不知不觉年纪/谁还倾听/一叶知秋的美丽

早晨你来过/留下过/弥漫过樱花香/窗被打开过/门开过人问我怎么说

你曾唱一样月光/曾陪我为落叶悲伤/曾在我满雪的窗前画我的模样

那些飘满雪的冬天/那个不带伞的少年/那串被门挡住的誓言/那串被雪覆盖的再见

夜晚，换上新衣服，背起平时上课用的书包前往火车站，上车之后迅速找到自己的位置，硬座。火车尚未开动，我双手抱膝，凝视着火车站星星点点的朦胧光亮。站台上，人群熙熙攘攘，林溪的身影突然出现在我的视线中，她微笑着，冲我用力地挥了挥手。由于并没有告诉她我动身的确切日期，所以我也不明白她是怎么知道的。火车在八点十分准时开动了，车厢里人来人往，声音非常嘈杂。我浏览着窗外不停移动的风景，之后从书包中取出《三毛作品集》，随意翻开一页，看到了这样的句子：醉笑陪君三万场，不诉离伤。

十点的时候，车厢熄灯，把《三毛作品集》收起来，检查那张留有徊年住址的几个信封是否放在书包内侧的口袋中，确定无误后才躺下，把窗帘拉开一个小小的缝，让星光落满肩膀。我在黑夜里睁着眼睛，脑海中一遍遍幻想自己与徊年明日重逢时的惊喜与幸福，直至昏然睡去。

我没有告诉徊年自己的行程。皑城太大，我拿着纸条询问了许多人，倒了几次车才找到了徊年的家。那是一幢白色公寓，四周颇有情调地被物业栽上了栀子花和蔷薇，红白掩映，在一片雨雾之中非常醒目。因为没有带伞，我的全身都被雨淋湿，然而在我眼中，这却是上帝的苦心安排：一年之前，我与徊年在雨天相识；一年之后，我与他又将在雨天重逢。

我怀着莫名忐忑的心情缓慢地走上四楼，每走一步心脏就会跳得更加急速。脑海中再次回想起自己与徊年初次见面时的情形，圣保罗教堂之中，所有人都在低声默祷，一个男孩突然鲁莽地冲进来避雨，又蛮横地住在了自己家中。随后我们共同度过了一段难忘的岁月，清晨一同去白桦林，每每遇到教堂聚会的时候，他都会在门口耐心地等待我回家……每当夜晚他都会为我放风格迥异的曲子，与我一同画画，为我驱蛇……他离开夏城的那一夜，我默默流泪，环住他的腰，他在我的额头上轻轻一吻，颀长的背影消失在无边的夜色之中……

想到这里，我下意识地摸了摸自己的额头，上面仿佛还留有那个吻的温度。我轻轻地叩门，并期盼能够在大门敞开的刹那重新获得一个吻……

门开了，我的眼前清晰地出现了那张魂牵梦萦的脸，徊年的脸。他在这一年中所受的苦全部都写在脸上，瘦削，苍白，但却比以前更加英俊，只是曾经时常在脸上捕捉到的俏皮表情如今荡然无存。我望着他，只觉得喉咙发哽，一股无法抑制的巨大的力量让我扑入他的怀中。他边轻轻拍打我的肩膀边向后看，呼啊，小子，要来也不跟我说一声！我不言，只是紧紧地靠着他，不愿离开。

他搂着我的肩膀，我的胳膊肆无忌惮地环在徊年的腰间，这些动作令我感到温存。然而就在我们推门而入的同时，一个身着白色吊带睡裙头发高高挽起的女孩擎着沾满肥皂沫的双手走出来，徊年，他是——她的话语戛然而止，目光聚集在我环在徊年腰间的胳膊上，片刻之后又缓缓地抬起头，目光汇聚成一把锋利的匕首。不知怎的，在与她对视的刹那，我竟觉得与她似曾相识，胳膊也不由自主地从徊年的腰间抽离，自然地垂下，而徊年的手也在那一刻迅速松开我的肩膀，迅速拍了拍我的头，唐卡，这是我最好的兄弟，浅泽。

唐卡歪着头，眉毛微微皱起，眯起眼睛，继而客气而抱歉地笑了笑，徊年原来从未跟我提起过你，我本该和你握手的，可我正在给徊年洗衣服，满手都是肥皂沫。继而又补充道，这些事情他自己从来不做。

徊年的神情有些尴尬，打哈哈道，没错没错，唐卡心地最善良，呼啊。走吧浅泽，先把行李放到我屋，休息一会儿，中午我们一起吃饭。

我不语，路过洗手间的时候我仿佛隐约看到了浸泡在肥皂盆中的徊年的白衬衣，或许正是在离别之夜穿的那一件……

雨不再下，天气逐渐放晴，我与徊年相视而坐，他刚欲开口说什么，唐卡就端着一盆洗净的衣服推门进来。她把衣服一件件地晾到窗外，动作缓慢。不知是不是我的错觉，我总感到她的目光在我的身上长久地徘徊，但我却不敢直视她的眼睛，生怕被她看穿。她神情中流露出的强势令我觉得自己像个偷偷摸摸的贼。这种倏忽衍生的卑微使我感到十分可笑。徊年侧身看了看唐卡，唐小姐，您今天晾衣服可有点儿龟速。

唐卡的语气中明显流露出不满，晾那么快干吗？衣服掉下去谁替我捡上来？

徊年摇摇头，无奈地翻了翻白眼，干吗不在你的房间晾衣服，你的房间阳光好像更加充足。

把衣服风干不行吗？唐卡突兀地顶了一句。

徊年没再就这个话题继续下去，转口道，浅泽今天中午和我们一起吃饭，待会儿你去市场多买几个菜。

唐卡却像是没听见似的，徊年，你中午想吃什么？

徊年没回答，转身问我，浅泽，你呢？——唐卡的菜烧得很不错。

我摇摇头，他却突然拍了我脑袋一下，小子，让你说你就说，跟我客气什么！他一把搂住我的肩膀，对唐卡说，你知道吗，我曾经在浅泽家住了很长时间，几乎要把他吃穷了。这样，今天中午必须要有清炒芦笋和煎金针菇培根卷，剩下的自由发挥，记得多烧几个拿手菜。

你要和我一起去买菜吗？唐卡又问。

不了。

可是你原来都会和我一起去买菜——说这句话的时候唐卡的目光并没有注视徊年，而是看似不经意地打量着我。

难道你没看见我最好的兄弟在这儿吗？徊年略有些不耐烦地打断了她。

唐卡咬了咬嘴唇，看了我一眼。她关门的声音很响，她必然满心怒火。

徊年松了一口气，随性地仰躺在床上。我坐在一旁凝视他，本该倾吐的思念却在此刻全部盘踞在心头，不知从何说起。光阴竟是如此疾速，在徊年离开之后的这段时间，我已经习惯了独自去白桦林晨读，习惯了在司琴结束的时候独自回家，习惯了没有音乐和笑声的夜晚，也同样习惯了独自一人在黑夜的梦魇中穿梭……然而当火车开往这座陌生的城市，这些经过了时光漫长积累而形成的悲凉习惯却在刹那间灰飞烟灭，取而代之的不舍逐渐露出了柔软的本来面目。而如今当我与他重逢之后，却不得不默然承受来自另一个身份不明的异性的怒火。沉默许久，我伏在徊年身上，伸手轻轻抚他额前的刘海，低声说，徊年，唐卡反感我，我能感觉到。

他笑了笑，一把抓住我的手腕，你管那么多干吗，就算她不喜欢你又怎么样？

见我沉默不语，徊年岔开了话题，小子，这么久没见，你过得怎么样？

和以前没什么区别。

呼啊——有姑娘追你么？

他的话语令我感到隐隐的不安，我不知道这个问题的背后究竟代表着他怎样的心理，于是不得不期期艾艾地解释道，但是我并不……并不喜欢……

她……徊年……我永远是你的……是你的……你的……我几乎要控制不住自己，而徊年却轻轻拍了拍我的头，笑眯眯地补充了我残缺的句子，是我的好兄弟。他继续说，浅泽，还记得我原来住在你家的时候吗，那时我们每天清晨都去白桦林画画。回到皑城之后我一直怀念那段岁月，每当疲惫的时候想起就会觉得温暖。我真希望我们永远都这样，不要为一些看似很重要其实不那么重要的事情而不愉快。每个人或许总有目前做不了的事情，但是现在不做，是为了彼此更加漫长的幸福。说到此，他轻轻地拍了拍我的肩膀，浅泽，你明白吗？

可惜的是，那时我并不明白徊年此言的深意。

6

餐厅里，唐卡正冷着脸，把饭菜一一端上桌。清炒芦笋、煎培根金针菇卷、毛蟹炒年糕、杏仁豆腐、芦荟百合……偌大的餐桌摆得满满当当。见我走出，她脸上的笑容依旧客气，我实在不知道你喜欢吃什么，所以今天做的大多是徊年平日里喜欢的，真是不好意思。

我没有说话。徊年环视餐桌，用力搓了搓手，忽然意识到了什么，唐卡，怎么只有两副碗筷？

唐卡如梦方醒般地起身，下意识地拍了拍自己的额头，抬起头注视着徊年，柔声道，对不起，平日里都是我们两人吃饭，没有外人，所以今天我也……她没有继续说下去，把视线转移向我，眼中闪过丝丝难以捉摸的神色。我迅速避开她的目光，心中没有来由地腾起一股寄人篱下的苦涩。最终还是徊年打破了这尴尬的沉默，只见他从壁橱中取出一套酒具，嘻嘻哈哈地拍了拍我的肩膀，小子，你难得来一次，今天让你看看我的拿手绝活！

他一边娴熟地打开各种酒器一边向我解释，我要为你调的这杯酒名叫Fantastic Leman，这是一种调就后杯中会呈现蓝色浓淡层次的鸡尾酒。材料分别是清酒，樱桃酒，柠檬汁，白色柑香酒，适量的汤尼汽水以及微量的蓝色柑香酒。首先要将清酒、冰块、白色柑香酒、樱桃酒与柠檬汁倒入调酒壶中，然后摇匀。说到此，他抬起头，冲我挤了挤右眼，同时微微翘起右嘴角，与我印象中那个记忆犹新的表情一模一样。他说，你看好了。

他的右手握住调酒壶上下摇晃，突然向后一抛，胳膊迅速移到身后，稳稳地接住。如此反复了几次才倒入杯中。现在要加入适量的汤尼汽水。然后，把蓝色柑香酒慢慢倒入杯底，附上一根调酒棒——给你，呼啊。我接过这杯酒，其中深深浅浅的蓝色呈现出优雅的层次感令我的视觉感到柔和，抬起头是徊年笑容满面的脸。他已不再是曾经那个内心寂寞却又要假装独当一面的男孩，他正在凭借自己逐渐强大的能力拥有着自己希望拥有的一切，这令我感到既陌生又惊喜。虽然他所受的苦，鲜少与我提起。

紧接着他又问唐卡，你依旧要一杯 Alexander？

唐卡不置可否地点点头。

徊年调完三杯鸡尾酒之后起身去厨房为我添了一套餐具，这时唐卡已坐在我对面的椅子上，她指了指身旁的位置，若无其事地说，徊年，坐在这儿。

这时我才意识到，自己身旁根本没有多余的椅子。

这时我才意识到，也许这一切并非无心之举，而是源于唐卡处心积虑的安排。

其实真正偷偷摸摸的贼并不是我，而是唐卡，她在暗中与我争夺徊年。

下意识地抬起头，恰好与唐卡的目光对视，她冲我客气地点了点头，露出莫名的笑容。这时徊年已坐在了她的身旁。只见她举起 Alexander，轻轻地晃了晃，浅泽，你可知徊年这个调酒的动作俘获了多少女孩的心。

巨大的怨恨终于混合着强烈的委屈在我的胸腔轰然爆炸。

吃饭时徊年忙得不可开交，他一会儿给我夹菜，一会儿给唐卡夹菜。唐卡突然问，浅泽，你大约要在这里住多久？

还不等我说话徊年便抢着说，至少一个月！浅泽中考的时候考了全校第一，暑假理当换个环境好好地轻松一下！

唐卡没有继续发问，把头转向徊年，那我们俩有时间是不是该去商店给浅泽去买套床上用品？

徊年看了看我，微微皱起眉头，回绝道，浅泽是我的兄弟，没必要见外。

可他来到皑城，毕竟我们是主人，他是客人。唐卡有意把“主人”和“客人”这两个词咬得特别重，像在强调着什么。

徊年想了想，说，那好吧。接着冲唐卡笑了笑，还是你有心。

闻听此言，我手中的碗突然落到地上摔得粉碎，徊年慌忙起身来到我面前，俯身收拾。那一刻他离我唯有咫尺之遥，那个在我阔别了一年却始终无法在我记忆中淡去的男孩。他的面部轮廓随着时间的推移愈发坚硬，剑眉星目。我痴痴地凝视着他，全然不顾唐卡的眼神。那一刻时光流转，我仿佛重新置身于夏城，在每个清早倚在门口等待着俯身削铅笔整理颜料盒的徊年……我也下意识地俯下身，欲与他一同拾起碎片，重拾我们的旧时光。谁知他却推开我的手，一句无心之言却将我生生拽回现实：浅泽，你是客人，别碰这些。

我是客人，没错，我是客人。

徊年，竟连你也把我当成客人。

午饭过后，唐卡去浴室洗澡，徊年大声嚷嚷着一年多没和我一同读叶芝的诗歌了，今天一定要好好地怀旧。他从抽屉里取出那本我所熟悉的十六开线圈笔记本，笑了笑，浅泽，你肯定还记得它。他起身向浴室的方向望了望，小声说，她简直对这些一窍不通，哎。

望着眼前这像得不到糖果的孩童般失落的徊年，我的脑海中不禁浮现出今天发生的一连串不愉快。我一直没有询问徊年唐卡的身份，大凡明眼人都能从她的表现中看出些什么。纵然如此，我却依旧带着妥协的心态认为，这并不完美的重聚又何尝不是一种幸福。更何况从徊年方才的表现来看，他对唐卡颇有微词，这虽与我无太大关系，却也会令我感到宽慰。我一页页地翻阅徊年的笔记本，每一页都仔细地编上了页码。然而就在我即将翻开第一百三十一页时，徊年突然从我的手中一把抢过笔记本，冲我挤了挤右眼，小子，后面的就不让你看啦，呼啊。

我本能地伸手，想要夺回来看个究竟，他却站在床上把笔记本举过头顶，夸张地大叫。我跳上床一把拽住他的胳膊，将他按倒在床上重新夺回笔记本，他又扑过来把笔记本抢走……我随他一同肆无忌惮地放声大笑，夏日海潮一般的温暖拍打着我的心房。闹累了，我们并排躺在床上，徊年刚想伸手抚我额前的刘海，却突然迅速坐起。我顺势望去，唐卡不知何时已从浴室出来，正裹着宽大的浴巾站在门口，湿漉漉的头发紧贴在脸上。她无声地注视着我们，不自然地笑了笑，徊年，我刚才突然想起一件事，浅泽今天晚上睡在哪儿？

当然是睡在家里。徊年边说边轻轻揉我的头发，拿捏得恰到好处的分寸让我在那一刻以为他是我的亲哥哥。

可是家里只有你我的房间能住。唐卡边说边走进屋，十分自然地坐到了徊年的腿上，双臂环住他的脖子，在他的耳边轻声说，徊年，你和浅泽根本睡不开一张单人床，可是我们不一样……她的声音虽不大，我却字字句句都听得一清二楚，特别是她在说出最后那句话时眼中所流露出的暗示让我不由自主地相信她与徊年之间一定发生过非比寻常的事。她修长的双臂，如藕一般匀称的小腿、白皙的肌肤、周身散发出的清香以及十足的媚态……这一切的一切都像是一把把锋利的匕首般深深刺入我的瞳孔。我已经忘却余下的时间是怎样度过的了，只记得每一分每一秒都是煎熬。唐卡的目光犹如地狱中的火焰，焚烧着我的肉体与灵魂。

下午五点，太阳西斜，徊年说，浅泽，我和唐卡要去酒吧上班了，凌晨才能回来，冰箱里有面包和可乐。他在说话的时候手很自然地扶着我的肩膀，掌心干燥柔软，手指修长。他很自然地再次抚了抚我额前的刘海，随后对正在自己房间化妆的唐卡说，我在楼下等你。

待唐卡离开，我也要收拾行装，只因这里已容不得我。而此刻，唐卡尚未出门，我从包里取出《圣经》，站在窗旁，面对着即将沉落的太阳无声地阅读。云朵紫灰，一排排林立的高楼沉默地伫立在这座钢筋水泥筑就的城市中，在我眼中却像庞大的布景般不真实。我仿佛依旧是那个父亲刚刚去世时的少年，似风中的落叶，秋水中的浮萍，心怀无法释怀的悲伤在夕阳下忧郁地诵读《圣经》，并幻想着终有一天能够靠上帝的力量获得拯救。

浅泽，午餐还习惯吗？唐卡不知何时走进徊年的房间，站在我的身后。我听不出她的语气。

我转身，点点头，真是麻烦你了。

唐卡耸了耸肩，这些菜都是徊年平日里最喜欢的，只要有时间，我就会给他做。

她的浅色瞳仁中，一团熊熊烈火正在其中燃烧，浅泽，你可知道我是谁？

我一时语塞。

见我不语，她轻蔑地笑了，或许你早已经看出来了，只是不敢承认是吗——没错，我是徊年的女朋友。我们已经在一起四个月了。她的脸上有着盛气凌人的高傲神情，你以为我看不出来你喜欢他，变态！徊年不过与你逢场作戏而已。否则他为何四个月没给你打过一次电话，为何我和他二十四小时都待在一起可他从未在我面前提起过你？没有人像我这样爱徊年，没有人。而你所谓的爱，只是变态。如果你还有点自知之明，就趁早离开我们的家。

当巨大的关门声响起时，我的眼前一片漆黑。实际上，倘若没有她最后的这番话，我也同样会选择离开。

虽然我与徊年只重逢了不到十二小时；

虽然我有许多心里话尚未说出口；

虽然我有千千万万个不舍；

虽然——

我只是给徊年留下了一张匆忙的字条，之后拿起行李前往火车站，却被告知坐票告罄，卧铺告罄。我不愿再在这座城市多停留哪怕一秒钟，于是咬牙买了站票。

经过了一夜的颠簸，火车于清晨五点五十八分抵达夏城，双腿酸疼的我踉踉跄跄地下车，失魂落魄地找到一处公用电话，拨林溪的号码。当电话那边传来女孩温和的声音时我的喉咙像被锁住了一般，说不出任何话来。林溪在那边十分焦急，连连问道，是谁？是浅泽吗？说话啊。许久，我才哽咽着说，林溪，我回来了，刚下火车，我想见你。

二十分钟之后我见到了匆匆赶来的林溪，她捧起我的脸，喃喃道，浅泽，你为什么这么憔悴？告诉我，这几天究竟发生了什么。

我一言不发，只是将脸深埋在她的肩膀上，眼泪一滴一滴地落下来。

第七章　追梦人

Autumn is over the long leaves that love us,
And over the mice in the barley sheaves;
Yellow the leaves of the rowan above us,
And yellow the wet wild-strawberry leaves.

The hour of the waning of love has beset us,
And weary and worn are our sad souls now.
Let us part, ere the season of passion forger us,
With a kiss and a tear on thy drooping brow

——W · B · Yeats《the falling of the leaves》

1

FR 那天的客人出奇地少。我坐在吧台一角，心情莫名焦躁，坐立难安。起身走出酒吧，站在月光下的马路旁，抱着肩膀抬头望天。也不知道过了多久唐卡才从酒吧里出来。

徊年，下班了，回家吧。

我们并肩而行，唐卡的话无缘无故地少，我脑海中所想，皆是浅泽。或许他此刻已经酣然入梦，又或许正躺在床上安然地阅读《圣经》……心有期待，于是加快脚步，不知不觉中已将唐卡甩出一段距离。直到她唤我，我才回过神，驻足，转身。只见她形单影只地站在一片林立的高楼之前，在她的正上方，是漫天疏离的繁星。委屈蓄满了她的双目，仿佛轻轻一眨便会溢出。

那一瞬间我仿佛回到了几个月之前第一次把唐卡带回家的那个夜晚，我提着她的行李兀自向前走，身后同样传来了她委屈的抱怨。几个月来，她耐心地照顾我的饮食起居，为我洗衣做饭，爱我如一，如此情深意重，然而我却……想到这里，我心有不忍，伸出手，唐卡，来这儿。

唐卡走上前，轻握我的手指，迟疑地说，徊年，有时我觉得你的心离我很远，抓也抓不住。我不知道这是不是错觉。徊年，我在用尽自己全部的力量来爱你，但我却不知道这份爱究竟能持续多久。所以我总是患得患失，生怕一觉醒来我们就形同陌路。徊年，你让我没有一点安全感。

我以为回到家之后浅泽还不会睡去，或许正缩在被窝里静静地等待着我的归来；

我以为回到家之后就能够看到他读书时安静而熟悉的脸；

我以为回到家之后也许能够和他像在夏城的无数个夜晚一样彻夜聊天直至疲惫得沉沉入睡；

我以为在我推门进来时他会愉悦地与我打招呼；

然而——

打开灯，空无一人，只有一张惨白的便条安静地躺在客厅的茶几上。

徊年：

我们被爱情枯谢的时光围绕着，此刻我们忧伤的灵魂已疲惫不堪。原本总盼望有朝一日能与你一同把我们的故事谱成美好的乐章。而如今我只想说，爱已成歌。

我回夏城了，勿寻。

浅泽

浅泽的笔体是锐利的行楷字，每一横每一竖中都带着强烈的顿挫，然而却字字如刃，刺痛了我的瞳孔，令我的世界在瞬间轰然陷入黑暗。

你这小子还是走了……你根本不明白我今天对你说的话……我望着空无一物的地面，喃喃低语。

徊年，你竟然真的喜欢他。在我身旁一直沉默的唐卡突然开口。

她的语气冷淡而戏谑，与我们最初相识时如出一辙。我突然起身，紧紧抓住唐卡的肩膀，白天发生的一幕幕从我的眼前闪过：她客气而抱歉的微笑，她殷勤地问我是否需要为浅泽买一套新的床上用品，以及她说要把自己的房间让给浅泽……我陡然意识到了这一切的一切对浅泽造成的伤害。唐卡试图甩开我的手，但我依旧抓得很紧。她忍无可忍，终于尖叫道，徊年，我要听到你明明白白地对我说，浅泽究竟是你的什么人！？

眼前无端出现了 Lucifer 死时的情形，他无声地倒在 FR 的门口，身下的血液缓缓流淌，浸润了一片土地。

松开手，将头别过去，我低声说，不是说过了吗，他是我的兄弟……最好的兄弟……

是吗？唐卡讥诮地笑了，徊年，你真令我失望。如今我才发现，你竟然连自己的感情都不敢承认。她的语气依旧咄咄逼人，没错，浅泽的走是与我有关，因为这是一个女人的本能！难道你想让所有人都在你背后指指点点说你变态说你恶心说你竟然喜欢男孩——你现在该理性地去想一想那个可悲死去的 Lucifer！

那个曾对我无限温柔的唐卡如今却站在我的面前如怨妇般絮絮不止，强势而刻薄，而我，也终于在听到“Lucifer”这个长久以来一直牢牢盘踞在我心中的名字时克制不住自己的情绪，狠狠地掴了她一掌。她猝不及防，踉踉跄跄地后退了几步，身体重重地靠在墙上。然而她却没有哭泣，没有尖叫，甚至连一声都没吭。瞬间，满屋寂静，唐卡锐利的目光直视我呆滞的脸。

她的面色苍白如纸，左脸出现了清晰的红红的指印。她伸出手，缓缓揩去嘴角的丝丝血迹。她顺着墙慢慢蹲下，双臂抱着膝盖，身体蜷缩，抬起头，忍着不让泪水滚落。徊年，是你唤醒了我心底对爱情的渴望，你也曾亲口答应会对我好……你根本不知道我多少次告诉自己我要努力让自己成为世界上最关心你的那个人，我曾经多少次幻想嫁给你时的场景……没有人像我这样爱你……你曾说过会对我好，那是一个承诺……可是你骗了我……你唤醒了我的爱，却再次把我伤害，这伤害要远胜我之前所有的痛……我恨你，更恨我自己……

她冲出门。

回到屋里，我心烦意乱地打开电视，随意地切换频道，午夜场正在播放一部名叫《Shine》的电影，我曾和唐卡一起看过。那是一部关于澳大利亚的天才钢琴师David Hirschfelder的传记片。原本试图通过其平复心情，却没料想首先看到的就是这样一个情节：多年之后，被逐出家门的David与父亲重逢，父亲一把拥住他，老泪纵横地说道，No one will love you like me——没有人会像我这样爱你。

我关掉电视，仰躺在床上，天花板是那么单调而寂寞的白色。脑海中全是浅泽，以及刚刚那失控的情形。浅泽现在在哪儿？他真的回夏城了吗？他有钱买火车票吗？……我越想越害怕，猛地跳下床，拎了一件外衣就冲出门去，来到火车站，熙熙攘攘的人群之中没有他的身影，广播找人也无济于事。只有车辆穿梭，远处霓虹闪烁。

我在凌晨的长街上疯狂地奔跑，直到地面被涂抹了一层薄薄的光晕，也终究徒劳无功。

回家时天已大亮，我疲倦地倒在床上，在不知不觉中睡去……

2

我重新坐上了开往夏城的列车，窗外熟稔的景色犹如一轴画卷，在我眼前缓缓铺展开来。那些朴素的绿色植物散发着眼泪般温润的色泽，溽热的夏风被玻璃窗挡在外面。窗外是惶惶的落日，飞鸟像是从地平线上腾起一般，但却只能看到一帧模糊的黑色剪影。铁轨与火车相接触时发出的嘎啦嘎啦的落魄声响让我误以为自己是在进行一场漫长的逃亡。皑城本身便是一间有着无形铁窗的奢华牢笼，我日日身着光鲜的囚服，穿梭于这座城市，跳着孤独的舞步。与此同时，我二十年人生中最美好的青春岁月也被埋葬在暗无天日的牢底。是谁曾经说过，自由在墨水瓶底，鹅毛笔尖。然而于我而言，自由在安静朴素的夏城，在我挣脱了约束后的心中。

记得自己高中时曾看过一部电影，其中的一句台词令我印象深刻：美梦不会自己过来，我们必须追梦。

我再次想起了一年之前的自己，笃信在夏城的平静生活将会断送自己的前程，于是返回皑城打工。时隔一年，我重返故地，只为追寻当年平静的梦。在蓝天之下恢弘的圣保罗教堂，忧郁而宽容的白桦林，在夏城时梦魇中频繁出现的波光粼粼的湖，在疏离的星光与月华的点缀下变成靛青色……还有浅泽，我的浅泽，那个朴素的夏城少年，神情就像是高原上的湖泊一样纯净，眼眸中仿佛永远都有树叶深深的倒影，摇曳在我的心头。

望着窗外，落日让我睁不开眼睛，偌大的车厢空空荡荡，偶尔有脚步声回响。

而我终于告别了长久以来的摇摆，坚定了自己的信念。

A TRIOK Of FATE

我了解女巫们走过的那些落叶遍地的小路／她们戴着珠冠与羊毛纺锤／带着神秘的笑容／从湖底深处走来／我了解晦涩的月儿在何方漂泊／妲娜她们的脚步在何处缠绕与分解／翩翩起舞在苍白的浪花间／当月光在海岛的草地上冷却之时／树枝没有一根因为冬日的寒风而凋谢／树枝凋谢是因为我给它们讲述了我的梦

下车之后我没有安顿旅馆便马不停蹄地赶往浅泽的住处。阔别一年之久，这片远离尘嚣的安静的小城几乎没有改变，宽敞道路两旁的白桦树犹如守护神一般驻守着这片土地，略显陈旧的建筑上布满了爬墙虎，有风吹来便呈现出海浪一般的起伏，然而我却不再是曾经那个贪恋美好风景的天真少年。急不可待地敲门，然而却迟迟没有人出现。

浅泽不在家。

我想起今天是周末，或许他正在教堂司琴，于是又飞快地向教堂跑去。

当我推门进去的时候主日崇拜行将结束，站在布道台上的依旧是詹牧师，然而令我错愕的是布道台旁边司琴的人，却不再是浅泽。

一并袭来的恐惧与失望让我几乎站不住，我下意识地向后退了几步，倚着墙壁。主日崇拜在这时结束，教徒们络绎不绝地向门外走去。

詹牧师注意到我，走下布道台来到我身边，他充满慈爱的眼睛在我的面部长时间停留，徊年，你回来了。

我点点头，迫不及待地问道，詹牧师，浅泽今天为什么没来司琴？

詹牧师没有立刻回答，似在迟疑，最终说道，徊年，我想或许，你现在不应打扰他。

我摇摇头，詹牧师，您可知道浅泽为什么这么快就从皑城回来了吗——完全是因为我，都是我的错……

看到我急切的神情，詹牧师叹了口气，徊年，正因为如此，你现在才不能见浅泽，他的情绪到了最低谷，其他的一切安好——我的孩子，倘若你们能够用这段时间冷静地审视感情，又未尝不是一件好事。你该知道在这个世界上有许多事情我们不愿做但必须要做，当然也会有些事情是迫切想做而做不得的。明白吗？

接下来的日子里，我每天都在浅泽家的楼下与教堂之间穿梭，我一直固执地相信他会回来，只是时间问题。而很多时候，我总能感到身后有一双眼睛注视着我，目光柔和忧伤得似是夏城春天刚刚从梦中苏醒的河水。而每当我转身张望时，却只有一片寂寞的风景。

又是一个宁静的黄昏，我静静地伫立在教堂门口，教堂暗红色的大门紧闭，旁边的植物却自在坦荡地生长着。空气中若有若无的水汽倾覆了我的脸。这令我不禁想起曾经，浅泽总有几个下午是在教堂度过的，而我画完画之后便会站在教堂门口，等他一同回家。那些讲过的或有趣或无聊的笑话依旧萦绕在耳边，而那些回忆的默片却早已定格成永恒，挂在记忆的墙壁之上，等待着岁月一点点侵蚀。

我不敢想象，倘若自此之后同浅泽再也不能相见，我会怎样想念他，会因为怎样想念他而梦见他；而倘若在相见之后他却不肯原谅我，我又会怎样因为不敢想念他而梦也梦不见他。

夕阳淡了，暮色浓了。

教堂顶端尖尖的十字架，近处的白桦树，远处的青山，已渐渐隐没在浓浓的暮色里，像一幅已经褪了色的图画。

在我思绪即将飘向远方的时候，我看到了一个女孩，她仿佛是从夕阳暮色中走出，来到我的面前。她一身白衣，头发垂下来盖住脖颈，大大的眼睛散发出温润的光泽。她静静地注视着我，突然开口道，我叫林溪。我已经注意你很久了，徊年。

我心中吃惊不已，脱口而出，你怎么知道我的名字？

女孩笑了笑，我还知道你一直在寻找浅泽。

我心中的吃惊更甚，却不敢与她的目光对视，只是垂下头低声道，是的。

女孩脸上淡淡的微笑犹如夕阳下弥漫的花香般令人舒心，她一字一顿地说，我知道你和浅泽之间所有的事情，我还知道浅泽现在的住处，我带你去找他，好吗？

我的心脏几乎要挣脱胸腔的束缚，浅泽现在怎么样了？

女孩的叹息在暮色黄昏中弥漫开来，声音之中有着说不出的心疼与担忧，实不相瞒，浅泽的情绪一直很低落，午睡的时候都会哭醒，我从未见过他如此伤心。知道吗，他每天跟我说的最多的人就是你……他怕你为难所以……很多的痛苦都是他独自承受……

女孩说着说着，竟然当即落下泪来。

3

教堂旁边有一排归教堂所有的毫不起眼的平房，灰色的墙壁与暗红色的房顶的搭配显得十分平凡。我被林溪带到了其中一间前。

这就是浅泽住的地方，徊年，进去吧。

我看着她，感动与慨然同时涌上，情不自禁地说道，林溪，谢谢你。

林溪淡淡地笑了笑，我相信你能改变这一切。

目送林溪离开，待她的身影彻底消失在暮色尽头，我才轻轻叩门。片刻，里面传来浅泽的声音，门没关，请进。于是我推门而入。

天边的夕阳即将沉入远山，可不再耀眼的光线依旧把房间刷上了一层薄薄的金色，我看到了浅泽。

他背对着我，伏在桌子上在书写着什么，白衬衣上的小褶皱在夕阳下错落出深深浅浅的光影。而他单薄的背影，却被我沸腾的泪水模糊成一帧看不清细节的残像。听到开门声他手中的笔依旧疾驰，没有回头，只是语气平淡地说道，林溪，我今天又写了几千字的日记。我以为写下来便可以忘却，但我真的做不到……林溪，我究竟该怎么办？

他回过头，眯起眼睛，面部表情却犹如被定格了一般。

我听到他手中的笔落地时发出的“啪、啪”的声响。

窗外，光在溢出。

他起身，缓缓走到我面前，揉了揉眼睛，徊年，真的是你，还是我出现幻觉了？

我迅速拭去脸上恣意流淌的泪水，像以前一样抚他额前的刘海，低声说，痛苦的幻觉已经过去，如今你所见的，是幸福的真实。我注视着他的眼睛，浅泽，我是徊年，我回来了——原以为这样便可消除他心中的顾虑与迟疑，谁知他竟垂下眼帘，下眼睑处出现了小小的暗影，脸上逐渐浮现出漠然的神情，语气冷淡地说，我说了让你不要来找我，你和唐卡很合适，她很爱你，而且她很漂亮，她可以给你一份足以让你自豪的爱……这些或许是我永远都无法……

我没有说话，只是紧紧搂着他的肩膀，然后将他深深地拥抱在怀。

与浅泽重逢之后我曾不止一次地想，我们曾经长久的分别与隔膜，是否可以当作上帝对我们的考验。而我每每在午夜梦回时醒来，映着皎洁的月光看到身旁如孩童般酣然沉睡的少年，心底仿佛都能传来一连串绵长而深情的鼓点。

清晨的时候他总是很早就起床，映着熹微清凉的晨光在厨房中忙碌早餐。吃完早餐之后我们一同去白桦林写生。由于浅泽考上了美术高中，所以需要加强美术训练。当我用水粉画风景写生时他通常会无声地坐在一旁用钢笔描摹着面前的某一处景致，也会在趁我不注意时为我画上一幅速写，骄傲地拿给我看，怎么样，很像吧？

我把画接过、推远，煞有介事地眯起眼睛，玩笑般地赞美道，呼啊，很快就要超过我了！

浅泽看着我，突然冲我翘起右嘴角，同时挤了挤右眼。我一愣，立刻冲他做了相同的表情。然后我们相视而笑。

而当他认为没有画到自己要求的水平抑或有的地方怎么改也改不好的时候便求助于我。一同回家的时候我总是旁若无人地牵着他的手，一起去市场买菜，一同拎着菜回家。浅泽做菜的时候我想在旁边打下手，可他却觉得我在这方面非常拙劣，于是总赶我出去。

他周末去教堂司琴，我依旧会在门口等他，之后映着薄暮夕阳回家，像以前一样讲许多笑话。但无论笑话好笑还是无聊，他都会很给面子地哈哈大笑，这让我极度不适应。有一次我忍不住问他，小子，你老实说啊，为什么我现在每次讲什么样的笑话你都会笑？

他非常认真地回答道，徊年你知道吗，你离开夏城之后我总是后悔原来每次听你讲笑话的时候都不笑，所以你回来了，我想补上。

夜幕低垂，幕布般的苍穹之上点缀着几颗星斗，我坐在书桌前，从身旁的抽屉中取出几张信纸，用钢笔默写叶芝的诗歌。浅泽坐在地板上阅读《圣经》，并把他认为的好句子读给我听。而待我默写完之后，他就来到我面前，拿起我默写的诗歌，高声朗诵。我凝视着他在月光下愈发白皙的脸，以及偶尔闪过的调皮神情，只感到幸福得难以言喻。

树木身着瑰丽的秋色 / 林间的小径已经干枯 / 十月暮色笼罩下 / 湖水映照这一片静谧的天空 / 而在乱石间流淌的溪水中 / 浮游着五十九只天鹅

自从我初次计数它们 / 十九个秋天已翩然而至 / 我还来不及数清就看到 / 它们倏地全部飞起 / 盘旋在天空 / 翅膀拍打出巨响 / 围成一个大而破碎的圈

我曾欣赏到这光彩夺目的精灵 / 此刻心中却一片辛酸 / 一切都变了 / 在这湖边暮色中 / 我初次驻足倾听 / 那头顶上如钟鸣般的拍翅声 / 并让步伐变得轻快

读完之后浅泽问我，徊年，你为什么要抄写这么伤感的诗歌？

我说，没有为什么，这首诗歌非常美。

浅泽没有再问，只是神情凝重地注视着这首诗歌，低声重复，我曾欣赏到这光彩夺目的精灵 / 此刻心中却一片辛酸 / 一切都变了……徊年，我不知道我们是否会永远像现在这样。

他脸上深深的怅惘像冬季的冰湖，令我无限忧虑伤感，我不清楚他究竟从这首诗中预感到了什么。于是只是搂着他的肩膀，以无比轻松的口吻对他说，你小子又多想了，呼啊。

那天晚上睡觉的时候浅泽对我说，徊年，我给你讲个故事，是詹牧师曾经给我讲过的。

一个幼儿园要排演一出圣剧，准备平安夜在教堂上演。圣剧节选的是身孕已重的玛丽亚与约翰一同前往伯利恒，然而旅店却人满为患以至于耶稣不得不在马槽中降生……老师让一个平日里呆头呆脑的学生扮演了旅店老板，他的台词很少，只要对前来为妻子寻找住处的约翰说“你们来做什么”和“这里已经没有空床位了，你们走吧”就结束表演。

平安夜那天，圣剧如期在教堂中上演，台下坐满了人。扮演旅店老板的小孩很快说完了自己的台词，然而当他看到渐行渐远的“玛丽亚”和“约翰”时，突然冲着他们的背影大声叫道，“约翰！约翰！我把自己的房间给你吧！”

……那出圣剧就这么演砸了，然而台下几乎所有的人都已泪水满面——知道吗徊年，我一直很喜欢那个扮演旅店老板的孩子，因为他拥有水晶般的心灵，善良而纯净。我总想，倘若每个人都能如这个孩子一般，世界将变成一片乐土。徊年，我们之所以曾经生活得艰难而痛苦，只是因为我们顾虑得太多。现如今这段姗姗来迟的平静岁月让我感到幸福，我希望能够这样持续下去，直到我们离开这个世界的那一天。我们都要简单而快乐地生活，不要因为愚蠢而在多年之后满脸泪水，内心充满悔恨——人生本不该如此，而我也应该毫无顾虑地投入到现有的生活之中，而不是每天都忧虑这种日子是否会在某一天戛然而止。你说是吧，徊年。

浅泽的声音在黑暗之中蔓延，我低声问道，愿意和我一同规划未来么，浅泽？

当然。他回答，继而自顾自地说道，在我上大学之前，我们一直住在夏城，住在这间房子里。每天都映着清晨的第一缕阳光起床，去白桦林画画。我在教堂弹琴，你要在门口等我。倘若我们不困，或许会有心情去电影院看午夜场的电影。

拜托，这都是我们现在就可以做到的——对了，我们外出旅游怎么样？去西藏，那里是我最想去却一直没有去过的地方。在我上小学的时候，班里有个男孩的爸爸常年驻守西藏，几年不回一次家。一次他随母亲一同探亲，回来之后像是发现了新大陆一样兴奋地为我们讲述他的见闻，从此我对那些繁复犹如镂刻的玄妙花纹一样的意象着了迷。母亲得知后，为我买回许多关于西藏的书籍，我通宵达旦地读，时常彻夜不眠。日复一日，这片土地在我心中的位置本该清晰而立体，我却觉得它依旧是犹抱琵琶半遮面，始终没有把本真的面貌呈现在我的面前，唯有亲自前往，才可能揭开它神秘的面纱。

那里应该是个画画的好地方。浅泽说。

你答应了？

嗯。

呼啊，太好啦，那我们尽快动身，明天就去买票，后天收拾行李，在这个星期结束之前出发，到达西藏之后就去墨脱，如何？

墨脱？浅泽的声音颤抖了一下，继而迟疑地说道，听说墨脱是全国唯一一个不通公路的县……

我笑了笑，你说的这些我当然知道。曾经还有人说，在到过墨脱的人面前不要言路，也就是说世界上没有比到墨脱更难走的路了。可是浅泽你有没有想过，倘若我们连墨脱都一起去过了，还有什么地方是我们所无法抵达的呢——你说是不是这样？

是。

这么说，你答应了？

嗯。

呼啊，太好了——好像已经十二点了，你困吗，浅泽？

不困。

太好了，我也不困……

4

汽车在川藏公路上飞快地行驶，窗外的蓝色天空缓缓沉入黑暗，星斗明亮。嶙峋的山峦在暗夜中依旧傲然挺立于公路两旁，犹如忠诚的卫士一般守护着这前往圣地的必由之路。

车内的旅客大多已进入梦乡，清晰的鼾声在阒静的黑暗中蔓延。浅泽打开随身携带的手电筒，在一束细小的银色光线之下阅读《圣经》；我侧身，凝神静气地注视着窗外不清的景色，难言的喜悦和幸福如夏日海潮般拍打着我的心房。这是自我童年时代起便贯穿于生命的梦想，随我一同成长的渴慕，并在我二十岁这年成长为一片温馨的寂寥，一片成熟的希望与翅膀。疲倦的时候会和浅泽之间有简短的谈话，倚着靠背，双目微闭，直至凌晨才昏昏沉沉地睡去，在梦里置身于一片广袤的天地，头顶是一片朴素而厚重的苍蓝色，云朵像哈达一样圣洁。

磕等身长头朝圣，是藏传佛教别具特色的朝圣仪轨。我曾经在关于西藏的书中无数次看到磕等身长头去拉萨的虔诚的朝圣者。一般来说，为一个磕等身长头到拉萨的朝圣者提供后援支撑，至少要六个左右的精壮小伙。而在漫长的旅途中，除了住处之外，还要克服来自自然与人为的挑战。每个磕长头的朝圣者都有自己特殊的装备，《悲悯大地》中就提到一位从澜沧江峡谷卡瓦格博雪山下磕长头前往拉萨的喇嘛，在临行之前得到了贡巴活佛赠与的已被念过经的牛皮长裙和手板。书中还以这样的语句描述道：那牛皮沉甸甸的，既像一件抵御百病侵袭和一路风霜的铠甲，又似一条普度慈航的小船。它长过喇嘛的膝盖，可以在洛桑丹增每一次和大地砥砺时很好地保护他的躯体。

然而在拉萨的八角街，我终于亲眼见到了磕长头的朝圣者。

八角街是六角环形街道，仿佛是一座巨大的时钟，辉煌壮丽的大昭寺就是钟轴。八角街并非以街道形状定名，而是藏语“八廓”的音译，意思是围绕大昭寺的街道。按西藏佛教徒的说法，以大昭寺为中心绕一周称为“转经”，以示对供奉在大昭寺内的释迦牟尼佛之朝拜。

除此之外，八角街还是藏传佛教信徒转经的最主要的线路，每天都有磕着三步等身长头的人来到这里。他们到大昭寺前朝拜佛祖，在光滑发亮的石块道上投下了一道道长长短短的影子。他们大多皮肤黝黑，脸上被风霜雨雪毫不留情地刻满深深的印记，护住膝盖和手掌的装备已残破不堪，衣服相比较而言还是整洁的。那是因为他们在进入圣城拉萨之前纵然不沐浴，也会换上一套新装，以示自己内心的无限虔敬。

双手高高举过头顶，再放到胸前，然后伏身向大地。

刷——

置身于拉萨最繁华古老的商业街，两旁是熙熙攘攘的人群，可他们却熟视无睹，依旧专注地磕着长头，三步一等身，一等身一磕头。在他们的头顶，是梦魇一般湛蓝的苍穹。

那一刻我只觉得胸腔被一阵阵巨大的力量撞击着，眼泪几乎要夺眶而出。情不自禁地取出相机，欲拍下这一幕，谁知他们却忽然抬起头，举起手板，做出要打我的动作，毕竟朝圣是件不可侵犯的事。我落荒而逃，内心深处却油然而生一股敬意，而敬意，往往是信仰的开端。

我和浅泽徜徉在八角街，两旁是来来往往身着鲜艳衣服的藏民，耳边是听不懂的藏语。街道两旁商店林立，摊贩聚集，熙来攘往，热闹非凡。常见的商品有酥油、酥油桶、青梨酒、甜茶、奶渣、牛肉、卡垫、氆氇、围裙、藏被、藏鞋、宝石戒指、藏刀、藏帽、藏币、摇经筒、经书、木碗等。过去除了藏族等少数民族商人在此经商外，还有尼泊尔、克什米尔等外商开设的店铺。店铺中各种藏族手工艺品琳琅满目，色泽鲜艳的江孜卡垫，独具特色的日喀则金花帽，古朴的木碗，各种质地的手镯、项链等令人爱不释手。据说站在布达拉宫顶上向拉萨全城俯瞰，整个拉萨市区到处是一片片掩映在绿树中的新式楼房，唯八角街一带飘扬着经幡，荡漾着桑烟。

黄昏时分我们回到旅店。我饶有兴致地把玩在八角街购得的转经筒，用手按顺时针方向摇转，每转动一次就相当于念颂筒内的经文一次。而浅泽站在距我不远处的窗台边，背对我，眺望着昏茫的暮色。苍穹犹如被一把神斧从中间劈开，紫金色的霞光迸射而出，如黏稠的油画颜料在天际恣肆地流淌。

浅泽的声音划破这撩人的寂静，徊年，我们什么时候动身去墨脱？

我笑了笑，放下转经筒来到他身旁，胳膊靠着窗台，小子，你着急啦？在拉萨多待几天有什么不好？

谁知他没有应答，只是自顾自地说道，你不是说倘若我们连墨脱都一起去过了就没有什么地方是我们无法到达的了吗，所以我才……才想早点去。

我一时无言，突然有一种想要把他紧紧搂在怀中的冲动，但最终只是点了点头，好的，我们明天就动身。

我与浅泽在拉萨东郊客站买到了一张地图，然后坐上了开往八一镇的长途汽车。旅途漫长，正值六月，绵长的雨季导致了汽车每隔一段时间便会陷入尴尬泥泞，缓缓开动后又颠簸得异常剧烈。纵然如此我却并不感到辛苦，相反依旧兴趣盎然。因为通往神秘之路的途中势必荆棘遍布，困难重重，更何况是作为一个象征存在于藏民心中、宗教信徒朝圣的莲花宝地。整整一个上午，我与浅泽之间的谈话几乎未曾间断，仿佛是将我们在过去的一年中亏欠于对方的话语作了最大限度的补偿。下午，阳光逐渐慵懒，浅泽眯起眼睛望着窗外匆匆出现在视线中又匆匆逝去的起伏的树林与山峦，过了一会儿才把视线转向我，低声说，徊年，我很困，我想睡一会儿。

他睡去，不一会儿头就不由自主地枕在了我的肩膀上。在这样一个寂静的下午我甚至能够听到他轻微的呼吸声，他的胸口起伏犹如大海，微长的睫毛轻轻抖动，像个不谙世事的孩童。于是竟不由自主地希冀这长途汽车永远不要有尽头，让我与我的少年一同越过高山，越过湖泊，越过有着梦中暗红色尖尖房顶的城堡和钟楼上长出了绿色植物的教堂，越过漫无止境的寒冷和孤独。

下午四点的时候，汽车进入了八一镇林芝区境内。早就有所耳闻林芝区是“西藏的瑞士”，今日一见，果然名不虚传：境内雪峰林立，森林密布，山清水秀，河流两侧有幽静的村庄、古老的巨柏、飞泻的瀑布和陡峭的悬崖、松涛起伏的森林。

我被眼前旖旎的风光震慑住了，用力摇醒身旁的浅泽，小子，快看，多美的景色！

浅泽揉了揉惺忪的睡眼眺望窗外，显然也被这景观吸引住了，徊年，或许我们可以在这里画画。

我尚未回答，汽车底部便突然传来一阵刺耳的爆破声，车内的乘客大多不明就里。这时只听司机说了一句，爆胎了，天色已晚，劳烦大家先下车，附近有人家可以留宿。

身后一个身着衬衣右手持照相机、肩膀上背了一个大旅行包的小伙子不满地嘟哝了一句，当地人擅长下毒，难道你想要让我们都被毒死啊？！

我的心忽而一沉，望了望身旁仍旧睡眼惺忪的浅泽，上前问道，怎么回事？

小伙子瞧了我一眼，难道你没听说过吗，传言当地人有下毒的习俗，在他们的宗教信仰里，认为世界上的幸福和美好是有限的，万物有灵，并且灵气可以转移。因此当他们遇到在某一方面比自己强的人时，比如长得漂亮，有钱，聪明，都可能成为被毒的原因。如此被毒之人的幸福将转移到投毒人的身上。当然也有谋财害命的人。而且下毒传女不传男，家家的毒药都是祖传秘方，别人无法解毒。

或许是见到了我脸上的紧张之色，他笑了笑，其实没什么大不了的，只要不碰他们的饭和水就可以了。

我向他道谢，转身对浅泽说，记住，待会儿在人家中，千万不能喝他们的水，也不能吃他们的饭。

浅泽点了点头。

我们一车人行了很远的路，终于在暮色降临之前寻到了一户人家，那是一座木头栅栏围起的草屋，经幡上是我们看不懂的标志。袅袅的炊烟从烟囱口冉冉升起。四周蓊郁的树木令此处呈现出热带雨林一般的潮湿与森严。犬吠在这寂静的环境之中格外清晰，随着溽热寂静的风在我们的耳畔空荡荡地回响，略显凄凉。我的内心顿生不祥的预感，本想与浅泽离开此处，然而一位同行的旅伴已上前叩门。不一会儿便出来一位身材矮小的门巴妇女，她头戴一顶用粗布盘起的帽子，身着五颜六色的衣裙，脚蹬一双草鞋，看上去瘦骨嶙峋，皮肤黝黑，令人分辨不出年龄。她的身后跟着一个看上去只有三四岁的小男孩，满脸稚气，同样也是满面尘土。

妇女略一打量我们，用生硬的普通话问道，你们做什么？

旅伴客气地点点头，一字一顿地解释道，我们要去八一，转车到派镇，谁知车在半路坏了，因此想在您这里借宿一晚。

妇女听后，沉吟半晌，打开栅栏，让我们进屋。浓浓的暮色令一切都变得模糊不清，唯有犬吠更加清晰。

晚上七时左右，天已黑透，妇女将炒辣椒与荞麦饼单独盛在盘子中为我们端来，之后便与小男孩一起去了另一间屋子里吃饭。我们一行人虽然饥饿，却没有人敢吃盘中的菜与饼，生怕妇女在盘中下毒。面面相觑之下，最终各自打开旅行包取出泡面，边喝自带的矿泉水边啃干面。晚饭过后妇女走进来，见饭菜一动未动，又见堆在一起的泡面盒子，没有发问，只是一言不发地收拾起来，退出屋门。就在那一刹那，我听到了她清晰的叹息，充满了遗憾与哀伤。大家依旧静默着，浅泽突然拍了拍我的肩膀，轻声道，徊年，我今天累了，想早些休息。

浅泽熟睡后司机突然说道，我看此地不宜久留，明早车胎补好之后便要离开这里。

次日清晨我们本想与门巴妇女迅速作别，谁知她竟斟了几杯茶放于茶托上，用不流利的汉语说要为我们饯行。见我们面露疑惑，她又支支吾吾地说这是门巴人的习俗。看了司机一眼，只见他眉头紧蹙，一个劲儿地冲我们使眼色，于是我们都不敢轻举妄动。正当空气陷入尴尬的沉默时，一直沉默地站在一旁的浅泽突然站出来，从茶托上取了一杯茶，刚想要喝，茶杯就被我伸手抢下，小子，你疯了？

浅泽看了看满脸窘色的门巴妇女，又看了看我，没事，真的没事——相信我。他不顾我的劝阻，又从茶托上取了一杯茶，一饮而尽，然后冲门巴妇女客气地笑了笑，谢谢。

鸟鸣林更幽，清晨林中的水汽婉转地弥漫，犹如一支支古老的民谣。

坐在前往八一的车上我一直没有说话，不断地下意识转身望那座用木栅栏围起的草屋，直到它在我的视线中愈来愈小，最终消失不见。而门巴妇女一直抱着她的孩子站在门口冲我们挥手。在我身旁，浅泽依旧满脸安宁地阅读《圣经》，从表情中看不出任何不适。于是我才略微松了口气，问道，小子，你还真够大胆啊，难道你就不怕里面有毒？

浅泽合上书，落在纸页上的光线随之滑落，他的目光望着窗外清幽的景色，淡淡地说，不怕。

呼啊，为什么？

浅泽笑了笑，徊年，你一定还记得昨天当那位门巴妇女在发现我们根本没有动她盛给我们的饭菜时的一声叹息，我注意观察过，那时她的神色充满了失落，就仿佛受了天大的打击一般。直到那时我就认定她并非坏人，相反我们过度的提防有可能伤害了她……所以今天我才喝了那杯茶，只有这样才能消除留在她心中的阴影……父亲生前曾多次告诉我，要尽自己最大的能力帮助身旁一切需要帮助的人，而我刚才的做法，也算是帮助了她，对吧。

我轻抚他额前的刘海，没有说话。

5

浅泽在八一买了长筒丝袜，风油精，红花油，常用药品，而我只买了一把藏刀。

第一天是徒步翻越多雄拉山。《一个人的墨脱》中这样写道：海拔四千二百多米高的多雄拉山终年积雪覆盖，是从林芝派乡方向穿越大峡谷通向墨脱途中的第一座雪峰，也是最高最大的雪峰。通向墨脱的小径，就是沿雪峰之巅的垭口处延伸而去的。巨大的古木将山腰染成一派绿色，山腰的上部树木消失，植被稀少，山峰融入雪线的地幔带仅能看见一些依附在地壳土层表面上的褐色地衣，再朝上行就是白雪冰层铺就的皑皑雪道。

过了山口之后海拔自四千五百多米降至两千六百米，一条条绸缎一般的瀑布开始呈现在我们的面前。直至傍晚的时候我们才到达拉更，住在一家不知名的木屋旅馆中，十元钱一张床位。我与浅泽紧挨着蹲在火塘旁边把因登雪山而湿透的衣服烤干。偶尔我能感到他在我身上停留的目光，一泊春天湖水般的深情。

夜晚我与浅泽躺在相隔不远的两张床上。窗外有着纯净蓝色的天空，疏离点缀的星斗，安详而宁谧的氛围，以及躺在距我不远处的一张床上已略微有了成人骨架的十六岁少年……旧时光在我的面前如卷轴般铺展开来，其中星星点点地散落着我已逝的苍翠青春。

第三天是自汉密到背崩，其间要穿越蚂蟥区。出发之前浅泽已将在八一购买的长筒丝袜穿在了长裤的外面。我觉得那是女孩的物品，坚决不穿，于是浅泽在我的身上涂抹了大量的风油精。谁知向来干旱的汉密那日竟狂风大作，下起瓢泼大雨，虽说是准备了雨具，可这雨水来得过于强势，令大家手足无措。撑伞而行的浅泽全身上下都被淋湿，情急之下我将自己的雨衣解开披在他的身上，并紧紧揽住他的肩膀，生怕瘦弱的他会被风吹走。丰沛的雨水引来了大量的蚂蟥，它们从四面八方聚集而来，由于行前涂抹的风油精被雨水冲掉，蚂蟥们肆无忌惮地对我们进行攻击。我连蛇都不怕，又怎会怕蚂蟥？因此当发现了伏在自己腿上吸血的蚂蟥时，我立刻燃起打火机将它们烧掉。倒是浅泽，对蚂蟥十分恐惧，见到蚂蟥之后便全身颤抖，向我求助。情急之下我不得不将他背在背上，他为我撑着伞。就这样走了几十公里的路，才终于过了蚂蟥区。

谁知浅泽在夜晚竟情绪低迷。最初我没有在意，直至听到他低沉的呻吟声，才发现他的脸已通红。伸手拭他的额头，滚烫。我吓了一跳，浅泽，你发烧了。

他眯起眼睛看着我，徊年……我头晕……我……话音未落，他突然开始剧烈地呕吐，喃喃不清地说起了胡话，徊年……我们是不是已经到墨脱了……我看到了云……飘浮在天空中的云……还有山峦……

我问旅店老板附近是否有医院或者诊所，在得到否定回答之后我望了望窗外黑洞洞的夜，又望了望满嘴胡话的浅泽，心急如焚。我俯下身，附近没有医院，我们很快就坐越野车回拉萨。

谁知双目紧闭的浅泽竟用力地摇了摇头，眉毛紧紧皱起，双手在空中胡乱地摸索，我不回去……我要去墨脱……我要去……只有这样才能证明……才能证明……我不去……不去……

……

我们提前结束了徒步前往墨脱的旅程，坐越野车回到拉萨之后我便把浅泽送进了医院。医生说他是旅途劳顿加上淋雨所导致的风寒。我望着躺在病床上的少年，医院一尘不染的被单像是冬天飘然而至的雪花般覆盖在他身上，而他的面孔却如落雪般苍白。吊瓶中的液体一滴滴地落下，我坐在床边将他的另一只手紧紧攥在手中，担心得说不出一句话来。是时不禁想起母亲去世之后我因难以排遣内心的悲伤而病重，浅泽小小的年纪，又该是怎样的为我担心。而倘若如今的一切是命运要我做出的偿还，我甘之如饴。

此后的日子里，我像他曾对我那样，悉心照料他的生活。夜晚，待他进入梦乡，我便来到病房的窗边抬起头，仰望浩瀚的银河，目光穿梭于一颗又一颗的星斗之间，究竟哪一颗是我的母亲，哪一颗又是浅泽的父亲。置身于这陌生的城市，寻找失落的星斗仿佛成为了我排遣寂寞的良方，就像是曾经热衷于在夕阳下变换手影那样。

浅泽的身体逐渐康复，他对我说，徊年，没有到达墨脱，我的心中总有不甘。

我抚他额前的刘海笑着说，别想那么多，我们的心已经到达了那里。而最重要的是，这次旅行中所遇到的种种困难让我们更加珍惜对彼此的感情，以面对以后漫长的人生。

那时的我天真地以为我们已经将上天在我们人生旅途中设置的屏障一一穿过，而在往后的岁月中迎接我们的，是庞大的、充盈的、沉甸甸的幸福。却不曾料想更加剧烈的黑色暗涌正在向我们步步逼近……

6

回到夏城那天，天空呈现出一种像是把所有的水分全部蒸发掉之后的蓝色。蓝色之下，云朵无言。房子上的爬墙虎长得更加繁盛，犹如此刻攥在我们手中蓊郁的青春时光。回家后我照了照镜子，发现自己像只在泥浆中打滚后悠然自得地平躺在阳光下暴晒的猴子，全身上下脏得一塌糊涂。虽然如此，我依旧让浅泽先去洗澡。看着他同样脏兮兮的样子，我开玩笑道，生怕别人不知道你是从西藏回来的。他瞪了我一眼,起身冲向卫生间,门砰的一声关上。我又对着门揶揄道，先洗澡有一个好处，那就是可以把收拾房间的重任交给后洗澡的人，我要打扫房间啦，家里简直脏得不像样儿——喂，浅泽，难道你不认为我该被评为家里的劳模吗？

在水花与地面的相碰声中我依稀听到了浅泽的声音，徊年，我想不明白为什么从西藏回来之后你又变得像我最初认识你时一样讨厌！——他语气中假扮的愤怒被我轻而易举地识破，我甚至能够想象出开门之后面前出现的那张笑容满面的脸。

他从浴室走出。这干净的少年，额前的刘海遮挡住眼睛，穿了黑色的纯棉汗衫，一条白色的短裤，修长的四肢像是白桦树柔软的枝干。徊年，你把家打扫干净，我去楼下买几棵小盆栽。

我笑着点点头，从厨房的台面上拿起一块抹布，向房间走去。

我将家中的每一个角落都擦拭得一尘不染，那些柔软的灰尘顺从地贴在抹布上，最终被我毫不留情地抖进垃圾桶。

我望了望窗外，少年的步伐非常轻快。大片的白桦树在风中摆动着自己的树冠，呈现出润滑油般的闪亮光泽。此刻的宁静令我感到幸福，倘若时光能够静止于此刻，让幸福与窗外的白桦树定格成永恒……半晌之后我才意识到浅泽父亲的卧室还没有打扫，虽然我们最初相识时他曾告诫我不能随意进入这房间，可是在家庭大扫除时特地留下一个房间让浅泽事后打扫确实是件荒唐透顶的事，于是推门而入。

浅泽父亲的卧室非常简单，除了一张书桌与一张床外，便是书桌内侧的三个小书架。而每个书架敞开之后都密密麻麻地摆放着各式各样的书，大多是关于基督教的。我一个书橱接一个书橱地擦过去，时时留意书架上的内容。然而在我擦到最靠内的书架时，却发现《圣经》的最上面平躺着一本灰色的厚厚本子，内页中还夹着许多纸张，以至于表面异常凹凸不平——在我模糊的记忆中母亲的日记本与之一模一样。由于克制不住内心在那一刻腾起的好奇，我将本子取下，小心翼翼地翻开，从中掉出一张照片。我捡起来，仔细端详，一股寒意突然从脚底腾起，迅速蔓延到心脏，并顺着血管逐渐扩散。我只觉得眼前发黑，几乎要站立不住……

怎么会这样，为什么会这样？！

上帝啊，你开什么玩笑。

浅泽：

原谅我的不辞而别，我要走了，是上帝不让我们在一起。

徊年

我迅速收拾好行李，冲出家门，赶往火车站，买上了两个小时之后动身开往皑城的火车票。在候车厅，我坐立难安，如同一只困兽般走来走去，只希望火车快些开动，不要被浅泽发现之后追来才好。然而我想上帝一定是个极度热爱黑色幽默的老人家，就在我已经检票并即将上车的时候突然看到买好站台票的浅泽。我来不及躲闪，他就一眼看到我，飞快地冲过来抓住我的胳膊，气喘吁吁地问道，徊年你告诉我，你为什么要走?!

他的头发尚未完全晾干，额前的刘海凌乱地飞扬。我用力甩开他的手，却被他再度紧紧抓住，徊年，你告诉我究竟发生了什么才让你说走就走，我们不是说好了永远在一起再也不分开的吗?!

我狠下心，冷冷道，浅泽，我们不可能在一起了，我说过这是上帝的意愿，你能违背上帝吗？你敢违背吗？不容他再说，我再次狠狠地推开他，用力之大令我自己都错愕不已。少年在毫无防备之下重重地摔倒在地，我跳上火车，火车开动了……

经过了火车一夜的颠簸，我重新回到皑城，回到了这座满是怆痛与记忆的城市。

我已是满怀疲惫，眼睛却干涩得流不出一滴眼泪。脑海中总是不断地闪现出浅泽那双满是吃惊与恐惧的眼睛，就像是会流泪的星星一般，注视着我孤独的灵魂。

浅泽，这次，我们真的无法再在一起，因为我们永远无法抗拒宿命的脚步。唯有告别与永生的缄默是最好的结局。

浅泽，再见。

第八章　鸲

当你年老白了头，睡意稠 / 炉旁打盹，请记下诗一首 / 漫回忆，你也曾眼神温柔 / 眼角里，几重阴影浓幽幽 / 多少人，爱你年青漂亮的时候 / 真假爱，不过给你的美貌引诱 / 只一人，在内心深处爱你灵魂的圣洁 / 也爱你，衰老的脸上泛起痛苦的纹沟 / 在烘红的炉旁，低头回首 / 凄然地，诉说爱情怎样溜走 / 如何跑到上方的山峦 / 然后把脸庞藏在群星里头

——威廉·巴特勒·叶芝《当你老了》

A TRIOK Of FATE

1

火车逐渐远去，终于消失不见。我尾随火车一路奔跑，却又再次摔倒在地。坚硬冰冷的铁轨向着未知的远方延展，两旁寂寞的青草被夕阳染得金黄，星星点点的野花依旧不知疲倦地开放。火车消失的尽头，太阳轰然坠落，大地一片漆黑寂然。我的心中霎时升腾起难以遏制的怆然与悲凉，蹲在地上，把头埋进膝盖，双手插入头发中，难过得说不出话来。过了很久，才起身向着家的方向一瘸一拐地走去，黑暗如猛兽般吞噬了一切，眼前的物像不再清晰。

走了一个小时才到家，空中升起一轮明月，但于我而言，这月色却与我一样失魂落魄。

空气中弥漫的植物清香也不再沁人心脾，反而更加令我神伤。

白桦树也依然矗立在街道两旁，在空气清洁的庞大黑夜中抖落满身烟尘。

然而这一切，只能使我睹物思人。

没有徊年，整个世界仿佛都失却了颜色。他的决绝与冷漠，令我不识。

我的心情烦躁而悲伤，不愿回家，右手攥成拳头，一下一下地击打着白桦树干，手很疼，心更疼。我倚着白桦树坐下，疲倦地闭上了双眼。夜晚凉风习习，把我额前的刘海吹得飘向一边，我在黑暗中体味这微小的感觉，想起徊年也习惯这样抚我的刘海，泪水不禁涌出，顺着脸颊落在右手的伤口上。

这时我突然隐隐听到耳畔久违却熟悉的呼唤，充满了温柔与怜悯，浅泽，浅泽。

睁开眼，泪水迷蒙中看到的竟是林溪。最初我以为自己出现了幻觉，用力地摇了摇头，伸手拭去泪水。

我挣扎着起身，克制情绪，若无其事地问道，林溪，这么晚了你为什么还没回家？

林溪没有回答，而是小心翼翼地捧起我伤痕累累的右手，目光中的吃惊与心疼一览无余，浅泽，告诉我，究竟发生了什么，你为什么要这样折磨自己？

我低着头，呜咽道，他为什么会突然如此绝情？

林溪把长发轻轻甩向一边，拍了拍我的脸。她的手细腻而柔软，散发着植物的清香。也许这就是母亲的抚摸？我不禁想起自己母爱缺失的童年时光，在七岁的一个夜晚哭泣着冲进书房质问父亲母亲究竟去了何处……泪水再度漫上眼眶，落到林溪单薄的衣服上。或许女孩感到了肩膀的潮湿，将我拥入怀中。我紧紧依偎着她，林溪……徊年走了……他说我们永远也不可能在一起了……我竟然不知道这是为什么……

林溪轻轻抚着我，温柔地劝慰道，浅泽，徊年非常喜欢你，他绝不会无缘无故地离开的。我先陪你回家处理伤口，否则会感染的，走吧。

我点点头，与她一同回家。

2

家中的清洁尚未做完，下午刚刚买回的小小盆栽被毫不重视地随手扔在茶几上。我疲倦地倒在沙发里，林溪取来药箱，先用药棉蘸着碘酒为我消毒，之后又用上了药膏的绷带把我的伤处包扎起来。她的动作十分轻柔，生怕弄疼了我。我呆呆地望着她，灵魂却早已飞向徊年。林溪包扎完伤口，见我毫无反应，笑着伸手在我眼前晃了晃，我下意识地看了看墙上的挂钟，林溪，太晚了，快回家吧，别让你父母为你担心。

林溪忧虑地望着我，浅泽，我想多陪你一会儿，否则你让我如何放心得下。

我敷衍地笑了笑，我不会做傻事，放心吧。

林溪的语气突然变得非常委屈，可是浅泽，难道我想在这里多陪你一会儿都不行吗？

伤口突然涌起一阵剧烈的疼痛，我感到烦躁，于是不自觉地提高了声音，让你走你就走，我跟你说了我没事，我不用别人陪，我就想一个人待着都不行吗？！——我突然意识到自己或许伤害到了林溪，抬起头，她的双眸中已蓄满了泪水。我心生内疚，立刻说，对不起，我刚才的话太重了。

林溪摇了摇头，浅泽，我知道你心里的苦，这些日子里我几乎每个傍晚都会在你家楼下徘徊，因为我总是担心你……或许是我多虑了。可是今天下午当我看到你买回盆栽又突然向着火车站的方向跑去时我就隐约感到一丝不安。本来我想和你一起去，可又怕这样太贸然，所以就一直在这儿等……浅泽，我总为你忧心，或许这是多余的，可我真的无法控制我自己……

月色皎洁。

林溪走后我迅速冲进房间试图寻找到徊年留下的物品,却一无所获。书房、厨房和卫生间亦然。正当我一筹莫展之际突然想起还有父亲的卧室，难道徊年进入了父亲的卧室？——想到这些，我冲进父亲的卧室……

果然，在父亲的书桌上，赫然摆放着一本翻开的日记本！

我的心跳突然加速。

呼吸急促起来。

颤抖着双手将日记本拿起，却又发现了日记本下压着的一张照片。

那是一张双人黑白照，上面一男一女，大约都是二十五岁左右的年龄。男子一身黑袍，身材颀长，面部瘦削，双目注视着未知的远方，神情严肃，而女子身着宽大裙摆的连衣裙，波浪般的长发垂在肩膀，脸上是幸福的笑容，犹如一曲明快的旋律。

虽然时光依旧川流不息地向前奔腾，我却能一眼看出照片上那个看上去温婉而美丽的女子是徊年的母亲，而照片上那英俊而锐气的男人，竟是我的父亲！——我本能地认为自己看错了,迅速把照片翻过来,右下角有一行小字：八五年六月二日，摄于向阳照相馆，海与清——海是父亲的名字。

我倒抽了一口凉气，怀着被命运审判的心情颤抖着双手翻开父亲的日记，一页页地翻阅，整个人都坠入了无边无际的深渊之中……

四月二十日　天气：晴

侍奉主已有多年，我也在此过程之中让自己逐日成为心绪淡然之人。我认为这是好的，并期许能一生如此，然而近日的一件事却令我颇不宁静。今夜万籁俱寂，月明星稀，欲匆匆书写下来。

诚然，我已忘却了与她相识的过程。作为皑城神学院的教师，除却每日授课外，便是待在自己的寝室阅读《圣经》。而平日里除了詹牧师，我也鲜少与人交流。因此能遇到她，是主的指引，一定是主的指引。感谢主，给我幸福。

姑娘啊，你何时才能进入我的梦乡，与我共饮一觞竹叶青，与我同醉。

五月八日 天气：晴

前几日天空一直阴沉，下了几场如泪水般滂沱的雨。这令我无缘无故地想起孟姜女哭长城的传说。那悲情的女子早在千百年前便缄默为天空中的一颗星斗，俯瞰大地，俯瞰芸芸众生。昨日天空才逐渐放晴，今日阳光普照，这是吉兆。

我与清有了第一次单独的外出，她一身白衣如雪，美不胜收。紧张与兴奋盘踞于心，我竟不知该对她说些什么。坐于湖畔，相视沉默，她的双眸如春天深深的湖水，软泥与青荇油油地在水底招摇，在她温柔的眼波中，我甘心做一条水草。许久，我对她说，请允许我为你背诵一段《圣经》，好吗？姑娘微笑着点点头，这微笑令我慌乱，本要给她背诵《格林多前书》的我竟鬼使神差地背起了《雅歌》。

我的佳偶，我的美人，起来，与我同去！因为冬天已往，雨水止住过去了。地上百花开放，百鸟鸣叫的时候已经来到。斑鸠的声音在我们境内也听见了，无花果树的果子渐渐成熟，葡萄树开花放香。我的佳偶，我的美人，起来，与我同去！我的鸽子啊，你在磐石穴中，在陡岩的隐秘处。求你容我得见你的面貌，得听你的声音；因为你的声音柔和，你的面貌秀美。要给我们擒拿狐狸，就是毁坏葡萄园的小狐狸，因为我们的葡萄正在开花。

清的脸颊飞起一朵红润，深情地注视着我，突然在我的脸颊轻轻一吻，这令我陶醉。

她柔声问我，海，你是否愿意与我同去，无论何处。

我郑重地点点头，心中已被幸福充盈得说不出话来。

六月十七日　天气：阴

与清正式确定恋爱关系已一月有余，我将除了给学生上课之外的时间全部奉献给了我不朽的爱情。

通过这段时间的交往，我发现清并非我最初想象的那种温柔而腼腆的女子，她活泼，主动，可爱。每当我有课的时候，她就会在神学院的楼下长久地徘徊。待我下楼之后便走上前，踮起脚，在我的额上轻轻一吻。很多次从詹牧师的身旁走过，我总是回避他锐利的眼睛。一切都将腐朽，唯有爱情永恒。

我们最常去的地方就是河边，那条清澈的河，向着未知的远方缓慢地流淌。

今日，暮色四合，我们再次来到这里。清把头轻轻倚在我的肩膀上，问道，海，你说这条河是否有尽头？

我觉得这问题实在很傻，但从清口中问出，却又傻得可爱。我抚摸她黑缎子一般垂在腰际的头发说，自然会有，就算再长再波澜壮阔的河流，也会有尽头。

清的语气突然很伤感，海，那我们的爱情也会有尽头吗？

我用下巴蹭她的头发，我们会永远在一起，直到生命结束。

清满意这个回答。

七月十八日　天气：有雨

今日因为有雨，与清一同外出而不得，在办公室中坐卧难安，上课时竟然拿错教案，于是不得不回办公室。不想竟遇到詹牧师。未与清恋爱之前，我遭遇困惑时常求助于他。或许因为我教学出众，工作认真，他待我如子。今日我本想低头而过，他却说，下课之后到我办公室来，我有话对你说。

詹牧师在办公室对我说的话犹如在我耳边响彻的惊雷。他说在他的眼中，我是优秀正直的青年，也是学院下一届院长的最佳人选。而如今，我竟因了恋爱而执迷不悟，荒废工作，令他非常失望。

直至此刻我才五雷轰顶般地意识到，原来自己已在不知不觉中为了爱情，为了那与我如胶似漆的清而走上布满荆棘的歧途。正所谓当局者迷，旁观者清。倘若不是詹牧师，我或许将成为遭上帝不齿与唾弃的罪人。

七月二十日　天气：阴

父神啊，我不祈求您宽恕我的罪，我也深知此刻的我已经成为了撒旦的奴仆，再也无颜面站在您的面前如往昔般侍奉您，赞美您的荣耀。我无法描述此刻的感受，人类啊，这如蝼蚁般卑贱的人类，为什么要为了弥补曾经犯下的过错而再次陷入难以抽身的深渊？！女人是蛇，是撒旦，是让人类从伊甸园来到人间赎罪的元凶！啊，父神，祈求您将我的记忆取走，让我不要一遍遍回想宛若噩梦般的今夜。而自此之后，我将带着这满是罪孽的肉身与丑恶的灵魂离开您，永远地离开您。倘若有责罚，便降临到我一人身上，请不要降罪于无辜的人们。阿门。

耶和华神所创造的，唯有蛇比田野一切的活物更狡猾。蛇对女人说，神岂是真说不许你吃园中所有树上的果子吗？女人对蛇说，园中树上的果子，我们可以吃；唯有园当中那棵树上的果子，神曾说，你们不可吃，也不可摸，免得你们死。蛇对女人说，你们不一定死，因为神知道，你们吃的日子眼睛就明亮了，你们便如神能知道善恶。于是，女人见那棵树的果子好做食物，也悦人的眼目，且是可喜爱的，能使人有智慧，就摘下果子来吃了；又给她丈夫，她丈夫也吃了。他们二人的眼睛就明亮了，才知道自己是赤身露体，便拿无花果树的叶子，为自己编做裙子……

今夜又将是一个不眠之夜，愿我死去的善良灵魂得以安息，阿门。

十一月三十日　天气：晴

一个生命即将诞生。可是一切都结束了。都结束了。

……

父亲的字体异常锐利，每一个笔画仿佛都含着即将爆炸的愤怒，力透纸背，纸面行将划破，行文凌乱，令人摸不着头绪。然而七月二十日的内容和八月十五日的寥寥数字所传递的信息却让我的内心腾起丝丝异样，思维瞬间涉足于先前从未预见的领地，如一张精细的网，无孔不入地捕捉任何可疑的细节，并将之收集起来后一同呈现在我的面前，令我在此基础之上主观臆断地为日记内容填补了结局：那夜之后，父亲自知罪孽深重，于是来到夏城，做了牧师，通过不断地传播福音来赎罪。后来认识了母亲并与母亲结婚，而母亲却在我三个月的时候……可倘若真是这样，我与徊年之间的关系岂不是……不不不……不会的……不会是这样的……

天气溽热依然，我却不禁倒抽一口凉气，大颗的汗水落在日记本上，氤氲开一小片时间久远的字迹。

我注意到父亲在日记中频繁地提到詹牧师，父亲说自己“遭遇困惑时常求助于他”，“他视我如子”。

抬头看了一眼墙上的挂钟，时钟稳稳指向九点，詹牧师还未休息。

我冲出门去。

3

我来到詹牧师的家，那间深深扎根在我童年记忆深处的栽满了蔷薇的小院。多年没来，它却不曾有什么变化。夏风吹来蔷薇的芬芳，无数花的精魂都在此刻开始跳一支静默的深情舞蹈。我急不可待地敲门，对获知结果的欲望让我忽略了这一切。詹牧师果然还未休息，开门后看到我，苍老的脸上滑过一丝惊喜，继而和蔼地说，进来吧，我的孩子。

进屋后我坐在椅子上，老人坐于我的对面，他的语气之中有着因时光流逝而衍生的无尽沧桑，浅泽，自你父亲去世之后，你就再也没有来过我家。

我点点头，沉默片刻，问道，詹牧师，请您告诉我，我父亲年轻时的事。

我的孩子，是谁对你说了些什么吗？詹牧师微皱眉头，低声询问。

没人对我说什么，是我在无意间看到了父亲的日记——父亲曾在皑城的神学院当过教师，后来爱上了一位名叫清的女子，后来他因为与这女子的爱情而神魂颠倒，几乎荒废了工作。这时您规劝他，教导他，让他迷途知返。他下决心与清分手，来到夏城，可是清已怀孕……

看到这些于你根本无益，我的孩子。詹牧师的叹息逐渐弥漫在空气中。

可我已经长大了，我有权利知道这些。

老人的脸上流露出难言的感伤与颓丧，眼中泪光闪烁，皱纹中流淌过亮晶晶的痕迹，我却不敢细想那究竟是什么。父亲的那段往事势必在詹牧师的心头刻下了难以磨灭的伤痕以至于他多年来一直缄口不谈。然而此刻胸中涌起的耻辱已让我如被魔鬼驱使般怨恨起上帝——大千世界，芸芸众生，他为何独待我如此不公？——小学时我便因没有母亲而默默承受来自同学的嘲笑，十四岁那年与我相依为命的父亲又离我而去，而徊年也终于因为这令人不堪的真相而与我决别……我双腿一软，跪在地上，詹牧师，这样的生活已经令我失去了方向，连上帝都捉弄我……

孩子，你这是在埋怨。

连对上帝最忠实的约伯都有埋怨的时候，我又为何不能埋怨……我与徊年竟然是同父异母……这太荒谬……

可《约伯记》中记载道，约伯最终意识到了自己的罪，悔改了——神爱世人，上帝远没有你所想象的那般无情。相反，他处处怜悯你。老人轻轻叹了口气，望着泪水满面的我，我的孩子，你父亲曾请求我隐瞒你的身世，让之成为你一生不知的谜，而如今看来……是告诉你的时候了。老人哀伤的语气中透着无限的坚定，浅泽，你与徊年不是同父异母的兄弟，而许多事情，也不是你所想的那样。

见我愣着，他拍了拍我的肩膀，苦笑道，想必你通过阅读你父亲的日记知道了一些往事，但那不是全部。你的父亲听我规劝后，那日原本决心与清分手，清却泪如雨下，苦苦哀求你的父亲不要离开她……毕竟他们之间感情很深，你父亲心有不忍，于是发生了……这样的行为严重违背了他身为一名神父所应该遵守的准则，是对主的极大亵渎。事后他如受伤的野兽般跪在我的办公室哭泣，一遍遍地向我忏悔自己所犯下的罪，对主深感愧疚……眼见自己最看重的青年走到今天这步，我痛心疾首……我告诉他，上帝爱我们每一个人，无论你有罪，抑或无罪，他都会付出同等的爱，而眼前所要做的，便是赎罪……恰好再有几个月我便会退休，届时会返回我的故乡夏城。我建议他与我一起，他答应了……在夏城，一切都重新开始了，没有人认识他……

那么后来，又发生了什么？

后来又发生了什么……后来……清怀孕了，给身在夏城的你的父亲写信，可他对清一直心怀怨恨与恐惧，于是对来信置之不理，与清没了联系……他在工作方面却表现得非常出色，很快就成为夏城最卓越的牧师之一……而且他毫不吝啬地关心自己身旁一切需要关心的人，深受大家的爱戴……可他曾经所经历的一切让他对异性的态度逐渐发生变化，他不愿与异性交往，对异性排斥甚至仇恨……因此也没有子嗣……我曾劝他收养一个孩子，否则独自生活太寂寞。而不久之后夏城就发生了一起火灾，伤亡者中有与你父亲平日颇为熟悉的李姓教徒一家……他们夫妻把生还的希望留给了当时只有三个月大的儿子……当消防队把他们救出时，李家妻子已因窒息死亡，丈夫的性命也危在旦夕……你的父亲为他祷告，他却紧紧握住你父亲的双手，祈求他收留他们三个月大的儿子，视他如己出……你的父亲毫不犹豫地答应了……直到你父亲去世，他也再没有婚娶，一心一意抚养这孩子，渴盼他长大成人，拥有正直的内心与善良的灵魂——那个孩子就是你，浅泽。

窗外如雪如霜的月光悲戚地下落，詹牧师转过身，低沉的叹息在夜色中弥漫，我的孩子，这就是整个故事。

我站着未动，泪水早已布满面庞，我从没想过日记中那未尽的故事的结局竟是这样。

我也从未想过，那不善言谈却十分爱我的父亲竟不是我的生父。

我突然回忆起七岁时的那个夜晚，当我哭着质问母亲去了何处时他脸上痛苦的神色，十二岁那年将林溪从水里救出后他让我读《圣经》中“人违背命令”的段落，还有他去世那晚对我说的话，There is no prosthetic for that——灵魂不可能有义肢……多年来，他在抚养我成人的同时还要隐瞒我的经历，生怕我知道了真相而不能接受……我也终于明白了为何他在病中的日子里时常对我说“倘若我在一日清晨再也没有醒来，不要悲伤，死亡于我不是痛苦，而是解脱”。那时我以为他是因为承受不了肉体的疼痛，如今想来，这其中包含的酸楚与孤独，也只有安睡在白云之上的天国的他知道了……

4

你可曾知道我怀着怎样的心情从詹牧师家飞奔而出。

你可曾知道我又以多快的速度从家中收拾行李前往火车站。

买到了凌晨一点半的车票，候车厅中有许多躺在椅子上睡觉的人。我睡意全无，想起与徊年即将到来的重逢，竟不由自主地在车站跳起了舞，胸腔仿佛住着一百个跳踢踏舞的小人儿与我共舞。原本遮天蔽日的巨大黑色翅膀仿佛全部变成了白色的天使羽翼，琴师坐在月亮中乘凉，音符顺着指尖飞了。跳舞疲倦了，我便转圈，对着暗色的苍穹放声大笑，直至火车进站，才恢复平静。

我以为自己在这个下午就能够见到徊年。

我以为到时候他就会给我机会让我将一切都说清。

我以为我们会因为这巨大的福祉而拥抱，泪水满面。

我以为自此之后等待我们的便是永远宁静无忧的生活。

我以为我们会永远在一起。

然而我以为，也终究是我以为……

1. 徊年家的楼下被人和车围得水泄不通，救护车的声音直冲云霄，人们纷纷的议论如海潮拍打暗礁般撞击着我的耳膜。我不明就里，一股不祥的预感却涌上心头，溽热空气中的水分让我的汗衫湿漉漉地粘在皮肤上。我心慌意乱地冲上楼，却与两位抬担架的医生撞了个满怀，他们踉踉跄跄几乎摔倒。我连声道歉，本要继续上楼，余光却注意到原本盖在死者脸上的床单斜向一边，露出半张脸——麦色的皮肤呈现出灰色，双目紧闭，虽然鼻梁以下的部分被白色被单盖住，却依旧能够看出这是一张男孩的面孔，一张英俊男孩的面孔，一张我所熟悉的英俊男孩的面孔，曾令我朝思暮想的面孔。

等一等！我突然大叫一声，耳膜被震得生生发痛，眼前在刹那间一片漆黑。

两位医生显然也被我的声音吓到，停下脚步，其中一位吃惊地望着我，你要干什么？

我没有应答，只是久久地站在原地，站在死者面前，想要伸出手将盖在死者脸上的被单完全掀开，却无论如何也提不起勇气。我深知当那张没有生命迹象的面容完全展现在我面前的时刻，便意味着我苦苦盼来的幸福永远地毁灭，这就犹如一张被撕开的纸，一盘被掰碎的CD，一座被引爆的楼房，步入了死亡的沙漠。想到这里，我抬起眼睛望了望两位面露诧异的医生，低声说，没，没什么，对不起，真对不起，是我……是我认错人了，你们走吧。

未等医生们发话，我便继续向楼上走去。

几楼了？二、二楼了。徊年家住在四楼，四楼，对，住在四楼。他会在家的，他知道我今天会来，他已经在门口等着我，并在我的身影出现在他面前时给我一个惊喜。对，一定是这样的。不知从哪里来的风吹乱了我额前的刘海，我下意识地伸手理了理。又上了一层楼，是几楼了？三楼了。我仰起头，只有十几阶的楼梯为何看上去这么漫长，像永远都看不到尽头一样，尽头，尽头是雾茫茫的一片，隐约可以听到人声，嘈杂的人声。

男孩的姓名?

正在调查。

死因?

煤气中毒。

死亡时间?

今早七点至八点，此时一同身亡的还有一名女孩。

……

5

白色的墙壁在清晨的阳光中格外刺眼，空气中弥漫着消毒水的气息。我挣扎着起身，窗明几净，阳光透过玻璃窗照进来。眯起眼睛环视四周，偌大的病房空无一人，旁边的小柜上摆了一个苹果，向着太阳的部分出现了一个小小的高光，犹如水滴般光洁闪亮。

吱嘎——

门被推开，两位身着警服的青年走进来，他们的脸上严肃得没有一丝表情，其中一位在我的病床旁边坐下，问道，你就是浅泽?

我点点头。

不等我说他便解释道，你晕倒了，而你身份证上的名字与在死者旅行包内发现的一本笔记本上频繁出现的名字刚好一致，于是我们认定你俩认识——他是你的朋友?

我的喉咙莫名地哽咽起来，语无伦次地回答道，是的……哦不对，他是我……我哥……他是我爱人……他怎么了？

警察看了看我，低声说，他已经死了。尸检结果是煤气中毒，一同死亡的还有一个名叫唐卡的女孩……在煤气开关上发现了女孩的指纹……

我呆愣着，警察见状也不再多言，只是把一本日记本放于床头，拍了拍我的肩膀，这个交给你——节哀顺变吧。说罢起身走出病房。

警察离开后，我把笔记本拿过来。深蓝色的封面，上面烫金的英文字母已模糊不清。这是我在夏城曾见过无数次的笔记本，十六开的线圈笔记本，徊年的笔记本。一年之前的盛夏，我从徊年手中接过它，并在那时第一次接触到了叶芝的诗歌，那充满了爱与忧伤的诗篇。

叶芝曾经说过，这个世上的泪水太多，你不会懂得。是的，我没有流泪。潜意识中我甚至认为这是一个梦，等到梦醒了，徊年又会再次生龙活虎地出现在我的面前，冲我轻轻翘起右嘴角，同时挤挤右眼……笔记本的每一页都标了页数，前一百三十页摘抄叶芝的诗歌。而当我翻开第一百三十一页的时候，一篇篇密密麻麻的日记像詹牧师家门前的蔷薇一样优雅地渐次出现在我面前……

七月十四日　天气：暴雨　心情：莫名

我住在夏城，一个名叫浅泽的男孩家里。正所谓无巧不成书，高考结束之后我本想找个好地方写生，比如西藏，再比如大理。结果准备买票的当天我突然变卦，竟买了去夏城的票。我也不知道怎么回事，就像是冥冥中的召唤。真有意思。

更有意思的还在后面，我刚下火车瓢泼大雨就从天而降，真是天公不作美。我把旅行包顶在头上，飞快地跑，面前却出现了两条岔道，一条通向夏城最大的圣保罗教堂，另一条通向小旅馆。按理我该去旅馆，结果这时我竟然仿佛听到一个人对我说，过来，过来，来教堂。我鬼使神差地去，鬼使神差地认识了浅泽。说实话，这小子长得真不赖，就是眼睛太媚气，像个小姑娘。小子，你额前的刘海怎么那么长，呼啊。

七月二十日　天气：阴，有风

我原来一直以为浅泽是个只知道用功学习的冷漠的家伙，但今天一系列的小事改变了我的看法。比如当他看到我的画时脸上浮现出的愉悦与喜爱之色，还有他听完《幽灵》之后脸上恣意流淌的泪水。看到这些，我为之动容，心中顿生一股认同感，把自己的身世告知于他。或许我们会成为好朋友。

七月二十九日　天气：有雨

在回到夏城的火车上，暮色，云朵，飞鸟，夕阳。

妈妈已经不在了，这个世界，浅泽，我只有你了。

八月十日　天气：晴

生病搁浅了日记，今日重新开始书写。

自母亲去世之后我便浑身乏力，无精打采，加之淋雨，因此回到浅泽家中之后就一直发烧。发烧也是好的，能够让我陷入幻觉，得以梦见妈妈。她的笑靥非常柔美，然而醒来之后的情形却不胜凄凉。每每此时，我都悲不自禁……浅泽救了我，他日日为我念《圣经》，以此让我平复心情。

此时此刻，浅泽已入睡，空气宁谧，我感到幸福。

九月十五日　天气：阴

由于母亲的去世，我失去了生活来源。倘若只靠浅泽每个月在教会微薄的收入，长此以往，是支撑不了我们二人的花销的。浅泽或许没有意识到这一点，又或许是意识到了，却因为精神世界的富足刻意忽略了物质的贫瘠。我年长于他，自然不能与他一样理想化。是谁曾经说过，理想主义是年轻人的奢侈品。虽然我的年龄依旧年轻，但母亲的离去已经让我的心灵得以成熟。虽然我知道浅泽舍不得我而我也同样舍不得他，可我们毕竟要有物质保障。

去火车站悄悄买了火车票，浅泽，对不起。

九月十七日　天气：晴

浅泽，此刻的我已经坐上了前往皑城的火车。周围的人都睡去了，我喝了很多咖啡，难以入睡。映着月光想要为你写下些什么，虽然你可能一直没有机会看到它们。

我们认识两个月有余，虽说这时间同我们漫长的人生相比短暂得不值得一提，可其间发生的事情，却让我们之间的情谊更加坚固。我将永远记得，在我因母亲的去世而一蹶不振的那段时间，你是怎样耐心地照顾我的生活，又是怎样以一颗悲悯之心帮我摆脱了生活的泥泞。倘若我们素昧平生，那么我或许会眼含热泪地向你言谢，然而我们之间的情谊摆在这里，却让所有的语言都显得如此苍白。

浅泽，火车正在驶向皑城，驶向无际的黑暗，我已经喝光了今天晚上的第四罐咖啡，头脑依旧兴奋，眼睛却已难以睁开。可是我不睡，我不能睡，倘若我睡去了，那么今夜便会白白地浪费。这或许是我在离开夏城之后的最后一个也是唯一一个轻松的夜晚，或许只有在今夜，我才可以让自己的精神世界恣情驰骋于一片不受约束的国度。此刻或许你正因我的突然离开而久久地神伤。可我又何尝想要离开你，我又何尝不想与你一起，日日去白桦林画画，去教堂……只是我毕竟已不再是曾经那个对一切仿佛都看得不在乎的徊年。毕竟我以前的“不在乎”，是建立于母亲为我构建的强大的物质生活之上。而如今，我如野草般无依无靠茕茕孑立，只能靠自己。

……

二月九日　天气：晴

我们同这匆忙的世界一起／万众灵魂消失于动摇与让步／如苍凉的冬日里奔腾的流水／明灭的星空一如泡沫／仅存着孤独的面容

浅泽，我今天在FR酒吧遇见一个男孩，他的神态与你很像。

二月十四日　天气：晴

其实我寄给你的礼物只是恰好在情人节这天到了而已，但我依旧告诉你这是我送你的节日礼物。

因为只要你感到快乐，我也就是快乐的了。

二月十六日　天气：晴

当我看着躺在冰冷的水泥地上犹如死在舞台中央的王子一般的Lucifer时，灵魂在一瞬间出壳，只留下肉体呆呆地站在原地。一阵风吹来，这空皮囊像是受到了虚空中神灵的指引，缓缓地向着未知的地方远去，远去……越过高山，越过丛林，越过城堡与花园，最终来到了一片寒气逼人的湖泊前。受到了天音的召唤，于是毫不犹豫地跳入湖水之中……寒冷让我挣扎，几乎窒息……我们如蝼蚁般卑贱地活着，无力改变这个世俗的社会，因此所能改变的只有自己。或许，你会为此而伤心，可我如今所做的，只是为了我们日后更加充盈的幸福。

……

五月十四日　天气：阴

唐卡睡了，我窝在客厅的沙发里看了一部名叫《夜访吸血鬼》的电影。莱斯特与路易是两个年轻而英俊的吸血鬼，他们一起度过了二百多年的岁月，共同经历了战争、瘟疫、社会的变革。路易一直无法接受自己吸血鬼的身份，于是总是拒绝杀戮，并对吸血成性的莱斯特耿耿于怀。可是纵然如此，我依旧是羡慕他，羡慕他们，因为他们可以在一起度过数百年的光阴而不受人约束。影片中有这样的一个片段：几百年后的一个夜晚，路易返回废弃的庄园，自己曾经的家。气氛阴森，蝙蝠嘶叫着低飞。在一间窗外生长着绿色藤蔓植物的房间中，他看到了阔别已久的莱斯特。他背对着路易，坐在一把椅子中，气若游丝，路易，我很高兴你回来了，我一直梦想，有这么一刻。然后他缓缓地转过身，曾经英俊的面容如今已枯干可怖得不堪入目，他深深地凝视着依旧英俊的路易，赞叹道，Still beautiful Lwei。

那时我便想，倘若有一天我也能够对你说出这句话，该多好。

而影片结束时，开着红色跑车的莱斯特一边听路易的录音一边摇头，路易，路易，你依旧在抱怨。继而转身无不戏谑地询问身旁的司机，你难道没有听够吗，我已经听了几个世纪了。

看完电影后我彻夜难眠，脑海中反复出现的，都是你。

七月十六日　天气：晴

小子，我已经在车上了，你在夏城老老实实等着我！

……

八月八日　天气：阴

浅泽，我曾偶然在一本杂志上见过这样一句话：如果你不能承受路尽头满是荆棘的绝望，那么就请把荆棘分布在路上。

若有朝一日你在了解事情真相的情况下读到这里，希望你能明白，我此次的离开并非仅是为了逃避。仅仅是因为我突然发现，你所信仰的上帝总是在我们的面前设下一道又一道的屏障。这令我悚动。与你相识的时间久了，也开始逐渐相信上帝的存在。或许我们没有到达墨脱果真是一个隐喻，只是我那时太过自负，未曾意识到这一点。如今，倘若我们再置道德的底线于不顾，生命无疑已失去了尊严。

所以，我宁愿将道路尽头的荆棘为你分布于路上。虽然我深知这样依旧会为你带来难安的疼痛，可是多年之后当你回首往事时便会明白，我不是你的定格，只是你的过客。

我本以为家中已是人去屋空，厚厚的灰尘覆盖着每一个角落。却不料想推门而入依旧是满眼的窗明几净，班德瑞一尘不染的音乐在空气中安然地流转，摇曳，如同烛火一般飘忽不定，使原本阳光充足的房间也弥漫在一片犹如伦敦烟雾般的淡蓝色的哀伤中——唐卡还住在家中。她依旧像以前的无数个上午一样，头靠着沙发，全身都蜷缩在白色的睡裙中，细长的手指按照节奏轻轻击打着沙发。听到开门声，她迅速回头——时隔不过一月，她原本就充满骨感的脸如今瘦得脱了形，一束阳光映在她细长的脖颈上，泛出苍白而黯淡的颜色。她的双目大而无神，如同坠入了深不见底的枯井之中。在同我四目相对的刹那，她下意识地抿了抿干燥的嘴唇，徊年，你回来了——你吃早饭了吗。

我沉默地注视着她，一瞬间竟想起了第一次看她唱歌时的情形：她一身黑色衣裤，手指用力地拨电吉他，吉他爆发出玻璃碎裂般刺耳的声音；她一身白色蕾丝纱裙，银色眼影，手握着一枝洁白的百合，赤裸双足走向舞台正中央。一束银色的细碎光芒从天花板照射下来，缓缓飘落的人造雪落满她的头发，她的纱裙，她单薄的肩膀。当最后一个音符消失在空气中的时候，两行泪水顺着她的脸颊缓缓而下……相恋的那段日子，她尽自己最大的努力照顾我的生活以至于让我每每面对她时都不禁心存内疚……而后来当我决心重返夏城时，她又……如今从她的脸上已看不到丝毫仇恨。也许是应了这句话：爱重反成仇，薄极反成喜。未等我回话，她便自顾自地说，徊年，你回来了，你终于回来了。这次是为什么回来，哦，我知道了，是为了拿衣服是吗，我已经替你准备好了，真的，都准备好了。亲爱的，你一定饿了吧，对，饿了，饿了，肯定饿了，那我去给你做饭吃。哦，求求你不要拒绝我，好不好，亲爱的，好不好……

我目送眼前絮絮不止的唐卡走进厨房。她从冰箱里拿出三枚鸡蛋，放进锅中，拧开煤气。

我心乱如麻，不知所云，脑海中隐隐想起曾经看过的一首忏悔诗：

钟声敲响／歌声停止／懂得离别的孩子有了眼泪／一切的悲剧始于／这个夏天

我一页一页地翻过去，翻过去。与此同时心底又是多么真挚地希望，那一段不堪回首的岁月能够如翻动的纸页一样，只要愿意，就永远不要第二次出现。让它随着时光的海浪，一同被埋葬。

徊年的字体依旧不羁而狂放，可是我却偏偏能够从中读出无限的温柔与迟疑，这就仿佛他的性格一般，永远令人捉摸不透，却又时常给人以惊喜。我躺在床上，恍惚中听到了唱诗班轻灵的歌声，隐约可辨钢琴的伴奏，与多年来我在教堂中反复聆听的一样。那歌声像是长了巨大翅膀的白鸟，在湛蓝色的苍穹之上自由地翱翔。父亲生前曾告诉我，善良的人会在天堂得到永生。我把徊年的日记本紧紧地贴在胸前，依稀可辨他的体温——可是他已经不在了……

再也不会有人在与我尚不熟识的情况下住在我家了；

再也不会有人在夜晚为我放各式各样的音乐了；

再也不会有人在我被蛇攻击时冲过来把蛇砸死之后嘲笑我了；

再也不会有人在蚂蟥爬到我腿上时想尽一切办法把它驱走了；

再也不会有人……再也不会有了。

偌大的病房，寂寞的阳光洒进来，我把自己的整个身体都蜷缩在被子中，失声痛哭。

6

本想把徊年的骨灰带回夏城，却又想起这样一句话：每个人在死前都要回到故乡，落叶归根，而那些不能回去的人将成为漂泊的孤魂，永生永世流放。于是在皑城为他买了一块小小的墓地，将他安葬之后便匆匆回到了夏城，沿途的风景在秋日未来之前便已日渐萧索。来到詹牧师家中，曾经盛开得如火如荼的蔷薇如今已大有颓败之势。詹牧师开门后，见我满面悲伤，仿佛明白了一切。轻轻揽着我的肩膀，他低声说，孩子，主爱你，一切都会过去的。

我感受着老人传递给我的慈父般的温暖，哽咽着说，詹牧师，我想受洗，像我的父亲一样，永远做主的儿女，主会接受我吗？

詹牧师仰起头瞭望天空，低声说，当然，主爱你，主爱所有的人——只是我的孩子，我怕你此刻的话语并不是出自于内心最为真实的愿望，也许你只是因为无法排遣胸中的悲伤，想要寻一个借口以求逃脱。倘若果真如此，受洗便也失去了意义。当你能平静地接受这一切时，再给我明确的答复。

事实证明詹牧师所言极为正确，在很长一段时日里，我总是无法抑制自己心中因徊年的离去而涌起的悲伤。在教堂司琴的时候我总是感觉徊年就坐在最后一排注视着我，他的右嘴角依旧微微翘起，桀骜不驯；而每次从教堂出来的时候我也会习惯性地四处张望，仿佛徊年过不了多久就会从白桦林中提着大大的画箱走出来，脸上衣服上满是行将干涸的色彩，我们会如以前一样并排走在路上，他依旧会给我讲很多笑话，有的很可笑有的很无聊，还不等我做出反应他就自顾自地笑起来，露出整齐而洁白的牙齿。

晚上我总是反复地听何勇的《幽灵》，反反复复地听他说“他们已经不在了，这个世界，我很想念他们”，继而辗转反侧，彻夜难眠。白天上课的时候总也提不起精神，功课一团糟。那段时间各科老师轮番找我谈话，最初他们都以为我是刚刚进了高中不适应，遂动之以情晓之以理；见我屡教不改，于是改为厉声斥责。因心中明白自己依旧是在沉溺，所以我默默承受这一切，不愿过多解释。直至有一天林溪突然对我说，浅泽，你不能继续这样下去，我也不能眼睁睁地看着你自毁前程。我望着林溪，她的神情非常严肃，仿佛要看穿我孤独的灵魂。

她向老师提出与我同桌，我默然许之。以后的日子里，她每天检查我的功课，逼我认真完成作业。课后她几乎把所有的时间用来陪我：和我一同欣赏音乐，我在教堂司琴的时候她就坐在最后一排安静地等待我，在回家的路上与我聊天……她的话题似乎永远都是那么丰富，只是，从来不提徊年。很多时候我们会一同阅读《圣经》，那日重温了多年来一直牢牢盘踞于我内心的故事：

耶和华神所创造的，唯有蛇比田野一切的活物更狡猾。蛇对女人说，神岂是真说不许你吃园中所有树上的果子吗？女人对蛇说，园中树上的果子，我们可以吃；唯有园当中那棵树上的果子，神曾说，你们不可吃，也不可摸，免得你们死。蛇对女人说，你们不一定死，因为神知道，你们吃的日子眼睛就明亮了，你们便如神能知道善恶。于是，女人见那棵树的果子好做食物，也悦人的眼目，且是可喜爱的，能使人有智慧，就摘下果子来吃了；又给她丈夫，她丈夫也吃了。他们二人的眼睛就明亮了，才知道自己是赤身露体，便拿无花果树的叶子，为自己编做裙子……

故事读完，望着身旁的林溪，只觉得她的容貌与我的《圣经故事》中的夏娃再度重合。我下意识地摸了摸唇边刚刚生出的柔软的胡须，又低下头看了看自己逐日强壮的体魄……一股从未有过的迷惘直冲头顶——在《圣经》中，亚当是男性，而夏娃是用亚当的肋骨做就的女性；在现实生活中，我又算是什么？在认识徊年后的这一年多来我所扮演的，又是怎样的一个角色？

那一瞬间我像是突然觉醒了一般，一种潜于体内的能量被不知不觉地唤起，或许将支配我的一生。

不久之后，詹牧师为我主持了受洗。

高三毕业之后，经教会推荐，我进入了皑城神学院——几十年前父亲曾任职的神学院，开始了自己长达六年的进修生涯。学院刚刚翻修过，在天空的映衬之下看上去威严而庄重，爬墙虎盖满了一整面墙，风吹来时像绿色的海浪一样浮动出层层的波浪。

我知道，这就是父亲曾希望我做到的。而如今的我，终究没有让他失望。

尾声　流过的季节

Cast a cold eye,

On life , on death

Horseman ,pass by!

——W · B · Yeats'Epitaph

A TRIOK Of FATE

再次回到夏城已经是六年之后的事情，那时的我以优异的成绩从神学院毕业并获得牧师资格。置身于偌大的皑城，我仿佛总能听到徊年的喃喃低诉，犹如缥缈入梦的歌声不绝于耳。这就如同我进入高中的第一年，几乎每夜都会在梦里重新目睹徊年的死，他僵硬而冰冷的身体本身便是一个难醒的梦魇，横陈在我尘土飞扬的记忆之中。我本以为在度过了神学院六年漫长的学习生涯之后，自己已蜕变为心绪平然之人，然而当我被告知自己有可能被留在皑城的时候，还是毫不犹豫地断然拒绝。直到这时我才明白，这么多年来我所谓的忘却，不过是记忆的尘封。所以当我直面这一切时，还是会不由自主地选择逃避。我只能不去触碰有关徊年的记忆，但却无法遗忘哪怕丝毫。

林溪高考结束之后顺利地进入了全国最顶尖的美院攻读设计专业，我们平日里极少打电话，但写信却十分频繁。记得大四有一次她在信中对我说待毕业之后想回到夏城，因为那座城市丝丝入扣的宁静与自己的性格相契合，更何况在这座城市，她付出了自己全部的爱与期待。信读到此，我无声叹息，这么多年，她对我的付出始终未变，哪怕她知道，这付出或许就像是沉入大海的金币般再无音讯。

林溪本科毕业之后果然回到了夏城，就职于一家小公司。那时距离我毕业还有两年的时间，在这期间她没有向我提起身旁出现的任何异性，但我知道凭林溪的相貌与性情，追求她的优秀男子定然不在少数。然而我对此并无丝毫伤怀，只是多次回首灰蓝色的成长岁月，不禁感慨命运的安排与光阴的力量，许多时候竟令人无法抗拒。

离开皑城的前一天我去“看望”徊年，他的墓碑依旧非常干净，我轻轻擦拭却发现甚至连一丝灰尘都没有。将一束洁白的紫罗兰放于他的墓前，寂静而朴素的花朵，在平静与悲伤混杂的空气中默然绽放。我凝视着墓碑上那张熟悉而遥远的英俊面孔，轻声说，徊年，明天我就要离开皑城了。不是我不想经常来这里陪你，而是我无法独自面对我们共同的回忆。

我知道，他从没离开过，他一定就在身边，看着青春看着我，看着所有人一点点老去。

我在那个六月重返阔别了六年之久的夏城，夏城依旧炎热得似着火一般，天空艳蓝。火车站重新翻修了，可熙熙攘攘的人群丝毫不曾减少，令人呼吸困难。纵然已六年未见，我依旧一眼认出林溪。她的眼神一如六年前那般单纯，烫过波浪的头发自然地垂在肩上。她站在我面前羞涩地笑，我突然伸出手臂，将她紧紧地搂在怀中，脸颊缓缓摩挲她的头发，在她的耳畔低声问道，你愿意，嫁给我吗？

我看到了她双眸中沸腾的泪水，以及她绽开的如花般的幸福笑靥，浅泽你知道吗，这么多年我一直在等你说出这句话。

我与林溪一同为父亲扫墓。他的墓碑一直由教会派人照看，因此除了一株看上去非常有生命力的翠绿色的藤蔓植物盘踞在上面之外，墓碑一尘不染。

林溪轻声询问是否有必要将那株植物拔掉，我沉吟半晌说，有它陪伴，父亲不会寂寞。我们长久地伫立在墓前，光阴荏苒，我想起十几年前那个孤独而忧郁的自己，时常沉溺于痛苦而不自知，然而这一切，都已被时光翻过去，翻过去了。

父亲，我会与林溪共度一生。我说道。

林溪含泪说，父亲，虽然我从未见过您，但您却将自己最珍贵的一件礼物赠给我，除了好好爱浅泽，我无以回报。

我们结婚的日子很快来到。詹牧师在圣保罗教堂为我们主持婚礼。他的头发皓白如银，黑色长袍在阳光下散发出神圣而威严的光芒。他注视着我，你是否愿意娶林溪小姐为妻，无论她丑陋或美丽，贫穷或富有？我转身注视着身穿白色婚纱美如天使的林溪，坚定地说道，我愿意。说罢俯下身，捧着她的脸颊，在她的唇边轻轻一吻……

恢弘的暗红色教堂、在教堂司琴的少年、梦魇般的白桦林、寂落的阳光、爱恨、杀戮、死亡……这一切都是曾经出现在我少年岁月中的风景，它们曾经是那样地鲜活，它们曾经在我记忆的墙壁上熠熠生辉。然而如今，我将它们隐没为一场少年默剧中的布景，以此换来我日后平静的生活。

——END——

又一篇　蓝之祷

前言：这个短篇小说完成于二〇〇七年八月三十日，是《小命运》的雏形。时隔一年重新翻看，忽感其稚嫩与不扛推敲，最终还是做了大量修改删节。

放于此，以纪念我十八岁之前的灰蓝时光。

——Pluto

A TRIOK Of FATE

事情可以在一天之内改变！

——[印]阿兰达蒂《微物之神》

[壹]

怎么下了雪。

怎么下了这样大的雪。

身后的桦树是高而挺直的，树枝在雪的映衬下冷冷清清地伸展开，未曾留下一片叶子，唯有雪。冷清的、寂寞的、矜傲的雪，堆积在树枝上，以一种决绝而优雅的姿态。树干上错落着深深浅浅的褐色伤疤，一痕一痕，犹如月亮的眼睛。抬头望天，弥天大雪已停，尘埃落定，污垢结痂，天空高远，呈现出一种清澈而奇特的蓝色，那仿佛是胸存着即将离开尘世的决心，对生命的否定，对灵魂的追念，刹那芳华，使人仰面而不能再见。阳光透过树枝，将树林浸染成银白色，与这大地白雪融为一体。

幼年时，父亲曾说，有一位通灵的预言家预言，夏溪是一座永不下雪的镇，若下雪，就是上帝责怒于居住在此的人，灾祸便会降临。父亲的表情甚为严肃，不带一丝笑容。童稚的我因此对雪有着极深的恐惧。但雪的脚步并未因我对其的恐惧而渐行渐远，在这四季温和的南方小镇，雪依旧会隔几年便簌簌下落，把夏溪渲染得静谧苍茫。雪落，我在阁楼上，躲在棉被之中瑟缩不已。待雪停，才惊恐地走到窗边，把手掌长久地贴在玻璃上，冰凉的水伴随着腾起的水汽缓流而下，犹如离人之泪，打湿了我的袖子。从楼梯走下，看到昏暗的客厅中父亲坐在沙发上沉默地抽烟。他常年穿在身上的黑袍比暗夜更为深沉无边。

父亲是镇上教堂的牧师，二十年前自神学院毕业之后获得牧师资格却不愿在大城市的教堂布道，辗转来到这座小镇，认识母亲，随即结婚生子。但母亲给我的全部影像不过是父亲珍藏在檀木盒子中的一张泛黄的老照片，盒子表面雕刻着凹凸有致的花纹，散发着温润古朴的光泽。照片上的女子身着对襟衬衫，藏蓝色过膝裙子，黑色软布鞋。秋林一般的发辫垂在腰际，明眸皓齿，嘴角有浅淡的笑容，一如彼时温婉的夕阳。小泽，那便是你的母亲。我第一次见到这张照片时父亲在身旁低语，我却不知道那时他已病入膏肓。

幼年时代我便隐约知道，父亲虽然年轻，在教会中却拥有极高的威望。他的胸前永远佩戴着一枚银光闪闪的十字架，最初我不以为然，以为每个牧师都会有，可后来从他人口中得知，教会只将银色十字架授予最为杰出的牧师。非但如此，父亲还有一本镀金的《圣经》。他会在晚饭之后走进书房，我偶尔送茶给他，他将翻开的《圣经》平放于书桌上。又看完这么多了么，父亲。看着那散发着金色光芒的书，我低问。不，是随手翻开一页，之后顺着往下看。他的嘴角有淡定的笑容，令我感到温暖。

我在即将消亡的暮色之中观察他的面容，五官舒展，从颧骨到下颌却如同被刀砍斧斫一般，突然地瘦了下去。我不再说些什么，默默退去，合上门。此时父亲却突然咳嗽起来，唯能看到他逆光的影，微微抖动。夕阳将时光拉扯得无限冗长，令我心绪惶惶地沉下。抬起头又是夏溪的深秋，成群的飞鸟拍打着翅膀在天空中划出一道道透明的伤痕，只剩下忧郁宁静的金色云朵守望着没有翅膀的飞翔。

[贰]

徊年，我想念我的父亲。从前，每晚入睡时，他定然会坐在我的床前为我心平气和地念上一段《圣经》。他的声音温和而坚毅。我笼罩在《圣经》所散发的光泽之中酣然入睡，一夜宁静。我夜夜所梦，唯有唱诗班轻灵的歌声以及父亲布道时慈善而不乏威严的面容。同父亲生活的十二年犹如白驹过隙，恍然即逝，现在想来，未尝不扼腕于自己最初的懵懂无知。父亲令我逐日明白，生是一件伟大的事，而死亡却更加令人耸动敬重。逝者如斯，现在即使想要继续聆听他的教诲，亦不可再得。

徊年将一笔群青色郑重地摆在画布上，浅泽，你是个心事过重的男孩。为何要过分地压抑自己，你本该获得同龄孩子应有的幸福。

认识你，已是我莫大的幸福。

我们在同一片苍穹下画着夏溪镇百年来最为壮丽的雪景。他的寒冷同我息息相关，因此我祈祷自己平静的心绪亦将在他的体内生生不息，源远流长。

父亲去世时我十三岁。事实上，在他离去之前已经有足够鲜明的预兆，无论是肉体，还是心灵的皈依。他以令我错愕不及的速度消瘦衰老，终日穿在身上的黑袍愈发空空荡荡，我甚至怕他会被突如其来的一阵风吹走。他的确病得太重了。与此同时，他祷告的次数频繁于昔。我时常看到他在深夜沐浴着月光跪在书房祷告，口中念念有词。

纵然如此，他依旧会若无其事地在我入睡之前为我念上一段《圣经》，他的声音是如往昔般的温和坚毅，只是多了几声令我心悸的短促的咳嗽声。

那日黄昏，我犹记得。父亲自午饭之后进了屋便不曾出来，我心中疑惑，推门进去，他倚着床，面孔苍白如纸，双目紧闭，气若游丝。我跪在床前，紧握他的手。那是十二年来第一次握住他的手。父亲虽然疼爱我，可他的身份总令我敬畏不已。可此刻，心底有一个声音喃喃低语道，他已不再是牧者，他唯一的身份便是你的父亲。父亲睁开眼，微微欠起了身子，指着放于屋中一隅的黑色钢琴。小泽，去弹一首钢琴曲。我乖顺地掀开琴盖，拭去浮尘。刚欲转身询问父亲弹奏什么乐曲时，父亲的头已微微垂向了一边。

父亲曾说，人死之后，灵魂会从头部慢慢腾起，围绕肉身转一圈，观望这具即将寂灭的肉体，之后飘向远方。

于是，我弹奏了《安魂曲》，致父亲善美的灵魂。

那夜风雪破了我的门，低回着悲鸣。

教会的人及镇上的信徒得知父亲的死讯后皆来到我家，为父亲举行葬礼之后开始商讨我何去何从。十二岁的我穿着小小的黑色衣服，面容苍白肃穆。我要住在这间屋中，我不会去任何地方。我说。起初他们并不在意，直至最后我几乎是从齿间一字一字地迸出这句话，他们才默然应之。

由于没有任何生活来源，我不得不在教会善款的帮助之下生活了两年。十四岁的冬天，由于父亲生前深得人心，我被安排在教堂司琴。第一次为唱诗班伴奏我便觉得，一个或许会同我此后的生活息息相关之人正在教堂的一隅默默注视着我。但这念头被我瞬间否定，我以为又是自己寂寞成瘾，孤独难耐之下为自己找的慰藉。父亲去世后，家中显得落寂又空旷，夜晚蜷缩在阁楼上，纵然星光为我沐浴，恐惧依旧无法避免。父亲曾告诉我，在这个世界上，人类都不是孤独的，总会有息息相关的两个人在某一天重逢，在拥抱时洒下灼热而幸福的泪水。

那年的除夕，徊年告诉我，他在第一次陪母亲去教堂做祷告时便被那司琴的少年深深吸引，印象中那小小少年虽已有了成人的骨架，却依旧非常单薄，白色衬衣开了两扣，头发与眼睛都异常漆黑，英俊而落拓。他恍然感到自己心底与生俱来的低喃更为清楚，而一种异常强烈的温暖感应从他的心底迸发出温热的泉，汩汩作响，生生不息，源远流长。

纵然时光抹平了岩石的棱角，我亦会记得，那个叫徊年的英俊少年在布道结束之后走到我的面前，替我把钢琴盖合上之后说，我们并不孤独。

[叁]

徊年是在那年秋天同母亲一起从北方搬到夏溪来住的，由于冬天的那次祷告，我们才彼此相识。

父亲去世之后，我最怕的便是过春节。唯记得父亲在世时，忙年总是非常早。腊八之后几天是夏溪镇的集会，父亲会在那日脱下穿了一年的黑袍，换上便装，早早出门，中午回家时手里必然提着一袋糖瓜。上面撒了一层薄薄的粉，放在嘴里非常粘牙。我爱极了这种零食。

第二天打扫房子，父亲踩在凳子上，用鸡毛掸子掸去屋梁的尘垢。我时常站在一旁，仰头观望。小泽，待会儿灰尘会落到眼里的。我充耳不闻。可有一次，细小尘埃果然落进了我的眼中，一阵措手不及的刺痛令我失声尖叫。父亲立刻从凳子上下来，俯下身，轻轻掀起我的眼皮，一边轻轻地吹一边温和地责怪。除夕之夜，冷清的天空之中陡然绽放了无数绚丽的烟花，倏忽蹿上天空，倏忽沉入永久的寂灭。之后的除夕，我时常在夜晚蜷缩在阁楼里，寒冷而寂寞。探头去看那些美丽却脆弱的花朵，不知为何，却像是在看以另一种形式存在的自己。

除夕的黄昏，空气寒冷而寂静，街巷悲凉空旷至极，一如我此刻的心情。然而，空旷不过是热闹喧哗之前的序幕，幸福的焰火会在寂静之后骤然爆破。然而我的寂寞却是溪流一般的乐章，家中静得甚至能听见它们在我的血液中汩汩流淌。我坐在窗台上，仰起头凝望窗外的“云”，它们大朵大朵地腾空而起,向我绽放了一片广袤而忧伤的笑靥。我的心荒凉难喻。敲门声在此刻响起，我迟缓地从窗台上下来，打开门，瞬间吃惊得说不出话。同我有过一面之缘的男孩徊年此刻正无比真实地站在我的面前，黑色的风衣将他的身材勾勒得挺拔消瘦。黄昏微弱的光正逐渐与他的瞳人相交融，剔透而闪耀。他高于我，我略微仰头，黄昏渐渐消亡，唯留一抹纯澈的霞。

他说，浅泽，同我回家，我妈妈包饺子给你吃。

我说，好。说完这句话之后他明朗地笑了，露出亮晶晶的牙齿，拍了拍我的肩膀。

父亲去世之后，我的第一缕温暖是男孩徊年与他的母亲施予我的，那仿佛是刺破晨雾的曙光，我珍惜不已。除夕的傍晚我第一次见到徊年的母亲，那温柔和善的女人,讲话亦轻柔不已,仿佛怕惊了天上的飞鸟。她笑着对我说，小泽，阿姨给你和小徊包酸笋馅的饺子吃，啊。

从最初暮色降临便稀稀疏疏的鞭炮声终于在深夜达到了高潮，无数流光溢彩的艳丽花朵在墨蓝色的天空中此起彼伏。我与徊年站在屋外，直到所有烟花爆竹声停止，陷入一片沉寂。我仰望恢复冷清与寂静的天空，一片冰冰凉的东西忽而落在了我的脸上。是雪。雪花逐渐落在我的脸上，肩膀上，我的思绪难以遏制地回到两年之前。父亲去世的黄昏，他的头轻轻垂向一边，我为他至为善美的灵魂弹奏《安魂曲》，那夜风雪低回着悲鸣，破了我的门，从此我的身世便犹如浮萍，飘忽不定……

从屋外回来之后我便倒在他的床上，全身无法抑制地颤抖。徊年的母亲试图安慰我，我听到他轻轻对母亲说，让我来。

浅泽，你想念你的父亲，与此同时，雪又令你有种至为深刻而熟稔的恐惧。徊年坐在床沿，轻声说。

我抬起头望着他，心中忐忑。

你在疑惑为何我会知道。实际上，自我仍是一个孩子时便感到心底时刻有一个声音在对我喃喃低语，于是我便笃定地相信在这个世界上除却我的亲人，还有一个人的命运同我息息相关。教堂的那次祷告，我坐在下面，猛然感到心中的低喃更为清晰。你满脸忧伤地司着琴，而你的忧伤我竟然都懂。休戚与共，概莫如是。

原来这些都是真的，我一直以为我听到的低喃是因为孤寂而产生的幻觉。我兀自说道。

男孩徊年突然开心地笑起来，是吗，你也会感应到我的情绪吗？

是的。我淡淡地说道。

那一夜我住在徊年家，与这刚刚相识的小小少年睡在一张床上——他虽然年长我两岁，但我依旧愿意如此称呼他。那时他的笑容是仿若孩童的，有种不染尘世雪霜的美。

[肆]

我从徊年母亲的口中逐渐得知了徊年的诸多事情。他的父亲常年在外经商，母亲惫于繁华的都市生活，于是徊年与母亲一同来到夏溪并在此继续自己的学业。他发狂地热爱美术及诗歌，北方那所被光芒和赞誉笼罩的美院是他不渝的梦想。

在春节之后开学之前的短促时光里，我的身影不再落单，我与徊年在他的房间中一待就是一天。他教我画水粉画、素描、速写；他一字一句地为我念他写的文章与诗歌，纯洁而充满简单的快乐。闲时我们并排躺在床上，淡蓝色的天光从天窗落下倾覆在我们身上。放肆的说笑抑或干净的缄默在我们之间都是美好的。那时我天真地以为被自己丢弃在光阴池水中的一团孤寂落寞再也起不了一丝涟漪。

即将开学的时候我才知道，由于南北方课本教材差异太大，本应读高一的徊年不得不重读被描述得骇人不已的初二。男孩的叛逆在初一萌芽最终会在初二达到一个顶峰，更何况寒假之后初二已到了下半学期。如我所料，这群同我年岁相仿的南方男孩对徊年的抗拒从第一天就开始萌芽，逐日趋于白热。

黄昏上完自习，除却做值日的同学，其余人皆背起书包三三两两地走出教室门。我从教室后面拿起拖把向门外走去，徊年无声地站在门外，一条胳膊支在门框上。浅泽，我等你一起回家。我看着他被憔悴的夕阳染得晶莹剔透的深色瞳人，点了点头。

可是待我拖着冲洗好的拖把走进教室时，却看到三个平日在班里无恶不作的男生正在殴打徊年。其中一个骑在他的肚子上，一拳拳地打他的脸，另一个紧紧按住他的手，剩下的一个用脚恶狠狠地踹他的身体。我几乎是咆哮着冲上去，踢开骑在徊年身上的男孩，一拳打在他的眼眶上。随着他的尖叫，另外一个男生掏出了随身携带的匕首向徊年刺去，匕首刃在夕阳下闪烁着寒光。那一刻我竟然忘却了死亡与寒光带给我的恐惧，猛地将他扑倒在地……

徊年的妈妈通红着双眼为我们清洗伤口，她一边用碘酒给我的右臂消毒一边问徊年，为什么会这样，你招惹他们了是吗？徊年不做声，寂静的双目怔怔地盯着我的伤，突然问，浅泽，你疼吗？我看着他青肿的面颊，笑着摇了摇头。徊年没有笑，却把头靠在枕头上，喃喃低吟道，浅泽，如果以后有人欺负你，我也会替你挡，无论是刀，还是斧头……

[伍]

学校给了那几个男孩严厉的处罚，并勒令他们在全校点名大会上低头作检讨。我透过层层人群寻找徊年的目光，最终只寻到了他安静漠然的侧脸。此刻，那个对我笑容温朗明媚的男孩分明已沉到了心灵的湖底，仰起头满眼是泪地观望淡蓝色落满肩膀的天光。

我与徊年拥有了很长一段寂静寥落的时光，虽然在外人眼里我们是茫然孤单的傻瓜。我们在放学之后映着薄暮去溪边的芦苇丛写生，水粉抑或速写，待到星辰满天，再收起画具回家。徊年的母亲定然已准备好清淡而美味的食物等待着我们。我时常在徊年家留宿。待到夜深人静，徊年睡熟之际，我悄然醒来，仰望天窗之上清晰可见的星斗。

开学之后的几次考试，我的成绩皆名列年级前茅，而徊年的成绩总是暗淡得令我心悸。其实他的语文成绩是比我还要高的，只是数学，每当我看到他惨白的卷子上只有我的成绩零头的分数时心中都会一阵阵地难过。徊年要考美院的梦想不为同学老师所知，因此教数学的班主任总是在讲评试卷时不失时机地挖苦他，惹得全班爆发出阵阵笑声。

那日上语文课，语文老师将陆游的《游山西村》抄写在黑板上，他说古典诗歌无需翻译，只要理解即可。徊年双目盯着黑板，口中念念有词，突然举手示意。

您说这首诗表达了对农家生活的喜爱，那么是否也可以理解成对世俗的厌恶呢?

通常情况下不会这样理解。

为什么?

比如……老师迟疑了一会儿，你来到夏溪镇上课，就能说明你是对都市生活厌倦了吗?

徊年点了点头，不再作声。老师离开之后，我回头看了看他，他的表情依旧是木然的，令我感到一阵阵的心悸。下午放学，我们如以往一般映着柔暖的夕阳走在回家的路上，我恍然感到今日之夕阳美得悲凉，却说不出原因。我就是对都市生活厌倦了。徊年兀自说出这句话，仰起头，对着暮色露出了在学校从未有过的笑容。天空中，一群鸽子寂寞地飞过，无声无息。

我突然开始想念父亲，心脏因此而没着没落地疼着。在徊年家门前，我与他告别，之后转身离去。

晚餐之后我来到书房。曾经令书房最为闪耀的银色十字架与镀金《圣经》皆随父亲入土。我打开书柜，一本一本地寻找，尘埃跳动之间我发现了一本牛皮质地的《圣经》，内心因此而略感安宁，犹如渡船有了停泊之岸。取下，翻开，热泪突然漫上眼底。浅泽，我知道今日你会需要它。父字。把眼泪擦干，将《圣经》平放在桌子上,就像曾经的父亲一样,映着昏黄的灯光,平静且安定。撒母耳记中，幼年的撒母耳对耶和华说，主啊，我在，仆人敬听。

我没有再往下翻，只是长久地凝视着这个句子。不知父亲是否有聆听过耶和华的呼唤，但自始至终他皆是心无杂念地祷告，内心虔诚。事实上，生亦带有神性，同样圣洁而不可冒犯，可总是有人无所畏惧地肆意践踏，使生命之田生长出繁芜的杂草，一片荒凉。

沐浴在这如雪如霜的月光中，正如我长久以来所期许的那般。寂静，漫长无尽的时光终于降临。父亲英俊而憔悴的面容出现在屋外，于是我朝着漆黑的窗棂伸出手，虚空地握一握，再握一握。

一阵敲门声打破了寂静的时光。我打开门，徊年的面庞清晰地出现在庞大的黑夜中，苍白的皮肤显得更为苍白。他就那么定定地站在我的面前，没有要进屋的意思。他的双目更为深沉无边，令我感到恐惧。他突然在我的面前蹲下，双手捂住脸，呜咽不止，我的父亲用一份由挂号信寄来的离婚协议书结束了与我母亲长达十八年的夫妻关系。

[陆]

我的十五岁终于在初二结束之后的夏天到来。曾经漫长到令我失去耐心的成长终于迸裂出曙光。在成人与孩子的交界处，诸多原本隐晦的事物向我展现出了一张张清晰的面孔。

仍旧是在教堂司琴，随着年岁的增加愈发明白何为虔诚而不谦卑地用心弹奏。不知是否受父亲的影响，对待世间万物我皆本着从容不迫的心态。我常幻想那个终结人在世间一切忧伤之事的时刻降临，如此便可更为坚定不移地走向光明。

当我在那个炙热的夏天第一次穿上短袖 T-shirt 去找徊年时，他正穿着一件蓝色圆领汗衫和白色短裤躺在床上，瘦长的腿紧紧地贴着墙，身体与腿呈九十度角。他的头发柔软而漆黑，映衬在白色的床单上显得非常刺眼。我没有打扰他，只是坐在床边，随手拿起一本灰蓝色的十六开硬皮本子。徊年有所察觉，眼睛转向我，却没有阻止。自父母离异之日他便养成了在深夜写日记的习惯，他曾经说，自己的泪水时常在写字的过程中毫无征兆地落在纸上，洇开一小片字迹。我一页页地翻阅，锐利的字迹及偶尔用黑色水笔画出的暗色花朵分明向我暗示这少年心中的忧伤逐日扩大，且速度之疾令我心悸不已。

徊年，我究竟能为你做些什么？

他把搭在墙上的腿放下，猛地起身，拉起我的右臂，长久地凝视我的疤痕。他俯下身，双唇轻柔地印在我的疤痕上。这时屋外突然传来徊年母亲尖利的叫喊，你个讨债鬼睡到上午还不起来！赶快起来滚出去！徊年对我苦涩地笑了笑，让你受惊了，抱歉。我心疼地摇了摇头。他一跃而起，走吧，去你家。他说。

徊年的母亲在与丈夫离异之后性格朝另一个极端无法遏止地发展，她变得敏感暴躁，乖戾又脆弱。她彻夜彻夜地失眠，迅速地苍老颓败，时常在凌晨精神错乱地嘶吼着拍徊年的房门，令这善良的少年终夜不得安生。

浅泽，我的父亲长年在外经商，有时一年也不回一次家。他的影像在我脑海中逐日模糊，我在梦境中无论如何也想不起他的面容，而现在我曾经温善的母亲也成为了我心灵深处苍白的声部——直面这一切是何其艰难。

少年额前的碎发已是很长，软软地遮住眉毛，只留下一双模糊不清的眼，突然笑起来的时刻，表情哀伤而冷漠。我走过去，递给他一杯冰水，以右手盖住他的双目。不要睁开，听话。来到钢琴边，掀开琴盖。自父亲去世之后，我从未在家中弹过钢琴，但此时此刻，无人知晓我何其迫切地欲为徊年弹奏一支曲子。那何止是一首简单的乐曲，它理应是抚慰他受伤心灵的教堂圣歌。

黄昏的时候下起了雨，淅淅沥沥，缠绵悱恻。又是一个憔悴的黄昏。雨持续至深夜，却依旧不知疲倦地下。我被雨水扰得心神不宁，难以安睡。坐在书房中随手翻开《圣经》，企图通过阅读而获得平静，却依旧徒劳无功。右臂的伤口突然间像是撕裂一般地疼痛，我瞬间明白了一切，伞也没拿就推开门，向着徊年家的方向，在雨水中疯狂地奔跑。

徊年的家中散落着一地碎片，碎得决绝凄楚。他的母亲一边发狂地向他身上扔去各种拿得到的物品，一边喋喋不休地咒骂……徊年面色苍白地站着，不予反抗，只是沉默，犹如一尊蜡像。他的右臂有一道伤口，血液已经凝固，呈现出暧昧而凄艳的暗红色。我刚欲上前制止徊年的母亲，一只玻璃杯又从我眼前飞过，刚好砸在徊年的额头上。触目惊心的血一滴一滴落在他的白衬衣上，殷红的花朵在瞬间朵朵绽放。见此情形，我一把抓住他的胳膊，去我家！

[柒]

想要告诉你，我的爱。

他湿淋淋地倒在我的床上，额头上的血块被雨水冲开，流满了整张脸，胳膊上的伤口已经感染，红肿流脓。他疼，他发烧，他喃喃不清地说起了胡话。我端来清水试图先清洗他的伤口，可他突然用力推开我，跌跌撞撞地跑进洗手间，双手扶着马桶边。他在吐，呕吐中夹杂着悲凉的哽咽。就这样持续了半个小时，当我感到自己的精神近乎崩溃时，他突然慢慢地转过身对我露出了隐约的笑容……

包扎伤口，换上干净的衣服之后，他在我的床上沉沉入睡。而我在他身旁彻夜陪伴，心中间或袭来阵阵悲凉的幸福。

那段日子，我只身一人在命运的独木桥上踽踽独行，全无勇气回头。仿佛一回头，便要坠入无底深渊。藏蓝色的天空，一片怆然与伤口铺在天际，成为满天闪烁的星辰。之后的日子，我凌晨起床为徊年准备早餐，放学之后飞奔回家，为他换药并且准备晚餐。饭后我躺在他的身边，同他略显聒噪地讲些话抑或沉默相视，一言不发。

睡眠之前，我会为他念上一小段《圣经》，他的笑容如暮霭般沉然。

我经常在半夜醒来，起身之后沿床边而坐，映着月色观察徊年。他的呼吸是否平缓，他的心跳是否正常，他的眉头是否紧蹙，他的嘴唇是否因伤口的疼痛而发白……这一切皆能轻易撩起我心湖的涟漪。月亮的影从天窗上缓缓飘落下来，阴柔并且熠熠生辉。我与我的少年共沐一样的月光。

在那些夜晚我时常想，如果徊年此后的每一天都能在我的照料陪伴之下度过，该有多好。那将是上帝施予我的多么大的恩。

徊年的母亲最终由于重度精神分裂症而被送进了医院。那天我不在场，但据徊年说，当时三个壮汉费尽全力才将她架进医院。她在路上仍旧是喋喋不休地咒骂，哭泣，痴然而悲愤，像一条被棍子打到了七寸处的蛇。

徊年的身体逐日恢复，额上的伤口已经恢复成为一段光洁崭新的皮肤。而胳膊上的伤，纵然愈合，也将永久地留下一段触目惊心的疤痕。每次看到，我的心便像是被火焚烧而过，荒凉地疼着。

那一日，太阳尚未出来，雾气蒙然，木头窗户将天空分割成一小块一小块的四边形，分辨不清本来的模样。我睡眼惺忪地坐在床上看着眼前的徊年。

他背了一个很大的旅行包，黑色的汗衫像他的头发一样黑，笑容淡漠而不羁。

浅泽，我要走了。

你要去哪里?

离开夏溪镇——当然，我会回来看你。

他俯下身，在我的额头上轻轻一吻。无声的。温暖的。

之后他转身离去，身影疾速消失在清晨浓浓的雾气中。而他不知，因那个吻而令我产生的陌生的躁动，竟持续贯穿了我整个孤单而悲伤的少年岁月。

[捌]

徊年的母亲死在岁末的一场大雪中。那日清晨，医院的义工正在将前一夜的积雪全部堆铲到一起，猛然发现了隐藏在厚厚的积雪中的巨大硬物。义工吓得魂飞魄散，叫来许多人。几个胆大的青年将尸体上的雪清理干净，一具女尸赫然出现在人们的视线中。她身着白色睡袍，头发散乱，面色铁青，双目瞑然。人们在恐惧惊异之余认出是徊年的母亲，那一生悲苦的女人。

由于无法通知徊年又怕尸体腐烂，医院自行将她潦草地火化。骨灰一直放在火葬场，无人认领。

徊年离开之后，我依旧能够时常感应到他的情绪。大多是沉重悲观的，导致我的心神因此不宁。每隔几个星期我就会收到他的来信。他的字迹锐利如初。每封信的最后，他会故意用孩童一样的笔体写道：浅泽，我很想念你。

我将他的信同母亲的照片一起放于檀木盒子中，并且期待有朝一日能开出斑斓的花朵，装点我并不华彩的梦境，驱赶梦魇的寒冷。

我即将在孤寂与悲伤之中度过父亲去世之后的第四个春节。暮色刚刚降临，我便怆然地躲在阁楼上，双手抱膝静静地仰望黄昏时寒冷的云朵与没有翅膀的飞翔。我想起自己此刻的孤独与去年的这日如出一辙但最终获得了神的救赎，度过了有生以来最为温暖的除夕。而今夜需要我所面对的是何等悲凉的壮景。我将《圣经》平摊在腿上，以赛亚书第三十三章光荣的将来写道，耶和华是我们的王，他必拯救我们。

……

初三下学期，我开始彻夜坐在窗前做很多的题，困顿至极时便从水龙头上接些冷水来喝，抑或将水泼在脸上，一周保持三十小时的睡眠，心绪不宁时阅读《圣经》。徊年依旧给我写信，在纯白色的打印纸上写大段大段晦涩的文字，从信封中掉出的还有云与灰蓝苍郁的天空影像。他摄影，写字，生活逐渐充裕。他说，我终于有能力施爱于人，纵然这能力是在物质的相对强大之下得到的。

四月，夏溪镇繁花盛开，草腥气弥漫了房前屋后，一如茂密蓊郁的青春时光。我在凌晨两点之后穿着纯白汗衫和短裤摇摇晃晃地插上耳机，听徊年寄给我的许巍的专辑，以此作为自己偶尔的消遣。

十六岁生日的凌晨我仍旧如往常般安静地做题，刺耳的电话铃响起。接起电话的那一瞬我望了望窗外黑压压的天空，我突然在心中低声自问这样的桎梏何时才是完结。

浅泽，祝你生日快乐。

我想象着徊年站在寒气逼人的大街上为我打这通电话，不禁问道，冷吗？

不，我不是用公用电话。我买了手机。

你打算什么时候回来？

你中考结束之后。

好。

[玖]

那个灼灼其华的盛夏，我以接近于满分的考试成绩使这所久负盛名的重点高中向我张开了宽阔的双臂。知道成绩的那天傍晚我将自己曾经用过的所有的书全部恶狠狠地扔进火盆。浓烈的烟瞬间腾起，直刺我的双目，疼痛中我想起了曾经念的《史记》，秦朝那名叫高渐离的男子，他如星辰般闪耀的双目便是被秦王政的毒烟所熏瞎。接着我又想起了即将到来的与徊年的重逢，然后借着扑面的浓烟毫无顾忌地红了眼眶。

新的学校墙壁砖红，周围栽满了繁盛的树木，将这所不大的建筑温情地遮盖,使之远望犹如一只蓬松的绿色蛋糕。穿行时会有细碎的阳光落在肩膀上。面对眼前这本应令我感喟不已的崭新环境，我心绪平然。在自我介绍时，我低头走上前，淡淡道，我叫浅泽。之后转身走回自己的座位。自始至终目光都不曾落在任何同学的身上。

我诚然不知为何体内蕴涵着如此巨大的力量令我以寂寞为代价而克制，我也不知身处异乡的徊年是否如我一般，抑或是身边早已有了成群的朋友，而他，又是否依旧用淡漠而颓丧的笑容面对整个世界。

班主任刚刚大学毕业，教语文，“暮荷残阳彤”中藏有她的名字。第一次见到她，我便知她是性情温善的知性女子。

在等待了一个月之后我终于接到了徊年的电话。彼时我的耳朵里正塞着郑钧平静的摇滚。这个极少露出笑容的男人此刻正唱着：

I just wanna cry，I just wanna cry。

浅泽对不起。我想这个暑假我无法回来了。

是你那边的朋友不让你走吗?

我……我有了女朋友。这……便是我无法回来的全部原因。

你为何要如此直白地告诉我?

因为我不忍欺骗你，浅泽，我必须对你坦诚。

我握着听筒，电话线被我拉扯得几乎断掉，犹如此刻我与徊年摇摇欲坠的情谊。徊年，我想你定然至为爱她。她施你的恩也定然多于我千百倍，丰盛到可以将我曾经对你的爱全部视而不见。

浅泽，不要这样。你让我很为难。徊年的声音中有着委屈的哽咽。

我需要一个解释。

我从未给过你承诺，你又为何莫名地向我讨要解释。他的语气骤然冷漠，令我不识。

挂上电话,假装若无其事地继续塞着耳机。那个叫郑钧的男人依旧是在唱，I just wanna cry，I just wanna cry。听到这里我突然狠狠地扯下耳塞，连同CD机一同用力摔向地面。然后坐在地上双手抱着膝盖，无声地掉下泪来。

周末我照旧去教堂司琴。自十四岁至今，我是教堂唯一的一名司琴者。诸多年老的信徒已前往天堂，其余的人在我的少年岁月中默默地陪伴左右，虽然他们与我从未有过任何交谈，但却令我感到安详。每当在教堂中弹琴我便会想，在这世界上，当我自认陷于痛苦与束缚之中时，在世界的某个角落杀戮正在上演，而我却从未经历，这便是上帝施恩于我；穷途末路之人有之，道貌岸然之人有之，冷淡尖刻之人也有之，然而我却一直端然成长，这便是上帝偏爱于我。

那天祷告结束之后，一位年老的教徒走到我的面前。我看着你，便像是见到了你父亲的曾经。你淡漠又温和的表情同他何其相似。我看着她花白的头发、剔透的瞳人，微微笑了。

回家的时候路过徊年家，一个女人看见我突然失声尖叫。我微微皱了眉。对不起，我以为是徊年回来了。你们诚有几分相像处。她笑着赔不是。我一语未发，心中却忽感酸楚。

我同他不像。他将爱施予别人，而我却将爱施予他。

我看到我的身边他们都比我美，我看到我的身后时间都已枯萎。

[拾]

九月开学。曾经狭窄的生活豁然开朗，如缱绻无比的大海，将一切忧伤与悲痛毫无条件地包容，令人获得崭新的生。

《圣经 · 箴言》中言，孩童的行为，是清洁，是正直，都显明他的本性。轻声吟诵之间，“小小少年”这个已被我尘封两年的词跃上心头。

我在所有人都昏昏欲睡的语文课上仰起头一丝不苟地抄写暮荷秀丽而飘逸的板书，唯有她是我在学校至爱之人。纵然爱这个字眼本不该轻言，但她着实令我想到童年时代第一次见到的母亲的影像。明眸皓齿，笑容温婉。但我诚然不确定爱她是否如爱自己的母亲一般。

事实上，我本不知以晚辈之心敬爱异性长者该用何种心态与姿态。它在我的菲薄的流年中从未出现惊鸿一瞥。而今面对突发的状况，我感到迷惑而茫然。

成绩一贯的优秀，语文格外突出，这便是我在班级中终日沉默却不为同窗所忘记的唯一理由。由分数而产生的排名于我并无太多意义，回家之后终日地学习无非是我用来忘却徊年（或尽量不想他）的唯一途径。独语文成绩例外。无论大考小考，语文分数出来后，暮荷定然是会把分数从低到高逐一念出，脸上从无愠色。而时间足以令全班同学逐渐发现每当倒数第二张卷子的分数被念出后，她温和的嘴角定然会向上一翘。浅泽，全班第一。此时她的语调微微提高。而全班的目光此刻定然聚集于我的身上。我从未抬头，她也从未在此时与我对视。可她诚然是我保持语文成绩的唯一动力，这于我而言是千万分地重要。

那天夜晚我又情不自禁地回想起徊年决绝的语气，顿感生之无望。

从家中的杂物箱里翻出了一把壁纸刀。刀是父亲生前买的，但自他去世之后,我便不曾碰过。刀刃被拇指缓缓推出,锈迹斑斑却有种不可逼视的光泽。我凝视刀刃，心说，让我今天用人血来换取你曾经的荣光。刀刃钝重地划过我的右手腕，鲜血顿时涌出。我绝望地闭上双目。

[拾壹]

我从睡梦中醒来，终归不知睡了多久。此时已是黄昏。我清楚地知道自己身在何处。

天空略有些阴霾，遮住了原本应当出现的霞光。静静地躺在床上观望天空之上的云朵，那是尘世的倒影。没有风，一丝也没有，云朵呈紫灰色。大片大片地静止在天空中，令我感到空旷而辽远。一位女子站在窗台边，背对着我，她的背影单薄而消瘦，但却是大理石一般的静美。这背影，于我而言何其熟悉。是暮荷。她来了并距离我这样近，莫非是一梦方醒又坠入另一个不醒的梦境。我欠了欠身子，右手在此刻传来的无比剧烈的疼痛令我意识到这并非梦。低头看着手腕缠满厚厚纱布的右手，脑海顷刻出现鲜血喷涌的画面，我的眼泪和疼痛，这才是我真正的梦魇。我倒在床上，悲伤地闭起了眼睛，轻声呜咽。恍惚之中，感到自己缠满绷带的手被轻柔地抬起，耳边隐约可闻的叹息声状若无物地敲击心房。你为何要如此偏激呢？她抚摸着我的手指，柔声道。一定很疼吧，看来是要受一段时间的苦了。不过每天我都会来陪伴你，你要乖。我看着她的眼睛，莹澈而美，一如夏溪镇碧绿的溪水一般令人流连。那一刻我突然想欠身亲吻她如洁月般清美的脸颊，但这欲望最终被我强硬地压抑了下去。

医院的墙壁是苍白而寂寞的，消毒水的味道令我感到厌烦。病房空空荡荡，除却我之外再无任何人。白天我独自在病房里，看看光线的变幻，看看天空中多变的云，看看秋天洁净而沉默高远的天空。这一切，都能令我在孤寂的时刻体会到生之静美。暮荷夜夜到医院来陪伴我，与我聊天，为我吟诵诗词，困倦了便伏在我的床边睡去，天明亲吻我的额头之后离去。传道书中言道，人生是虚空的。我想，一切为善为美之人皆能为人带来愉悦，与此同时自己亦会在上帝的恩赐之下获得永生。比如暮荷，她的善美必使她的灵魂受主的垂青。

那日暮荷为我念《传道书》的万事均有定时。撕裂有时，缝补有时；静默有时，言语有时。她的右手轻轻握着我的右手。我想将她的手轻轻攥于掌心，又怕惊动了她，令她感到不安。这段日子蒙你的照料。我望着她，轻声言谢。她微笑着拉起我的右手。医生说，若你配合复健，完全康复不成问题。

出院之后，暮荷日日来我家中。有的时候，趁她做饭之际，我会静静地倚着厨房的门，内心温暖地看她忙碌。吃饭时，她总是要求我用右手拿勺吃饭。我的右手没有任何力气，每次用臂力舀起的饭菜，还不等送到嘴里就会掉在桌上，溅起菜汤。我懊丧地将碗筷推至一旁。见此情形，暮荷起身来到我的身边，轻轻握着我的手。静默片刻，她端起碗，将碗中饭菜一小口一小口地喂我下肚。

她还会在晚饭之后在床上摆一些物件，让我用手握给她看，甚至托人悄悄买了握力器，藏在自己家中，要待我恢复一段时间之后再用。因为，若现在便急于用它复健，势必会令我的自尊挫败无着。

你为什么要对我这样地好？那日握起了一根木棒之后，我平静地问她。

因为你是我的学生。她仍旧是关心着我的手腕，却不曾看我的面色因她的回答而颓丧。见我不出声，她抬起头，恍然大悟一般地笑起来。她用右手抚摸着我的脸颊，因为，你是我最为喜欢的学生。她善意地补充着。我将右手放在她的手上，苦涩地笑了笑。

这显然不是为我所满意的答案，抑或说，这不是我内心深处渴望的那个答案。她对我的照料，对我的付出，施予我的恩泽，皆是因为我是她最喜欢的学生，而不是爱人，抑或恋人。那么，如若受伤的不是我而是其他无父无母的学生，她亦会如此精心照料。按理大爱本该如此，令人欷歔不已，而我则因她的大爱黯然神伤。

我喜欢着一个男孩，我喜欢他胜过爱任何人。我们两年不曾相见，这期间他每次打电话为我所讲述的内容于我皆是莫大的伤害。现在我无时无刻不感受到你施予我的恩，于是便更为频繁地想起曾经的自己亦甘之如饴地为他付出。有时我想，生命已到如此穷途末路之境地，不如一死了之。我该如何是好。

她长久地沉默，握起我的手，浅泽，一切都会过去的。

[拾贰]

那些曾经因孤寂而在深夜写下的语焉不详的断句，那些曾经因为伤心而在深夜扯下扔掉摔坏的CD机和耳机，那些曾经因为想念而在白天或夜晚面对台灯面对天空便可轻易落下的泪水，那些曾经因为绝望而在电话中持续的崩溃与哭泣，皆被翻到另外一页。唯有右手腕上的疤痕，那是时光留给我的最好的礼物，见证我心绪平然的罅隙中依旧有的阴郁和极端的成分。

蒙暮荷的恩，我的伤势在半个月之后没有了大碍。回校之后，我努力让自己面对她时保持受伤之前从容而淡静的心。然而，一段旅途，即使回到了终点，路旁的景致也不能同出发前一模一样。我开始在上课的时候低垂着头不看她一眼，不懂的语文题目也不去问她，任由它在那里一直空白。最糟糕的，是我落下的功课一直没有补齐。几次考试，我的成绩每况愈下。每次语文分数下来之后，最后一张卷子的名字往往被别人替代。暮荷念到最高分时，嘴角依旧会有笑容，声音微微提高。这令我感到尤为深刻的绝望。

曾经期许的一切皆灰飞烟灭，原来她一直把我当作普通的学生，是真的。

那日值日，我低头扫地，几个男生走过来，将我的扫把狠狠地踩住。

我的伤口又隐隐作痛。你们要干什么？

找茬儿。他们嬉皮笑脸，令我感到恶心。你是不是喜欢暮荷老师哟，谈恋爱谈得连平时舍命也得保的第一都不要啦。哈哈……另一个接茬儿，可不是嘛，你没来的那段日子暮老师照顾你全班都知道……

他的话还没说完，就被我兜脸一拳。用我的右手。他大叫一声，摸摸脸，满脸是血。

暮荷在此时走进了教室，她看了看周围的男生，最后将目光落到我的身上。

浅泽，跟我到办公室来。她说。

她的办公桌是整洁而可爱的。书桌上除却教案与书，便是她镶在相框里面的单人照，靠近窗台的地方，小心翼翼地养着一株小小的含羞草。我看着这奇特的小小植物，不禁伏下身，用手指轻轻触碰了它，它立刻合上了叶片。暮荷看着我，终于露出了温馨而美的笑容，与此刻柔暖的夕阳相映。那才是被我的回忆所认可的。刚才为什么打架？她的嘴角依旧有浅笑。我无法回答，唯有低着头，悄悄地看她。手腕不疼了吗？她问。听到这句出乎我意料之外的话，我突然掉泪。

那是我第一次也是最后一次与暮荷拥抱，亦是我有生以来第一次与异性相接触。暮荷的身体柔软而消瘦，散发着淡淡的樱花的馨香，令我感到迷醉而恍惚。事实上，我只是以一个受了委屈的孩子的姿态接受她给我的爱抚与安慰。我的脸颊长时间地摩擦着她细长的脖颈，她揉着我的头发。未曾有任何言语，唯有干净的缄默维持在我们之间。

暮荷，我喜欢你。嗫嚅着，哽咽着，积压在心头的这句话终于说出。

她猛地推开我，眼睛里的神采骤然暗淡下去，也许是由于终于听到这句一直惧怕我说出来的话。

一直沉默，沉默。

[拾叁]

那年冬天，徊年终于伴随着风雪归来。

曾经那个笑容美如孩童不染尘世雪霜的少年如今已经十九岁。站在十几岁的尾巴上，他被时光雕刻成了更加清瘦和俊美的男子。额前的刘海儿遮住双目，阻挡了通往心灵的唯一路径。黑色的长款风衣将皮肤映衬得非常苍白。他的白色跑车给了镇上所有人或多或少的震动，唯我心绪平然。

浅泽，你还好吗？

嗯。

晚上，我想去你家吃饭。就像以前一样，可以吗？

嗯。

餐桌上我低头吃饭，沉默无言。徊年也沉默着，却偶尔抬头看我一眼，再把头深埋下去。两年茫然孤单的时光，令我成长为隐忍之人。

浅泽,明天是星期六,你依旧是会去教堂司琴的吧,我也想去。他轻声说道。

你随便。我冷言道。

你的女友还好吗？问出这句话我感到悲凉。

他愣了一下，我们分手了。你呢，谈恋爱了吗？他问。

没有，没兴趣。

哦。他继续默不作声。

我的心中被报复所带来的快感层层包围，与此同时另外一种力量令我的泪险些落下。

那个在我司琴结束之后走到我的面前为我合上琴盖对我说我们并不孤独的少年，那个英俊善良笑容不染尘世雪霜的少年，那个在我父亲去世之后春节让我同他一起过年的少年，那个在我为他挡刀受伤之后郑重其事地对我说以后我也会为你挡无论是刀还是斧头的少年，现在都已经成了苍白的影像，定格在了两年之前他离开的那个寒冷的冬天。

浅泽，晚上我可以在你这里睡吗？

不可以，会睡不开的。

……

徊年的宝马行驶在一条并不宽阔的路上，两旁是茂盛的芦苇丛。高高的芦苇刺破苍蓝色的天，悲凉得令人叹息垂泪。

刚才我看着你司琴，恍然间想起初次见你时的情形。那时的你心中充满清澈的忧伤与哀愁，并且这般美好。离开夏溪之后，我的脑海中一直保存着你那时的影像，像个小姑娘一般柔弱与天真。但此次回来，却未曾想过你已变得令我不识。我不知你究竟遭受了多少磨难才会变得这样冷血心肠。

徊年，我无力与你争辩。

只是因为我这个夏天失约了不是吗？

你给我闭嘴！你知道什么?！你什么都不知道！！！坐在副驾驶座上的我突然冲他大吼起来。

这时，迎面突然出现一辆载满货物的卡车，摇摇晃晃地冲我们驶来。

在卡车与徊年的车相撞的瞬间，我听到一个带着哭腔的声音冲我吼，趴下！快趴下！我顾不得太多，立刻伏下了身子。而下一刻，徊年将方向盘用力地向右转……

用力地，向右转……

向右转……向右……

我突然感到有一个人一下子扑在了我的身上，将我挡得密不透风。

然后是玻璃碎裂的声音。在玻璃破碎的瞬间我听到了一声惨叫……

……

半个月之后我出院了。

只是些皮外伤，并不严重。然而自住院之后我便再也没有见到徊年。

我日日跪在阳台上祈祷，希望以自己之虔诚救赎他的肉体。

直到那日我突然接到他打给我的电话。浅泽，我有话对你说。

餐厅里。

徊年提前到了。相比较半月之前，他的变化并不大，只是更加消瘦苍白，眼眶深深地陷了进去，头发乱蓬蓬地翘着，随意地穿了一件衬衣，旧仔裤。

他的声音带着大病初愈之后的疲惫。浅泽，我钝重地伤害过你，这是我应得的惩罚。

我无言以对。

你看那儿。他突然指着墙壁，那里挂着一个十字架。这两年，每当我看到一个十字架，都会在它们面前停住祷告一会儿，那会让我想到曾经和你在一起的时光。我顺着他的手指看过去，墙壁是空空荡荡的，唯有寂寞而空旷的白色。

我惊愕地看着他。他的脸上依旧带着忧伤的笑容。忽然，他又从口袋里摸出手机，打开通讯录。

这上面存了你家的号码，你看看我存的名字是什么。

我把手机接过来，上面清清楚楚地写着：亲爱的小泽。

把手机还给他，我把手在他的眼前用力地晃动了好几下。但他毫无反应，依旧笑着对我说话。

我明白了一切，泪瞬间汹涌而出。

让我一直保存着这个号码吧。他忧伤地望着我，纵然他的面前是无边无际的漆黑。

徊年……你为什么，不告诉我，你看不见？

他的笑容在一瞬间凝固。浅泽，以后自己要好好照顾自己。他起身欲走。

——但却跌跌撞撞，差点撞在 waiter 的身上。

徊年……你别走……我注视着他的背影，哽咽着说。

我走过去将他揽在怀里，亲吻他那已看不见任何东西的双目。

徊年，我想要告诉你，我的爱……

后记一　蓝　屿

然而她不是教徒，她并未将之当作一个隆重的宗教故事来写。她只是想要单纯地叙述一段充满了自己喜爱元素的灰蓝色的遥远的青春，其中有《圣经》、《赞美诗》、白桦林、九十年代的校园民谣、调酒、不轻易言爱的少年、以及由于成长环境所造就的错位的友情……

——Pluto

A TRIOK Of FATE

是幻觉还是梦寐，那歌声去了，我醒了，还是睡着。

——济慈

十月十二日，她在去老师家补习数学之前从书橱的最上面拿出《不离》，然后伏在床边读自己十八岁之后写下的《记住爱，记住时光》。她已经把这篇小说从头到尾认认真真地读了许多遍。在距完稿已有半年之久的今天，她依旧能触到最初促使她写下这篇小说的层层叠叠的失落感。她记得这失落感给过她多少个心神不宁的时刻，就如同她不曾忘记写小说时从不流泪的自己在写到陆淮将苏郁的薯条拿开时突然双手捂面，不能自持——旧时光一去不返。随之一同远去的，还有那些出现在她小说中的形形色色的女孩，那些曾在前两本书中反复描摹的意象（在风中忧郁倒伏的芦苇，犹如被水粉笔铺就而成的天空，以及镶着金边的云朵）以及满纸为赋新词强说愁的慨然。纵然如此，她依旧对我说，倘若可能，她想把苏郁和陆淮的故事继续下去，因为她希望，他们能够拥有一个更加完满的结局。

我在盛夏的序幕即将拉开时认识了这个姑娘，那时的她正为了这本小说而过着昼夜颠倒的生活——临近中午起床，吃过午饭就坐在电脑前开始写作。家中的冷气开得很足，窗帘紧闭，全然看不到屋外明晃晃的烈日。这次她有意放慢了写作速度，用更多的时间思考如何才能用优雅得体的措辞营造出自己心心念念的灰蓝色的怀旧意境以及怎样才能让某些深情的段落更加令人喟叹——每当这时她总会起身为自己接一杯水，塞上寂静无声的耳机，久久地注视着屏幕，双手轻放于键盘上，不写一字。有时写作正酣，却会突然接到快递公司的电话，与她商定上门送书的时间。拿到新购得的书，她虽然内心欣喜，却也只能粗略一扫，随后继续坐在电脑前写这两个男孩的故事。

结束一天的写作通常已是深夜，直至此时姑娘才会拉开窗帘。夜色凄迷，对面的白色楼房已隐没于黑暗，偶尔可见“一片月明如水”抑或“月华如练”，但大多情况下唯有憔悴的橘红色路灯在地面投下长长短短的影，枝叶稀疏的梧桐树在夏夜缱绻的风中舒展腰肢。每每此刻姑娘都忍不住想起夏城，那座在地图上永远无法寻到、只存在于自己臆想中的栽满白桦树的安静之城，继而又会想起徊年和浅泽，这两个令自己动容不已的少年。

最后，我要向那些声称只要我不演主角，就乐意为此片投资的投资商们表示感谢——Geoffery Rush 凭借《Shine》荣获金球奖最佳男主角后的获奖感言

姑娘目前最喜欢的电影演员是 Geoffery Rush。每次向身边的朋友提起这个名字，所见的都是满脸茫然，然而当她提起《加勒比海盗》中的 Captain Barbossa，瞬间欷歔一片。

姑娘对某些事物，或是人，总有着令人难以理解的偏执的爱。十余年前的 Geoffery Rush 是一位仅活跃于澳大利亚的出色的舞台剧演员，四十五岁那年被导演斯科特发现，希望他能出演澳大利亚的天才钢琴家 David

Hirschfelder。然而由于他当时在世界范围内毫无名气，几乎所有的投资商都拒绝为他投资。他为了向投资商证明自己，重拾陪伴自己度过少年时代的钢琴，从白昼练到黄昏，将 David Hirschfelder 的说话语气模仿得出神入化以至于 David Hirschfelder 的妻子在看完影片之后称赞道："我以为自己有两个丈夫，一个在身边，一个在电影里。"……他终于出人意料而又不负众望地包揽了当年包括奥斯卡与金球奖在内的数十个最佳男主角奖，被誉为当年"电影界最重大的发现"……姑娘告诉我，自己一直被 Geoffery Rush 登上奥斯卡领奖台那一刻响起的音乐深深震撼着。起初她不知这段音乐出自何处，只觉得它激昂的旋律唤醒了自己体内某些正在沉睡的细胞，仿佛置身于一片溢满阳光的向日葵之海。

直至她在一个深夜观看 Geoffery Rush 的获奖电影《Shine》。当《拉赫玛尼诺夫钢琴第三协奏曲》从老式唱机中缓缓流淌而出的时候，她突然红了眼眶。因为她发现自己一直以来所寻找的，就是这首曲子。

她对我说，写这个故事的过程中，她唯一能够从开始听到结束的专辑只有《拉赫玛尼诺夫第三钢琴协奏曲及钢琴小品》。也只有这盘专辑才能令她在写作时完全投入。开头那一段熟悉的旋律总能令她频繁地想起 Geoffery Rush，想起曾经以及现在的他为了梦想付出的全部努力。

也只有这样，才能令她暂时摆脱突如其来的巨大的挫败感。

姑娘心中巨大的挫败感一半以上来源于她的草叔。虽然在我们相识的这些年月里，每每向我提起草叔，她都满心骄傲，然而假期，在她写这个故事的过程中，我却频繁地接到她的抱怨短信——她在短信中说，草叔要求自己把某些部分推翻重写，而她却无法潇洒地按下"Delete"键，因为这其中不乏自己冥思苦想的段落。看着这些即将消失的片段她非常难过，沮丧，当然最终还是免不了狠下心大段地删掉重写。

那段时间她一听到自己的手机铃声《Por Una Cabeza》就会立刻跳起来。当然她也会耍些小伎俩，比如总是隐身登陆 QQ，这样纵然看到草叔的留言，也可堂而皇之地视而不见。

她希望这本小说能与自己之前写下的青涩文字有所不同。从内容到插图到书名，她比任何人都渴望完美。为此她一度变得异常乖戾，失眠、自虐、多次与草叔发生剧烈的争执。她一直不敢回想自己情绪失控时说出的话，因为那肯定无礼至极。而每次争执结束后她都会边哭边想这份友情是否要被自己亲手葬送了。直至她交掉稿子，忐忑不安的内心才逐渐趋于安宁：他们依旧是彼此最为在意和不可替代的朋友。她笑着告诉我，她的草叔现在会称她“孩子”，催促她学习，十分温暖有趣。与此同时她获知，在小说后期制作的过程中，她的草叔所承受的压力远远大于写稿时的她。他甚至会因为书名在凌晨三点失眠……此刻她才意识到，人有时只对自己严格已足够，对朋友，该最大限度地宽容。也许草叔早已明白这个道理，所以才会一而再再而三地宽容、妥协、体谅。而自己，只是刚刚明白而已。

交稿之后她说，我要祷告我们的友情不要再受伤害——虽然草叔说“矛盾的出现是由于我们之间的关系愈发密切”，可我宁愿将之当作他用以自我安慰的说辞。

如果有天我们淹没在人潮之中，庸碌一生，那是因为我们没有努力要活得丰盛。

——黄碧云

姑娘说，这个故事的构思源于她零七年暑假写的短篇小说《蓝之祷》。

其中也有两个少年，一个叫浅泽，一个叫徊年。

她曾经在那篇小说中以浅泽的口吻这样写道：

幼年时，父亲曾说，有一位通灵的预言家预言，夏溪是一座永不下雪的镇，若下雪，就是上帝责怒于居住在此的人，灾祸便会降临。父亲的表情甚为严肃，不带一丝笑容。童稚的我因此对雪有着极深的恐惧。但雪的脚步并未因我对其的恐惧而渐行渐远，在这四季温和的南方小镇，雪依旧会隔几年便簌簌下落，把夏溪渲染得静谧苍茫。雪落，我在阁楼上，躲在棉被之中瑟缩不已。待雪停，才惊恐地走到窗边，把手掌长久地贴在玻璃上，冰凉的水伴随着腾起的水汽缓流而下，犹如离人之泪，打湿了我的袖子。从楼梯走下，看到昏暗的客厅中父亲坐在沙发上沉默地抽烟。他常年穿在身上的黑袍比暗夜更为深沉无边。

父亲是镇上教堂的牧师，二十年前自神学院毕业之后获得牧师资格却不愿在大城市的教堂布道，辗转来到这座小镇，认识母亲，随即结婚生子。但母亲给我的全部影像不过是父亲珍藏在檀木盒子中的一张泛黄的老照片，盒子表面雕刻着凹凸有致的花纹，散发着温润古朴的光泽。照片上的女子身着对襟衬衫，藏蓝色过膝裙子，黑色软布鞋。秋林一般的发辫垂在腰际，明眸皓齿，嘴角有浅淡的笑容，一如彼时温婉的夕阳。小泽，那便是你的母亲。我第一次见到这张照片时父亲在身旁低语，我却不知道那时他已病入膏肓。

幼年时代我便隐约知道，父亲虽然年轻，在教会中却有极高的威望。他的胸前永远佩戴着一枚银光闪闪的十字架，最初我不以为然，以为每个牧师都会有，可后来从其他人口中得知，教会只将银色十字架授予最为杰出的牧师。非但如此，父亲还有一本镀金的《圣经》。他会在晚饭之后走进书房，我偶尔送茶给他，他将翻开的《圣经》平放于书桌上。又看完这么多了么，父亲。看着那散发着金色光芒的书，我低问。不，是随手翻开一页，之后顺着往下看。他的嘴角有淡定的笑容，令我感到温暖。

我在即将消亡的暮色之中观察他的面容，五官舒展，从颧骨到下颌却如同被刀砍斧斫一般，突然地瘦下去。我不再说些什么，默默退去，合上门。此时父亲却突然咳嗽起来，唯能看到他逆光的影，微微抖动。夕阳将时光拉扯得无限冗长，令我的心绪惶惶沉下。抬起头又是夏溪的深秋，成群的飞鸟拍打着翅膀在天空中划出一道道透明的伤痕，只剩下忧郁宁静的金色云朵守望着没有翅膀的飞翔。

姑娘前几天买回了两本手绘祈祷书，和《圣经故事（插图版）》放在一起。平日里在路边小摊看到《圣经》与《赞美诗》也会毫不犹豫地买下，因为她不愿让它们与一堆破旧的书籍杂志摆在一起——如之前所写，姑娘对这一切有着令人难以理解的近乎偏执的爱。她将自己在一个漫长的冬天去教堂做礼拜时的亲眼所见毫无保留地写入小说：周日清晨七点有一场主日崇拜，教堂的服务者们在这天会早早到来，把教堂的大门敞开，点亮大门正上方的橘红色灯盏，之后站在窄窄的走廊中，与前来的教徒温和地打招呼，热心地为个别两手空空的教徒递上《赞美诗》与《圣经》。

然而她不是教徒，她并未将之当作一个隆重的宗教故事来写。她只是想要单纯地叙述一段充满了自己喜爱元素的灰蓝色的遥远的青春，其中有《圣经》、《赞美诗》、白桦林、九十年代的校园民谣、调酒、不轻易言爱的少年、以及由于成长环境所造就的错位的友情……

自始至终，写作于她而言都是件私人的事情；自始至终，她都未曾忘记自己写作的初衷；自始至终，她都未曾想过放弃自己内心真正的梦想；自始至终，她都没有妥协，不想妥协，也不能妥协。正如她在别人不解的目光中放弃美术改学戏剧文学。这并非不能从一而终，而是她比任何时候都清醒地明白什么只能陪伴自己度过一小段人生旅途，而什么又是自己愿意为之奉献一生的挚爱。与此同时她深知，没有刺的刺猬，没有利齿的藏獒，在生物圈中是多么难以生存。

他那永远充满灵感的诗，透过高度的艺术形式展现了整个民族的精神——瑞典诺贝尔文学奖评委会

她在网上买书时偶然看到天津教育出版社的双语版《苇间风》。淡黄色的封面，最下面是一片琨黄的芦苇，蓝紫色的天空与湖泊。她认为这个意象符合自己的审美，遂买下。书送到之后她本想随手翻翻就束之高阁，然而却在封底发现了一段让她当即心酸不已的话——在往后很长的一段日子里，她反反复复地将这段话背诵给许多人听，并在自己所写的故事中多次引用。叶芝的诗集伴她度过了漫长而溽热的假期，并在这个秋高气爽的日子里依旧被她放于桌上。她一直不确定自己对这段话的喟叹是否是由于年龄所派生出的矫情，而当一段青春岁月已被搁浅于时光的最深处时，自己是否依旧能够为这段颁奖词而心生慨叹：

一度我也曾英俊像个少年，但那时我生涩的诗脆弱不堪，我的诗神也很苍老，现在我已苍老且患风湿，形体不值一顾，但我的缪斯却年轻起来了。

昨日深夜她在网上看到这样一段文字：

……那时候的叶芝六十三岁了，他已经在五年前拿到了诺贝尔文学奖。他依旧如此坦率，甚至对自己、对人究竟是何物，不留情面乃至有些残酷。此时的叶芝，仍然像领取诺贝尔文学奖时发出的感言那样：一度我也曾英俊像个少年，但那时我生涩的诗脆弱不堪，我的诗神也很苍老，现在我已苍老且患风湿，形体不值一顾，但我的缪斯却年轻起来了。

叶芝的伟大也许就在于此：他不断地突破自己，并追求道德上的完善，在美好、道德、信仰、希望、爱上面追求拯救之路。叶芝也让我想起他的先驱者与追随者：在他之前，但丁通过中世纪神学大全的全部体系和自己全部的体验锻造成诗歌；歌德从不间断学习和工作；莎士比亚通过自己无穷的想象和自然的表现力，在诗歌和戏剧里表现他的噩梦、狂欢、幸福、忧患。他们都是长寿的大师。而在最近的时代里，雪莱、叶赛宁、荷尔德林，都是短命的天才，他们都无法活过应有的年龄；还有一些大诗人，要么在晚年只能不断重复自己，要么只能仅仅追求技巧，他们的缪斯已不再年轻了。

而叶芝，这个不断反省，不断面对自己和诗歌困境的爱尔兰诗人，以伟大的人格活过了他漫长的年龄。

她还在叶芝的传记中读到过一段对叶芝性格的评论：

在陌生人面前他举止有礼，端庄而正式；有时他会显得冷漠，藏在自己过度自矜的面具后面……在他的举止中从来没有一丝亲昵的幽默暖意，他的一言一行都带有一股彬彬有礼的味道；一个人实在无法想象他会上街购物，或是拨弄炉火；或是挽着一位问路的陌生人，向他指出走到欧康内尔街的捷径，虽然他自己可能会以一种似乎疏远的声音向人问路……他签署支票或穿上大衣的方式都有一种慎重，一种几近教会的仪式性……在他刚刮完胡子后，浑身上下散发出一种高不可攀的孤寂……

除了叶芝，她还在读清少纳言的《枕草子》。读来读去却依旧停留在第一篇《四季春光》。她说这篇太美，一字一句仿佛都带着小小的吸盘，吸附着你的心：

春天黎明很美。

逐渐发白的山头，天色微明。紫红色的云彩变得纤细，长拖拖地横卧苍空。

夏季夜色迷人。

皓月当空时自不待言，即使黑夜，还有群萤乱飞，银光闪烁；就连雨夜，也颇有情趣。

秋光最是薄暮。

夕阳散发出灿烂的光芒。当落日贴近山巅之时，恰是乌鸦归巢之刻，不禁为之动情。何况雁阵点点，越飞越小，很有意思。太阳下山了，更有风声与虫韵……

冬景尽在清晨。

大雪纷飞的日子不必说。每当严霜铺地，格外地白。即使不曾落霜，但严寒难耐，也要匆忙笼起炭火。人们捧着火盆，穿过走廊，那情景倒也和谐……

翻过这段文字，呈现在她面前的是日本明治时代的一幅画：黄昏时的天空，深深浅浅的红色树木，以及西北方向成群结队的寂鸟犹如剪影一般。姑娘说，不知为何，每每见到此画，都会情不自禁地想起徊年与浅泽。

我所认识的这个姑娘，她在十八岁的夏天写下了一个关于两个男孩的故事，其中几乎囊括了所有她所喜爱的元素，她读了叶芝的诗歌、清少纳言的散文以及《圣经》，她听过了各式各样稀奇古怪的音乐，看完了许多风格迥异的电影；

我所认识的这个姑娘，她一直在以自己喜欢的方式生活，读书，写作，为人处事；

我所认识的这个姑娘，她将自己新写的故事比喻为一座蓝色的岛屿，每个人都只能远远地观望，却不能悲伤地坐在它身旁。

Pluto

10/19/2008 11:31:29 PM 于家中

后记二　故事里都有爱

也许是出发太久 / 我竟然迷失在路 / 我最亲爱的朋友 / 你让我再一次醒来 / 听你说的故事 / 深深打动我 / 来自这个世界 / 来自我们真实的生活 / 故事里始终都有爱 / 无论有怎么样的艰难曲折 / 故事里永远都有爱 / 永远是美丽温暖的光明结局 / 寂静的天光云影 / 映衬着冬日的晚霞 / 我最亲爱的朋友 / 你给我春天的感觉

——许巍《故事》

1. 关于许巍以及时光流逝

10月15日,《爱如少年》——许巍的新专辑，终于上市。

距上一张《曾经的你》，已有四年之遥。四年前，我还在上海，在位于打浦桥的一家广告公司没心没肺地做着文案。也是这季节，冷，坐在落地窗前，看着脚下弯弯曲曲的斜土路，落着黄叶的梧桐树，稀稀落落的行人，灰头土脸的车辆，听着耳机里传来的许巍的新歌，无比悲凉。

最打动我的是《旅行》——谁画出这天地 / 又画下我和你 / 让我们的世界绚丽多彩 / 谁让我们哭泣 / 又给我们惊喜 / 让我们就这样相爱相遇 / 总是要说再见 / 相聚又分离 / 总是走在漫长的路上——眼前渐渐开始恍惚，看见落日、看见大漠，看见人间千年万年的悲欢离合。心中弥漫起的悲伤正应和了我那个阶段的处境：无依无靠，无着无落。

当那张专辑铭记于心之时，我已从广告公司离职。斜土路上的梧桐发出了新芽，单色的世界逐渐斑斓。我知道，我应该改变些什么，首先是放弃，不破不立。这对我来说其实并不难，因为我本来拥有的就不多。

很巧合的情况下，得以进入一家文化公司，开始我的图书策划生涯，至今竟有四年时间。

四年毕竟不是一段短的时间，幸好我们都还懂得坚持。四年后的今天，许巍的歌词依然如诗，许巍的嗓音依然震撼，直指人心。我则早离开上海，来到北京。北漂生涯竟然没有太多辛酸可以回忆，有能力去坚持自己的梦实在是一种幸福——看着自己策划的书一本本地面世，并且大多还算畅销，那种美妙，实在无法言说。

自然也有遗憾。已近两年没有写新长篇，很多时候都想写，却又很害怕，总觉得写下来就肤浅。看了那么多人的作品，越来越诚惶诚恐，觉得自己欠缺得太多太多，立意、主题、人物刻画、时代关系……我行吗？如果写出来不行，还不如不写。

可我的文字梦依然在继续，我虽然不写，但我的朋友在写，而梦要和朋友一起做才更甜。

2. 关于程程小朋友以及我们的争吵

实在已在太多地方写过我和程程小朋友交往的点点滴滴。本以为，我和她的关系早已尘埃落定——是朋友，更是亲人，却未曾料想，在这本书的创作过程中，我们面临了全新的问题：冷战、埋怨、委屈、甚至争吵。一度，我们犹如路人甲乙丙丁，对面相逢不相识；一度，我们犹如战场上的敌我双方，仇人相见，分外眼红。

幸好这一切皆是虚妄闹剧，剧幕落下，一切和好如初。

其实这也是好事，我是一个不自信的人，且性格有悖常理，比如我从来不相信所谓幸福就是一路太平，幸福的表象下一定隐藏着多多少少的丑陋和虚伪。而真正的朋友不是甜言蜜语就能长期维系的，争吵更能考验友情的坚固，了解彼此的心灵。

从这一点来说，我们还是应该感谢生命中的一些不堪回首的时光。

其实，争吵的根源在于我的一些观点出了问题。实事求是，这几个月，程程小朋友真的承受了太多太多压力。不说别的，高三学生的身份已经注定她本不应该在其他任何事情上分心。可是我对她有要求，她对我更有“在这个暑假完成自己第二部长篇”的承诺——这些本来没有错。可她最初只是想写两个男孩的故事，单纯美好，以自己最舒服的表达方式——可我太偏执，对小说的情节，提出了太多个人想法，很多地方几乎是全盘推翻重新来过。而我对文本的其他细节，包括人物言语、性格塑造等同样是“事无巨细样样管”。可创作本来就是私人行为，我这样干涉下去直接导致的结局就是，我总对她的创作有不满意的地方，她则写得更痛苦，完全没有创作的快感，苦不堪言。可是，可是因为我是她的草叔，她尊重我，她在乎我的意见，所以，她总是尽量去理解我，甚至顺从我，去写一些自己并不认同甚至很不舒服的情节桥段。

这种痛苦，可想而之。更可恶的是，我作为一个长她十岁的成年人，竟完全没有考虑到她的情绪，反而变本加厉去干涉。

也不知道是哪天，我突然醒悟过来——天呀，我到底怎么了？到底是我写还是她写啊？我怎么可以这样越俎代庖呢？我有本事自己写好了。她有自己的才华，她有自己的想法，她想怎么写就怎么写，我为什么要强行干涉那么多？还以一种理所当然的姿态。就算有问题，那又怎么了？人总是慢慢成长的。要知道十年前，我可是连一篇短文都没有正式发表！

更重要的是，如果因为这些，影响了我和她的关系，那简直太得不偿失了。

愚蠢至极，愚蠢至极。

想明白后，我的心态也豁然开朗起来。我很“大度”地对程程小朋友说，从现在开始，你想怎么写就怎么写，草叔我只会支持你，绝对不会再干涉！

起初程程小朋友面对我的通情达理竟有些不知所措，在确定我没有生病胡言乱语后，顿时欢呼雀跃。

唉！她还真正是个孩子呢。

事实上，离开我的“监管”后，她并没有出现什么问题，反而越写越顺畅，越写越快乐，也越写越好——这才是写作的本意。

我们都在成长。我学会了尊重和信任，受用无穷！

3. 关于这本书制作的辛苦以及释然

因为是程程小朋友的作品，我自然殚精竭虑，一定要做出最佳效果。可在书名上就遇到了大问题。总也找不到最贴切的名称——不但要符合内容，还要符合市场，乱七八糟的因素太多，造成的结果就是没有了方向。整整考虑了两个多月，名称想了不下上百个，但总是被推翻，眼看出版时间一天天逼近，可书名竟然还迟迟未定，我的强迫症又来了，夜晚完全无法入眠，眼睛闭上，脑海里还在想名称，而且钻牛角尖，甚至产生幻觉。情绪也越来越坏，责怪自己为什么要如此，有点委屈，更想放弃，但最后只是长叹一口气，继续冥思苦想。

真的很辛苦。

其他辛苦的地方还有很多。还好，这一切都过去了。

我一直觉得，一部作品，你对它好一点，它一定会回报你多一些。何况，我是真的热爱这份工作，并且渴望能够做到最好，所以付出多一些，其实还是很快乐的。

4. 关于“纸上偶像剧”的现在以及未来

这本书是“纸上偶像剧”系列的第六部作品。看着自己一年多前创建的青春图书品牌正逐渐走上正轨，“纸上偶像剧”的作品正慢慢被读者朋友们认可、喜爱，心中多少还是有些自豪感的。然而这一年来因为负责公司的另外一个部门的管理工作，实在耽误了很多编辑工作。幸好从这个月开始，我将可以全身心运作“纸上偶像剧”。对我来说，这实在是莫大的幸福。而通过一个多月的筹备，已经签约了不少好稿件，现在需要的只是紧锣密鼓地把书做好、宣传好，给读者送上一本本情节精彩、主题积极、人物富有偶像特质的作品。

这个目标，不会动摇。

本想最后习惯性地说几句煽情的话，但突然又觉得太无聊。那就不说了，还是踏踏实实干活儿吧。

就这样。

纸上偶像剧策划人：一草

一草 mail：yicao@booky.com.cn

一草博客：blog.sina.com.cn/jimotengtong

作品简介

咳咳！纸上偶像剧呢，毫无疑问是我国最具生命力的原创青春图书厂牌啦！(得意 =3=)呵呵，不过这可不是王婆卖瓜哦，想想一年前，纸上偶像剧刚创建时，说这话我们心里还直打鼓，不过现在我们可是绝对地理直气壮（笃定）：《被风吹乱的夏天》销量近 15 万册，入选 2007 年最畅销的青春校园小说；《我是天使你要幸福》被网友票选为“年度最感人爱情故事”，先后高价卖出电视、电影版权；而年初推出的《双生》更是 BH，销量过 20 万，成为 08 年最畅销的青春小说之一。

看到纸上偶像剧每本书都能这样受到读者的认可，心情那个爽啊，做书过程中的所有辛苦和委屈也荡然无存。OK，就不自我陶醉啦，下面我们还是来对纸上偶像剧的作品进行一个简单回顾吧！

●你是我不能分享的——《女朋友》

《潮流志》《萌芽》《女友》《格言》……四十余家媒体联袂推荐十年来最具至尚型格的青春力作

我要你是我一个人的，是我太狭隘，还是友情原本就很窄？

《女朋友》讲述了一段催人泪下的中学女生的友情故事。韩菁和任小米是初中时最要好的朋友，许下诺言一辈子不离不弃。毕业时追求自由的任小米却突然离开，寻找属于自己的世界。韩菁带着无限感伤升入高中，机缘巧合下结识了新的好朋友方依依，就在她逐渐遗忘上段友情带给自己的后遗痛时，任小米竟又回到她身边……从此三个女生，却有两份友情。而青春期的友情却无法共享，所以她们矛盾重重，最后总有一人绝望退出。

小说主题温暖，文字细腻，情节曲折，直击女生内心最柔弱情感，让你沉浸在自己曾经的友情故事中感动不已。

友情提示：《女朋友》第二部《同类》将于 12 月上市，敬请关注！

●世上我的另一个——《双生》

2008 年全国最畅销青春校园小说之一。

好男儿”倾情主演，北影摄影系高材生操刀拍摄，随书附赠精美“影像记”。

讲述了一个关于青春期女孩灵魂探索的故事——这世上，有没有我的另一个，正过着我想要的生活？双生，两个女孩，两个故事，一个温暖，一个残忍。她们互相倾诉、互相依赖，最后却惊愕发现，一切竟然……关于友情、关于成长、关于背叛、关于遗忘。看到最后，所有心中有爱的孩子都将泪流满面。

《人民文学》主编李敬泽、《萌芽》主编赵长天、《格言》主编李彤、知名图书出版人杨葵等名家联袂推荐！青春文学十年里程碑。

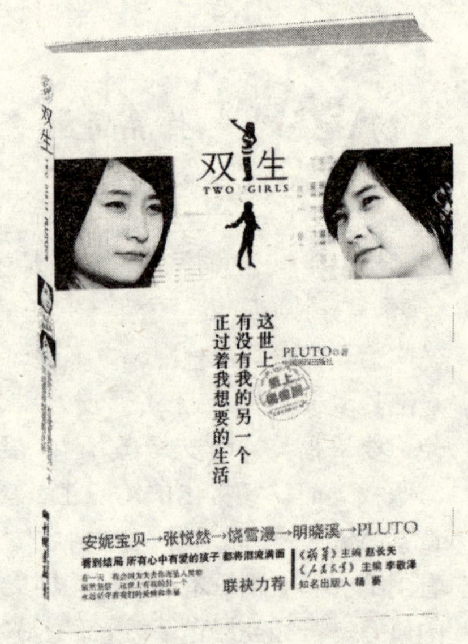

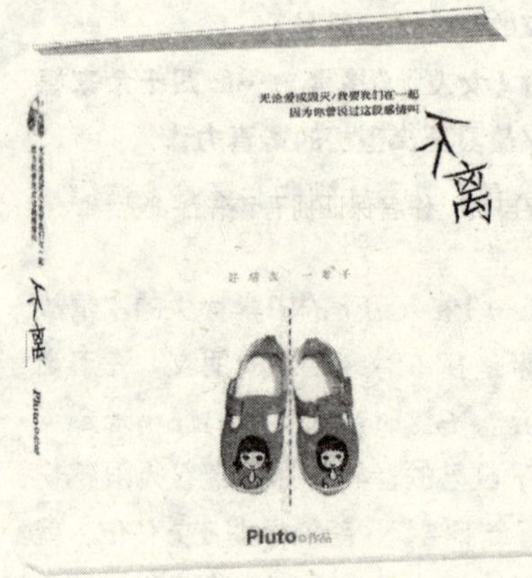

●无论爱或毁灭，我要我们在一起——《不离》

《双生》作者 Pluto 最新力作。北大教授曹文轩、陈晓明、张颐武、著名作家王海鸰、《人民文学》、《萌芽》、《格言》联袂推荐。

朋友间真挚的友情，常常让我们在自己身上找到了爱，也在别人心里找到了家，我们成为彼此随身携带的故事。而做一辈子好朋友，也成为我们青春期最美好的诺言和愿望。

只是，好朋友真的可以一辈子吗？美好的期望往往敌不过现实的残忍，在我们漫长的成长中，我们许下的誓言或许会随风而逝，曾经最美好的憧憬或许会变得支离破碎。只是，当我们不再年少轻狂，回头张望，誓言虽已破灭，但心中那份温暖却永恒不灭。

《不离》通篇讲述的正是这样一个关于友情和梦想的故事，字里行间的淡淡哀伤与宽容是最动人之所在。哭过，笑过，感动过之后，留在心里的，是包容一切的豁达与昔日美好时光的温暖。

赶快加入我们，一起纸上偶像剧吧！

纸上偶像剧——中国最具生命力原创青春图书厂牌。旗下拥有 Pluto、宁晓馨、洛可可等畅销书作者。全新模式打造最畅销青春小说。

纸上偶像剧现正式邀请你加入，赶紧把你的作品、照片投过来吧，让我们一起纸上偶像剧。

○ 长篇小说

1.体裁：长篇小说（10万字~15万字）。

2.题材：校园、青春。

3.情节：流畅、丰富、节奏明快。

4.表达：画面感强，多描写，少抒情。

5.人物：富有偶像气质。

○ 真情故事（非小说、拒成品）

“我的故事听我的”——“纸上偶像剧”重金征集真情故事。你或许没有华丽的文笔，但你一定有刻骨铭心的故事，关于爱情、关于友情、关于成长、关于忧伤——我们有一万个理由相信你的故事是独一无二，精彩纷呈的。请立即告诉我们在你成长岁月中发生的故事吧，我们会用最短的时间将你的故事打造成最精美的图书，让你的故事拥有更多的传诵和祝福。

故事题材不限、长短不限、风格不限，只要是你生命中刻骨铭心的故事，就请你写下来，然后发给我们吧。我们将有专人在第一时间进行阅读，一旦选用你的故事，我们将会把你的故事改编为纸上偶像剧作品，并且付给你稿酬哦！

○ 情景图片

1. 题材：校园、青春题材。

2. 数量：8 张起投。要求单张画面具有故事感、多张画面具有情节感。

3. 方式：先投递小样，单张 500k 内。可投后期处理稿。

○ 个人秀（书模）

你想在书上看到自己的华美形象吗？你想演绎一个个浪漫的故事吗？你想诠释另外一种人生吗？“纸上偶像剧”独创真人演绎小说情节模式广获好评，现面向全国召集图书模特。

如果你的年龄在 15~22 周岁，如果你对自己外表和性格自信，并且有表现自己风采的欲望，请你立即发送 3 张以上你的单人生活照片给我们。一旦选择你作为我们的书模，我们将提供你往返北京的交通费及住宿费，并且支付可观报酬哦。

特别备注：个人秀除了照片以外还可以拍摄 30 秒自我推荐视频。机会多多，大家赶快行动吧！说不定你就是下一个“纸上偶像剧”明星！

○ 稿件授权声明

凡向“纸上偶像剧”投稿获得出版的稿件，均视为稿件作者自愿同意下述“稿件授权声明”之全部内容：

1. 稿件文责自负：作者保证拥有该作品的完全著作权（版权），该作品没有侵犯他人权益；

2. 全权许可：“纸上偶像剧”书系拥有权利以任何形式（包括但不限于纸媒体、网络、光盘等介质转载、张贴、结集、出版）使用该作品，著作权法另有规定的除外。

3. 不得一稿多投：所有给纸上偶像剧投稿的文字类和图片类稿件作者均不得一稿多投，自投递出后两星期内没有收到明确答复可另行处理。

○ 投递方式

1.邮寄方式：北京市朝阳区曙光西里甲一号第三置业大厦B-501 邮编：100028

2.电子方式：纸上偶像剧信箱：zsoxj@yahoo.com.cn

纸上偶像剧策划人信箱：yicao@booky.com.cn

纸上偶像剧博客：blog.sina.com.cn/zsoxj

纸上偶像剧QQ群：群1：37049224；群5：53158370；群9：25495859；

群2：33436018；群6：44541374；群10：28539816；

群3：19590782；群7：44173454；群11：34751813；

群4：39959947；群8：57521324；群12：13871287

无论哪种投递方式，请务必注明“纸上偶像剧”字样，并留下自己的真实姓名、笔名、详细联系方式。